प्रतिनिधि कहानियाँ

प्रतिनिधि कहानियाँ

यशपाल

राजकमल प्रकाशन

ISBN : 978-93-88183-97-0

मूल्य : ₹395

पहला संस्करण : 1997
पाँचवाँ संस्करण : 2025

प्रकाशक : राजकमल प्रकाशन प्रा. लि.
1-बी, नेताजी सुभाष मार्ग, दरियागंज
नई दिल्ली-110 002
द्वारा प्रकाशित

शाखाएँ : अशोक राजपथ, साइंस कॉलेज के सामने, पटना-800 006
पहली मंजिल, दरबारी बिल्डिंग, महात्मा गांधी मार्ग, प्रयागराज-211 001
1, अनमोल सोराबजी सन्तुक लेन, धोबी तालाव, मरीन लाइंस, मुम्बई-400 002
वेबसाइट : www.rajkamalprakashan.com
ई-मेल : info@rajkamalprakashan.com

मुद्रक : बी.के. ऑफसेट
नवीन शाहदरा, दिल्ली-110 032

PRATINIDHI KAHANIYAN
Representative Stories of Yashpal

यशपाल हिन्दी के अकेले ऐसे कथाकार हैं जो अपने रचनाकर्म से पूर्व काफी समय तक क्रान्तिकारी आन्दोलन से जुड़े रहे; उस क्रान्तिकारी आन्दोलन से जिसका उद्‌देश्य साम्राज्यवादी-पूँजीवादी व्यवस्था का उन्मूलन और समाजवादी सिद्धान्तों के अनुसार एक बेहतर समाज की रचना करना रहा है। स्वभावत: उनका कथा-लेखन भी एक हद तक इसी उद्‌देश्य की पूर्ति के लिए समर्पित रहा। इसलिए यह आकस्मिक नहीं कि प्रेमचन्द के बाद एक अलग जमीन पर खड़े होकर भी वे उनकी कथा-परम्परा को आगे बढ़ानेबाले रचनाकारों में महत्त्वपूर्ण स्थान रखते हैं।

सदियों से दिव्य और भव्य कहे जानेवाले भारतीय इतिहास के भीषण अनुभवों तथा साम्राज्यवादी प्रभावों से निरन्तर विघटित होते तत्कालीन भारतीय समाज को उन्होंने जिस तरह अपने कथा-साहित्य में व्याख्यायित किया, उससे वे एक समर्थ वस्तुवादी रचनाकार के रूप में हमारे सामने आए। इससे उनकी रचनाओं में निरूपित समय और समाज न सिर्फ हमारे लिए अधिक तर्कसंगत हो उठा, बल्कि उसके प्रकाश में हमने स्वयं को भी ज्यादा सही ढंग से पहचानने की शुरुआत की। दरअसल अपने सुदूर अतीत और वर्तमान समाज से यशपाल ने जिन चरित्रों को उठाया वे सभी, अपनी तमाम निजताओं के बावजूद, भारतीय समाज की अनेक मूल्यगत प्रवृत्तियों को उघाड़नेवाले प्रतिनिधि चरित्रों में बदल जाते हैं। हमारे सामाजिक क्रिया-व्यापार में बद्धमूल सामन्ती संस्कार, धार्मिक रूढ़ियाँ और पूँजीवादी अर्थव्यवस्था के गर्भ से पैदा हो रही मूल्यहन्ता संस्कृति पर उन्होंने कड़े प्रहार किये हैं। प्रगतिशील जीवन-मूल्यों से प्रेरित उनकी रचनादृष्टि विषमताओं

और विसंगतियों के सामाजार्थिक कारणों तक जाती है। परिणामस्वरूप या तो हम स्वयं उनके कथा-पात्रों के समरूप हो उठते हैं या फिर वे हमारे बहुत निकट चले आते हैं; और कुछ इस तरह कि उन पात्रों की बहुस्तरीय संघर्षशीलता का ताप भी महसूस करने लगते हैं।

इस संग्रह में यशपाल की जिन कहानियों का चयन हुआ है, उनमें से प्राय: सभी अपनी रचनात्मक मूल्यवत्ता के लिए चर्चित रही हैं। इनमें से कुछ यदि नारी जीवन की बहुविध त्रासदी को रेखांकित करती हैं तो कुछ मनुष्य पर सामाजार्थिक दबावों के भयावह परिणामों को दर्शाती हैं। कुछ कहानियाँ धार्मिक जड़वाद और गली-सड़ी सामाजिक कुरीतियों पर प्रहार करती हैं तो कुछ एक नये समाज की रचना के लिए वर्गचेतना की प्रासंगिकता पर मुहर लगाती हैं। ये बड़ी कुशलता से मानव-स्वभाव की दुर्बलताओं और कुंठाओं को उजागर करती हैं, लेकिन साथ ही उन जीवन-स्थितियों को भी अनदेखा नहीं करतीं, जो कि मनुष्य के किसी भी पतन में बुनियादी भूमिका निबाहती हैं। इसके लिए यशपाल ने अत्यन्त सावधानी से वस्तु और रूप का चुनाव किया है और स्वाभाविकता से अपनी बात का निर्वाह। उनके तईं कला और साहित्य जीवन से परे कोई मूल्य नहीं रखते।

वस्तुत: यशपाल एक ऐसे रचनाकार हैं जिन्होंने एक नये, शोषणविहीन समाज की रचना के लिए आजीवन रचनात्मक संघर्ष किया। उन्होंने जिस जीवन को जिया, उसके विविध पहलुओं का गहराई से अध्ययन-मनन तो किया ही, उसका रचनात्मक विश्लेषण भी किया। और ऐसा करते हुए उन्होंने साहित्य और कला के सवालों पर भी अँगुली रखी। स्वभावत: अपनी ऐसी रचनाओं में वे कला के प्रतिगामी मूल्यों का तीखा विरोध करते हैं। यही कारण है कि उनकी रचनाओं में मनुष्य और साहित्य के सर्वोपरि मूल्यों का ताप मौजूद है। उम्मीद है, उनकी कहानियों का यह चयन पसन्द किया जाएगा।

क्रम

करवा का व्रत

कन्हैयालाल अपने दफ्तर के हमजोलियों और मित्रों से दो-तीन बरस बड़ा ही था परन्तु ब्याह उसका उन लोगों के बाद हुआ। उसके बहुत अनुरोध करने पर भी साहब ने उसे ब्याह के लिए सप्ताह-भर से अधिक छुट्टी न दी थी। वह ब्याह करके लौटा तो उसके अन्तरंग मित्रों ने भी उससे वही प्रश्न पूछे जो प्राय: ऐसे अवसर पर दूसरों से पूछे जाते हैं और फिर वही परामर्श उसे दिये गए जो अनुभवी लोग नव-विवाहितों को दिया करते हैं।

हेमराज को कन्हैया समझदार मानता था। हेमराज ने समझाया—बहू को प्यार तो करना ही चाहिए, पर प्यार में उसे बिगाड़ देना या सिर चढ़ा लेना भी ठीक नहीं। औरत सरकश हो जाती है तो आदमी को उम्र-भर जोरू का गुलाम ही बना रहना पड़ता है। उसकी जरूरतें पूरी करो, पर रखो अपने काबू में। मार-पीट बुरी बात है, पर यह भी नहीं कि औरत को मर्द का डर ही न रहे। डर उसे जरूर रहना चाहिए...मारे नहीं तो कम-से-कम गुर्रा तो जरूर दे। तीन बात उसकी मानो तो एक में न भी कर दो। यह न समझ ले कि जो चाहे कर या करा सकती है। उसे तुम्हारी खुशी-नाराजगी की परवाह रहे। हमारे साहब-जैसा हाल न हो जाए...मैं तो देखकर हैरान रह गया। इम्पोरियम से कुछ चीजें लेने के लिए जा रहे थे तो घरवाली को पुकारकर रुपये माँगे। बीबी ने कह दिया—कालीन इस महीने रहने दो अगले महीने सही तो भीगी बिल्ली की तरह बोले—अच्छा! मर्द को रुपया-पैसा तो अपने ही हाथ में रखना चाहिए। मालिक तो मर्द है।

कन्हैया के विवाह के समय नक्षत्रों का योग ऐसा था कि ससुरालवाले लड़की की बिदाई करने के लिए किसी तरह तैयार नहीं हुए। अधिक छुट्टी नहीं थी इसलिए गौने की बात फिर पर ही टल गई थी। एक तरह से अच्छा ही हुआ। हेमराज ने कन्हैया को सिखा-पढ़ा दिया कि पहली ही रात तुम ऐसा मत करना कि वह समझे कि तुम उसके बिना रह नहीं सकते या बहुत खुशामद करने लगो!...अपनी मर्जी रखना, समझे! औरत और बिल्ली की जात एक। पहले दिन के व्यवहार का असर उस पर सदा रहता है। तभी तो कहते हैं कि 'गुर्बा बररोजे अब्वल कुश्तन' (बिल्ली के आते ही पहले दिन हाथ लगा दो तो फिर रास्ता नहीं पकड़ती)...तुम कहते हो पढ़ी-लिखी है तो तुम्हें और भी चौकस रहना चाहिए। पढ़ी-लिखी यों भी मिजाज दिखाती है।

निस्स्वार्थ भाव से हेमराज की दी हुई सीख कन्हैया ने पल्ले बाँध ली थी। उसने सोचा—उसे बाजार होटल में खाना पड़े या घर और चौका सँभालना पड़े तो शादी का लाभ क्या? इसलिए वह लाजो को दिल्ली ले आया था। दिल्ली में सबसे बड़ी दिक्कत मकान की होती है। रेलवे में काम करनेवाले, कन्हैया के जिले के बाबू ने उसे अपने क्वार्टर का एक कमरा और रसोई की जगह सस्ते किराये पर दे दी थी। सवा साल से मजे में चल रहा था।

लाजवन्ती अलीगढ़ में आठवीं जमात तक पढ़ी थी। उसे बहुत-सी चीजों के शौक थे। कई ऐसे भी शौक थे जिन्हें दूसरे घरों की लड़कियों को या नई ब्याही बहुओं को करते देखकर उसे मन मारकर रह जाना पड़ता था। उसके पिता और बड़े भाई पुराने खयाल के थे। सोचती थी ब्याह के बाद सही। उन चीजों के लिए कन्हैया से कहती। लाजो के कहने का ढंग कुछ ऐसा था कि कन्हैया का दिल इनकार करने को न करता पर इस खयाल से कि बहू बहुत सरकश न हो जाए, दो बातें मानकर तीसरी पर इनकार कर देता। लाजो मुँह फुला लेती। लाजो मुँह फुलाती तो सोचती कि मनाएँगे तो मान जाऊँगी। आखिर तो मनाएँगे ही पर कन्हैया मनाने की अपेक्षा डाँट ही देता। एक-आध बार उसने थप्पड़ भी चला दिया। मनौती की प्रतीक्षा में जब थप्पड़ पड़ गया तो दिल कटकर रह गया और

लाजो अकेले में फूट-फूटकर रोई। फिर उसने सोच लिया—चलो, किस्मत में यही है तो क्या हो सकता है। वह हार मानकर खुद ही बोल पड़ी!

कन्हैया का हाथ पहले दो बार तो क्रोध की बेबसी में ही चल गया था पर जब चल गया तो उसे अपने अधिकार और शक्ति का सन्तोष अनुभव होने लगा। अपनी शक्ति अनुभव करने के नशे से बड़ा नशा दूसरा कौन होगा, इस नशे में राजा देश-पर-देश जीतते जाते थे, जमींदार गाँव और सेठ मिल और बैंक खरीदते चले जाते हैं। इस नशे की सीमा नहीं। यह चस्का पड़ा तो कन्हैया का हाथ उतना क्रोध आने की प्रतीक्षा किये बिना भी चल जाने लगा।

मार से लाजो को शारीरिक पीड़ा तो होती ही थी पर उससे अधिक होती थी अपमान की पीड़ा। ऐसा होने पर वह कई दिन के लिए उदास हो जाती। घर का सब काम करती रहती। बुलाने पर उत्तर भी दे देती। इच्छा न होने पर भी कन्हैया की इच्छा का विरोध न करती पर मन-ही-मन सोचती रहती, इससे तो अच्छा है मर जाऊँ। और फिर समय पीड़ा को कम कर देता। जीवन था तो हँसने और खुश होने की इच्छा भी फूट पड़ती थी और लाजो फिर हँसने लगती। उसने सोच लिया था—मेरा पति है, जैसा भी है मेरे लिए तो यही सबकुछ है। जैसे चाहता है, वैसे ही मैं चलूँ। लाजो के सब तरह अधीन हो जाने पर भी कन्हैया की तेजी बढ़ती ही जा रही थी। वह लाजो के प्रति जितनी अधिक बेपरवाही और स्वच्छन्दता दिखा सकता, अपने मन में उसे उतना ही अधिक अपनी समझने और प्यार का सन्तोष पाता।

क्वार के अन्त में पड़ोस की स्त्रियाँ करवा चौथ के व्रत की बात करने लगी थीं। एक-दूसरे को बता रही थीं कि उनके मायके से करवे में क्या आया। पहले बरस लाजो का भाई आकर करवा दे गया था। इस बरस भी वह प्रतीक्षा में थी। जिनके मायके दिल्ली से दूर थे, उनके यहाँ मायके से रुपये आ गए थे। कन्हैया अपनी चिट्ठी-पत्री दफ्तर के ही पते से मँगाता था। दफ्तर से आकर उसने बताया, "तुम्हारे भाई ने करवे के दो रुपये भेजे हैं।"

करवे के रुपये आ जाने से ही लाजो को सन्तोष हो गया। सोचा, भैया इतनी दूर कैसे आते? कन्हैया दफ्तर जा रहा था तो उसने अभिमान से गर्दन कन्धे पर टेढ़ी कर और लाड़ के स्वर में याद दिलाया, "हमारी सरगी के लिए क्या-क्या लाओगे..." और लाजो ने ऐसे अवसर पर लाई जानेवाली चीजें याद दिला दीं।

लाजो पड़ोस में कह आई कि उसने भी सरगी का सामान मँगाया है। करवाचौथ का व्रत भला कौन हिन्दू स्त्री नहीं रखती? जनम-जनम यही पति मिले, इसलिए दूसरे व्रतों की परवाह न करनेवाली पढ़ी-लिखी स्त्रियाँ भी इस व्रत की उपेक्षा नहीं कर सकतीं।

अवसर की बात, उस दिन कन्हैया लंच की छुट्टी में साथियों के कुछ ऐसे काबू आ गया कि सवा तीन रुपये खर्च हो गए। वह लाजो का बताया सरगी का सामान घर नहीं ला सका। कन्हैया खाली हाथ घर लौटा तो लाजो का मन बुझ गया। उसने गम खाना सीखकर रूठना छोड़ दिया था परन्तु उस साँझ मुँह लटक ही गया। आँसू पोंछ लिये और बिना बोले चौके-बर्तन के काम में लग गई। रात भोजन के समय कन्हैया ने देखा कि लाजो मुँह सुजाए है, बोल नहीं रही है तो अपनी भूल कबूल कर उसे मनाने या कोई और प्रबन्ध करने का आश्वासन देने के बजाय उसे डाँट दिया।

लाजो का मन और भी बिंध गया। कुछ ऐसा खयाल आने लगा—इन्हीं के लिए तो व्रत कर रही हूँ और यह ही ऐसी रुखाई दिखा रहे हैं।...मैं व्रत कर रही हूँ कि अगले जनम में भी 'इन' से ही ब्याह हो और इन्हें मैं सुखा ही नहीं रही हूँ...। अपनी उपेक्षा और निरादर से भी रोना आ गया। कुछ खाते न बना। ऐसे ही सो गई।

तड़के पड़ोस से रोज की अपेक्षा जल्दी ही बर्तन भांडे खटकने की आवाजें आने लगीं। लाजो को याद आने लगा—शान्ति बता रही थी कि उसके बाबू सरगी के लिए फेनियाँ लाए थे, तारवाले बाबू की घरवाली ने बताया था कि खोए की मिठाई लाए थे।। लाजो ने सोचा, उनके मर्दों को खयाल है कि हमारी बहू हमारे लिए व्रत कर रही है, इन्हें जरा भी खयाल नहीं।

लाजो का मन इतना खिन्न हो गया कि सरगी में उसने कुछ भी न खाया। न खाने पर भी पति के नाम का व्रत कैसे न रखती। सुबह-सुबह पड़ोस की स्त्रियों के साथ उसने भी करवे का व्रत न करनेवाली रानी और करवे का व्रत करनेवाली राजा की प्रेयसी दासी की कथा सुनने का और व्रत के दूसरे अनुष्ठान निबाहे। खाना बनाकर कन्हैयालाल को दफ्तर जाने के समय खिला दिया। कन्हैया ने दफ्तर जाते समय देखा कि लाजो मुँह सुजाए हैं। उसने फिर डाँटा, "मालूम होता है दो-चार खाए बिना तुम सीधी नहीं होगी!"

लाजो को और भी रुलाई आ गई। कन्हैया दफ्तर चला गया तो वह अकेली बैठी कुछ देर रोती रही। सोचती रही—क्या जुल्म है! इन्हीं के लिए व्रत कर रही हूँ और इन्हें ही गुस्सा आ रहा है।...जनम-जनम 'ये' ही मिलें इसीलिए मैं भूखी मर रही हूँ। बड़ा सुख मिल रहा है न।...अगले जनम में और बड़ा सुख दे देंगे! जनम निबाहना ही मुश्किल हो रहा है। ...इस जनम में तो इस मुसीबत से मर जाना अच्छा लगता है, दूसरे जनम के लिए वही मुसीबत पक्की कर रही हूँ...।

लाजो पिछली रात से भूखी थी बल्कि पिछली दोपहर से पहले का ही खाया हुआ था। भूख के मारे आँतें कुड़मुड़ा रही थीं और उस पर पति का निर्दय व्यवहार। जनम-जनम, कितने जनम तक उसे ऐसा ही व्यवहार सहना पड़ेगा, सोचकर लाजो का मन डूबने लगा। सिर में दर्द होने लगा तो वह धोती के आँचल से सिर बाँधकर खाट पर लेटने लगी तो झिझक गई, करवे के दिन बान पर नहीं लेटा या बैठा जाता। वह दीवार के साथ फर्श पर ही लेट रही।

लाजो को पड़ोसिनों की पुकार सुनाई दी। वे उसे बुलाने आई थीं। करवा चौथ का व्रत होने के कारण सभी स्त्रियाँ उपवास करके भी प्रसन्न थीं। आज करने के कारण नित्य की तरह दोपहर के समय सीने-पिरोने, काढ़ने-बुनने का काम किया नहीं जा सकता था। करवे के दिन सुई, सिलाई और चरखा नहीं छुआ जाता। काम से छुट्टी थी और विनोद के लिए ताश या जुए की बैठक जमाने का उपक्रम हो रहा था। वे लाजो को भी उसी के लिए बुलाने आई थीं। सिरदर्द और मन के दुख के कारण

लाजो जा नहीं सकी। सिरदर्द और बदन टूटने की बात कहकर वह टाल गई और फिर सोचने लगी—यह सब तो सुबह सरगी खाए हुए हैं। जान तो मेरी ही निकल रही है।...फिर अपने दुखी जीवन के कारण मर जाने का खयाल आया और कल्पना करने लगी कि करवा चौथ के व्रत के दिन उपवास किये-किये मर जाए तो इस पुण्य से जरूर ही यही पति अगले जनम में मिले...।

लाजो की कल्पना बावली हो उठी थी। वह सोचने लगी—मैं मर जाऊँ तो इनका क्या है और ब्याह कर लेंगे। जो आएगी, वह भी करवा चौथ का व्रत करेगी। अगले जनम में दोनों का इन्हीं से ब्याह होगा, हम सौतें बनेंगी। सौत का खयाल उसे और भी बुरा लगा। फिर अपने-आप समाधान हो गया। नहीं, पहले मुझसे ब्याह होगा; मैं मर जाऊँगी तो दूसरी से होगा। अपने उपवास के इतने भयंकर परिणाम की चिन्ता से मन अधीर हो उठा। भूख अलग व्याकुल किये थी। उसने सोचा—क्यों मैं अपना अगला जनम भी बरबाद करूँ। भूख के कारण शरीर निढाल होने पर भी खाने को मन नहीं हो रहा था परन्तु उपवास के परिणाम की कल्पना से मन क्रोध से जल उठा। वह उठ खड़ी हुई।

कन्हैयालाल के लिए उसने सुबह जो खाना बनाया था उसमें से बची दो रोटियाँ कटोरदान में पड़ी थीं। लाजो उठी और उपवास के फल से बचने के लिए उसने मन को वश में कर एक रोटी रूखी ही खा ली और एक गिलास पानी पीकर फिर लेट गई। मन बहुत खिन्न था। कभी सोचती—यह मैंने क्या किया?...व्रत तोड़ दिया! कभी सोचती—ठीक ही तो किया, अपना अगला जनम क्यों बरबाद करूँ! ऐसे पड़े-पड़े ही झपकी आ गई।

कमरे के किवाड़ पर धम-धम सुनकर लाजो ने देखा रोशनदान से प्रकाश की जगह अन्धकार भीतर आ रहा था। समझ गई, दफ्तर से लौटे हैं। उसने किवाड़ खोले और चुपचाप एक ओर हट गई।

कन्हैयालाल ने क्रोध से उसकी ओर देखा, "अभी तक पारा नहीं उतरा? मालूम होता है झाड़े बिना नहीं उतरेगा!"

लाजो के दुखे हुए दिल पर और चोट पड़ी और पीड़ा क्रोध में बदल गई। कुछ उत्तर न दे वह घूमकर फिर दीवार के सहारे फर्श पर बैठ गई।

कन्हैयालाल का गुस्सा भी उबल पड़ा, "यह अकड़ है?...आज तुझे ठीक कर ही दूँ!" उसने कहा और लाजो को बाँह से पकड़, खींचकर गिराते हुए दो थप्पड़ पूरे हाथ के जोर से ताबड़तोड़ जड़ दिये और हाँफते हुए लात उठाकर कहा, "और मिजाज दिखा!...खड़ी हो सीधी!"

लाजो का क्रोध भी सहन की सीमा पार कर चुका था। खींची जाने पर भी फर्श से उठी नहीं और मार खाने के लिए तैयार होकर उसने चिल्लाकर कहा, "मार ले, मार ले! जान से मार डाल! पीछा छूटे! आज ही तो मारेगा! मैंने कौन-सा व्रत रखा है तेरे लिए जो जनम-जनम तेरी मार खाऊँगी। मार-मार डाल...।"

कन्हैयालाल का लात मारने के लिए उठा पाँव अधर में ही रुक गया। लाजो का हाथ उसके हाथ से छूट गया। वह स्तब्ध रह गया। मुँह में आई गाली भी मुँह में ही रह गई। ऐसे जान पड़ा कि अँधेरे में कुत्ते के धोखे जिस जानवर को मार बैठा था उसकी गुर्राहट से जाना कि वह शेर था; या लाजो को डाँट और मार सकने का अधिकार एक भ्रम ही था। कुछ क्षण वह हाँफता हुआ खड़ा सोचता रहा और फिर खाट पर बैठकर चिन्ता में डूब गया। लाजो फर्श पर पड़ी रोती रही। उस ओर देखने का साहस कन्हैयालाल को नहीं हो रहा था। वह उठा और बाहर चला गया।

लाजो फर्श पर पड़ी फूट-फूटकर रोती रही। जब घंटे-भर रो चुकी तो उठी। चूल्हा जलाकर कम-से-कम कन्हैया के लिए खाना तो बनाना ही था। बड़े बेमन उसने खाना बनाया। बना चुकी तब भी कन्हैयालाल लौटा नहीं था। लाजो ने खाना ढक दिया और कमरे के किवाड़ उड़काकर फिर फर्श पर लेट गई। यही सोच रही थी, क्या मुसीबत है यह जिन्दगी! यही झेलना था तो पैदा ही क्यों हुई थी। मैंने किया क्या था जो मारने लगे?

किवाड़ों के खुलने का शब्द सुनाई दिया। वह उठने के लिए आँसुओं से भीगे चेहरे को आँचल से पोछने लगी। कन्हैयालाल ने आते ही एक नजर उसकी ओर डाली। उसे पुकारे बिना ही वह दीवार के साथ बिछी चटाई पर चुपचाप बैठ गया।

कन्हैयालाल का ऐसे चुप बैठ जाना नई ही बात थी पर लाजो गुस्से में कुछ न बोल रसोई में चली गई। आसन बिछाकर थाली-कटोरी रखकर

खाना परोस दिया और लोटे में पानी लेकर हाथ धुलाने के लिए खड़ी थी। जब पाँच मिनट हो गए और कन्हैयालाल नहीं आया तो उसे पुकारना ही पड़ा, "खाना परोस दिया है!"

कन्हैयालाल आया तो हाथ नल से धोकर झाड़ते हुए भीतर आया। अब तक हाथ धुलाने के लिए लाजो ही उठकर पानी देती थी। कन्हैयालाल दो ही रोटी खाकर उठ गया। लाजो और देने लगी तो उसने कह दिया, "बस हो गया, और नहीं चाहिए।"

कन्हैयालाल खाकर उठा तो रोज की तरह हाथ धुलाने के लिए न कहकर नल की ओर चला गया।

लाजो मन मारकर स्वयं खाने बैठी तो देखा, कद्दू की तरकारी बिल्कुल कड़वी हो रही थी। मन की अवस्था ठीक न होने से हल्दी-नमक दो-दो बार पड़ गया था। बड़ी लज्जा अनुभव हुई—हाय, उन्होंने कुछ कहा भी नहीं। यह तो जरा भी कम-ज्यादा होने पर डाँट देते थे।

लाजो से दुख में खाया नहीं गया। यों ही कुल्ला कर, हाथ धोकर इधर आई कि बिस्तर को झाड़कर बिछा रहा था। लाजो जिस दिन से इस घर में आई थी ऐसा कभी नहीं हुआ था।

लाजो ने शरमाकर कहा, "मैं आ गई, रहने दो। किये देती हूँ।" और पति के हाथ से दरी-चादर पकड़ ली। लाजो बिस्तर करने लगी तो कन्हैयालाल दूसरी ओर से मदद करता रहा। फिर लाजो को सम्बोधन किया, "तुमने कुछ खाया नहीं। कद्दू में नमक ज्यादा हो गया है। सुबह और पिछली रात भी तुमने कुछ नहीं खाया था। ठहरो, मैं तुम्हारे लिए दूध ले आऊँ।"

लाजो के प्रति इतनी चिन्ता कन्हैयालाल ने कभी नहीं दिखाई थी। जरूरत भी नहीं समझी थी। लाजो को उसने अपनी 'चीज' समझा था। आज वह ऐसे बात कर रहा था जैसे लाजो भी इनसान हो, उसका भी खयाल किया जाना चाहिए। लाजो को शरम तो आ रही थी पर अच्छा भी लग रहा था। उसी रात से कन्हैयालाल के व्यवहार में एक नरमी-सी आ गई। कड़े बोल की तो बात क्या बल्कि एक झिझक-सी हर बात में, जैसे लाजो के किसी बात के बुरा मान जाने की या नाराज हो जाने की आशंका हो। कोई काम अधूरा देखता तो स्वयं करने लगता। लाजो को

मलेरिया बुखार आ गया तो उसने उसे चौके के समीप नहीं जाने दिया। बर्तन भी खुद ही साफ कर लिये। कई दिन तो लाजो को बड़ी उलझन और शरम मालूम हुई पर फिर पति पर और अधिक प्यार आने लगा। जहाँ तक बन पड़ता, घर का काम उसे नहीं करने देती, प्यार से डाँट देती, "मर्द यह काम करते अच्छे नहीं लगते...।"

उन लोगों का जीवन कुछ दूसरी ही तरह का हो गया। लाजो खाने के लिए पुकारती तो कन्हैया जिद करता, "तुम सब बना लो फिर एक साथ बैठकर खाएँगे।"

कन्हैया पहले कोई पत्रिका या पुस्तक उधार लाता था तो अकेला मन-ही-मन पढ़ा करता था। अब लाजो को सुनाकर पढ़ता या खुद सुन लेता। यह भी पूछ लेता, "तुम्हें नींद तो नहीं आ रही?"

साल बीतते मालूम न हुआ। फिर करवा चौथ का व्रत आ गया। जाने क्यों लाजो के भाई का मनीआर्डर करवे के लिए न पहुँचा था। करवाचौथ से पहले दिन कन्हैयालाल दफ्तर जा रहा था। लाजो ने खिन्नता और लज्जा से कहा, "भैया करवा भेजना शायद भूल गए।"

कन्हैयालाल ने सान्त्वना के स्वर में कहा, "तो क्या हुआ? उन्होंने जरूर भेजा होगा। डाकखानेवालों का हाल आजकल बुरा है। शायद आज आ जाए या और दो दिन बाद आए। डाकखानेवाले आजकल मनीआर्डर में पन्द्रह-पन्द्रह दिन लगा देते हैं। तुम व्रत-उपवास के झगड़े में मत पड़ना। तबीयत खराब हो जाती है। यों कुछ मँगाना है तो बता दो, लेते आएँगे। व्रत-उपवास से होता क्या है? सब ढकोसले हैं।"

"वाह, यह कैसे हो सकता है। हम तो व्रत जरूर रखेंगे। भैया ने करवा नहीं भेजा, न सही। बात तो व्रत की है, करवे की थोड़े ही है।" लाजो ने बेपरवाही से कहा।

संध्या समय कन्हैयालाल आया तो रूमाल में बँधी छोटी गाँठ लाजो को थमाकर बोला, "लो, फेनी तो मैं ले आया हूँ पर तुम व्रत के झगड़े में नहीं पड़ना।" लाजो ने मुस्कराकर रूमाल लेकर आलमारी में रख दिया।

अगले दिन लाजो ने समय पर खाना तैयार कर कन्हैया को रसोई में पुकारा, "आओ, खाना परस दिया है।"

कन्हैया ने जाकर देखा, खाना एक ही आदमी के लिए परोसा था।

"और तुम?" कन्हैया ने लाजो की ओर देखा।

"वाह, मेरा तो व्रत है। सुबह सरगी भी खा ली। तुम अभी सो ही रहे थे।" लाजो ने मुस्कराकर प्यार से बताया।

"यह बात, तो हमारा भी व्रत रहा।" आसन से उठते हुए कन्हैयालाल ने कहा।

लाजो ने पति का हाथ पकड़कर रोकते हुए समझाया, "क्या पागल हो, कहीं मर्द भी करवाचौथ का व्रत रखते हैं...तुमने सरगी कहाँ खाई है?"

"नहीं, नहीं, यह कैसे हो सकता है।"

कन्हैया नहीं माना, "तुम्हें अगले जन्म में मेरी जरूरत है तो क्या मुझे तुम्हारी जरूरत नहीं है? या तुम भी व्रत न रखो आज।"

लाजो पति की ओर कातर आँखों से देखती हार मान गई। पति के उपासे दफ्तर जाने पर उसका हृदय गर्व से फूला नहीं समा रहा था।

■

दुख

जिसे मनुष्य सर्वापेशा अपना समझ भरोसा करता है, जब उसी से अपमान और तिरस्कार प्राप्त हो तो मन वितृष्णा से भर जाता है; एकदम मर जाने की इच्छा होने लगती है। इसे शब्दों में बता सकना सम्भव नहीं।

दिलीप ने हेमा को पूर्ण स्वतंत्रता दी थी। वह उसका कितना आदर करता था; कितनी आन्तरिकता से वह उसके प्रति अनुरक्त था? बहुत-से लोग उसे 'अति' कहेंगे। इस पर भी जब वह हेमा को सन्तुष्ट न कर सका और हेमा केवल दिलीप के, उसकी सहेली के साथ दूसरे 'शो' में सिनेमा देख आने के कारण, रात-भर रूठी रहकर सुबह उठते ही माँ के घर चली गई, तब दिलीप के मन में क्षोभ का अन्त न रहा।

सितम्बर का अन्तिम सप्ताह था। वर्षा की ऋतु बीत जाने पर भी दिन-भर पानी बरसता रहा। दिलीप बैठक की खिड़की और दरवाजों पर परदे डाले बैठा था। वितृष्णा और ग्लानि में समय स्वयं यातना बन जाता है। एक-एक मिनट गुजरना मुश्किल हो जाता है। समय को बीतता न देख दिलीप खीझकर सो जाने का यत्न करने लगा। इसी समय जीने पर से छोटे भाई के धम-धमकर उतरते चले आने का शब्द सुनाई दिया। अलसाई हुई आँख को आधा खोल उसने दरवाजे की ओर देखा।

छोटे भाई ने परदे को हटाकर पूछा, "भाई जी, आपको कहीं जाना न हो तो मैं मोटर साइकिल ले जाऊँ?"

इस विघ्न से शीघ्र छुटकारा पाने के लिए दिलीप ने हाथ के इशारे से उसे इजाजत दे, आँखें बन्द कर लीं।

दीवार पर टँगे क्लॉक ने कमरे को गुँजाते हुए छह बज जाने की सूचना दी। दिलीप को अनुभव हुआ—क्या वह यों ही कैद में पड़ा रहेगा? उठकर खिड़की का परदा हटाकर देखा, बारिश थम गई थी। अब उसे दूसरा भय हुआ, कोई आ बैठेगा और अप्रिय चर्चा चला देगा।

वह उठा। भाई की साइकिल ले, गली के कीचड़ से बचता हुआ और उससे अधिक लोगों की निगाहों से छिपता हुआ वह मोरी दरवाजे से बाहर निकल, शहर की पुरानी फसील के बाग से होता हुआ मिंटो पार्क जा पहुँचा। उस लम्बे-चौड़े मैदान में पानी से भरी घास पर पछवा के तेज झोंकों में ठिठुरने के लिए उस समय कौन आता?

उस एकान्त में एक बेंच के सहारे साइकिल खड़ी कर वह बैठ गया। सिर से टोपी उतार बेंच पर रख दी। सिर में ठंड लगने से मस्तिष्क की व्याकुलता कुछ कम हुई।

खयाल आया, यदि ठंड लग जाने से वह बीमार हो जाए, उसकी हालत खराब हो जाए तो वह चुपचाप शहीद की तरह अपने दुख को अकेला ही सहेगा। 'किसी' को अपने दुख का भाग लेने के लिए न बुलाएगा। जो उस पर विश्वास नहीं कर सकता, उसे क्या अधिकार कि उसके दुख का भाग बँटाने आए। एक दिन मृत्यु दबे पाँव आएगी और उसके रोग के कारण, हृदय की व्यथा और रोग को ले, उसके सिर पर

सान्त्वना का हाथ धर उसे शान्त कर चली जाएगी। उस दिन जो लोग रोने बैठेंगे, उनमें हेमा भी होगी। उस दिन उसे खोकर हेमा अपने नुकसान का अन्दाजा कर अपने व्यवहार के लिए पछताएगी। यही बदला होगा दिलीप के चुपचाप सहते जाने का। निश्चय कर उसने सन्तोष का एक दीर्घ निश्वास लिया। वह करवट बदल ठंडी हवा खाने के लिए बैठ गया।

समीप तीन फर्लांग पर मुख्य रेलवे लाइन से कितनी ही गाड़ियाँ गुजर चुकी थीं। उधर दिलीप का ध्यान न गया था। अब जब फ्रंटियर मेल तूफान वेग से, तीव्र कोलाहल करती हुई गुजरी तो दिलीप ने उस ओर देखा। लगातार फर्स्ट और सेकंड के डिब्बों से निकलनेवाले तीव्र प्रकाश से वह समझ गया—फ्रंटियर मेल जा रही है, साढ़े नौ बज गए।

स्वयं सहे अन्याय के प्रतिकार की एक सम्भावना देख उसका मन कुछ हल्का हो गया था। वह लौटने के लिए उठा। शरीर में शैथिल्य की मात्रा बाकी रहने के कारण साइकिल पर न चढ़ वह पैदल-पैदल बागोबाग, बादशाही मस्जिद से टकसाली दरवाजे और टकसाली से भाटी दरवाजे पहुँचा। मार्ग में शायद ही कोई व्यक्ति दिखाई दिया हो। सड़क के किनारे स्तब्ध खड़े बिजली के लैम्प निष्काम और निर्विकार भाव से अपना प्रकाश सड़क पर डाल रहे थे। मनुष्यों के अभाव की कुछ भी परवाह न कर, लाखों पतंगे गोले बाँध-बाँधकर इन लैम्पों के चारों ओर नृत्य कर रहे थे। सौर जगत् के यह अद्भुत नमूने थे। प्रत्येक पतंगा एक नक्षत्र की भाँति अपने मार्ग पर चक्कर काट रहा था। कोई छोटा, कोई बड़ा दायरा बना रहा था। कोई दाएँ को, कोई बाएँ को, कोई विपरीत गति में निरन्तर चक्कर काटते चले जा रहे थे। कोई किसी से टकराता नहीं। वृक्षों के भीगे पत्ते बिजली के प्रकाश में चमचमा रहे थे।

एक लैम्प के नीचे से आगे बढ़ने पर उसकी छोटी परछाईं उसके आगे फैलती चलती। ज्यों-ज्यों वह लैम्प से आगे बढ़ता, परछाईं पलटकर पीछे हो जाती। बीच-बीच में वृक्षों की टहनियों की परछाईं उसके ऊपर से होकर निकल जाती। सड़क पर पड़ा प्रत्येक भीगा पत्ता लैम्पों की किरणों का उत्तर दे रहा था। दिलीप सोच रहा था—मनुष्य के बिना भी संसार कितना व्यस्त और रोचक है!

कुछ कदम आगे बढ़ने पर सड़क किनारे नीबू के वृक्षों की छाया में कोई श्वेत-सी चीज दिखाई दी। कुछ और बढ़ने पर मालूम हुआ, कोई छोटा-सा लड़का सफेद कुर्ता-पायजामा पहिरे, एक थाली सामने रखे कुछ बेच रहा है।

बचपन में गली-मुहल्ले के लड़कों के साथ उसने अक्सर खोमचेवाले से सौदा खरीदकर खाया था। अब वह इन बातों को भूल चुका था परन्तु इस सर्दी में सुनसान सड़क पर, जहाँ कोई आने-जानेवाला नहीं, यह खोमचा बेचनेवाला कैसे बैठा है?

खोमचेवाले के क्षुद्र शरीर और आयु ने भी उसका ध्यान आकर्षित किया। उसने देखा, रात में सौदा बेचने निकलनेवाले इस सौदागर के पास मिट्टी के तेल की ढिबरी तक नहीं। समीप आकर उसने देखा, वह लड़का सर्द हवा में सिकुड़कर बैठा था। दिलीप के समीप आने पर उसने आशा की एक निगाह उसकी ओर डाली और फिर आँखें झुका लीं।

दिलीप ने और ध्यान से देखा, लड़के के मुख पर खोमचा बेचनेवालों की-सी चतुरता न थी, बल्कि उसकी जगह थी एक कातरता। उसकी थाली भी खोमचे का थाल न होकर घरेलू व्यवहार की एक मामूली हल्की मुरादाबादी थाली थी। तराजू भी न था। थाली में कागज के आठ टुकड़ों पर पकौड़ों की बराबर-बराबर ढेरियाँ लगाकर रख दी गई थीं।

दिलीप ने सोचा, इस ठंडी रात में हमीं दो व्यक्ति बाहर हैं। वह उसके पास जाकर ठिठक गया। मनुष्य मनुष्य में कितना भेद होता है परन्तु मनुष्यत्व एक चीज है जो कभी-कभी भेद की सब दीवारों को लाँघ जाता है। दिलीप को समीप खड़े होते देख लड़के ने कहा, "एक-एक पैसे में एक-एक ढेरी।"

एक क्षण चुप रह दिलीप ने पूछा, "सबके कितने पैसे?"

बच्चे ने उँगली से ढेरियों को गिनकर जवाब दिया, "आठ पैसे।"

दिलीप ने केवल बात बढ़ाने के लिए पूछा, "कुछ कम नहीं लेगा?"

सौदा बिक जाने की आशा से जो प्रफुल्लता बालक के चेहरे पर आ गई थी, वह दिलीप के इस प्रश्न से उड़ गई। उसने उत्तर दिया, "माँ बिगड़ेगी।"

इस उत्तर से दिलीप द्रवित हो गया और बोला, "क्या पैसे माँ को देगा?" बच्चे ने हामी भरी।

दिलीप ने कहा, "अच्छा सब दे दो।"

लड़के की व्यस्तता देख दिलीप ने अपना रूमाल निकालकर दे दिया और पकौड़े उसमें बँधवा लिये।

आठ पैसे का खोमचा बेचने जो इस सर्दी में निकला है उसके घर की क्या अवस्था होगी, यह सोचकर दिलीप सिहर उठा। उसने जेब से एक रुपया निकाल लड़के की थाली में डाल दिया। रुपये की खनखनाहट से वह सुनसान रात गूँज उठी। रुपये को देख लड़के ने कहा, "मेरे पास तो पैसे नही हैं।"

दिलीप ने पूछा, "तेरा घर कहाँ है?"

"पास ही गली में है।" लड़के ने जवाब दिया।

दिलीप के मन में उसका घर देखने का कौतूहल जाग उठा। बोला, "चलो मुझे भी उधर से ही जाना है। रास्ते में तुम्हारे घर से पैसे ले लूँगा।"

बच्चे ने घबराकर कहा, "पैसे तो घर पर भी न होंगे।"

दिलीप सुनकर सिहर उठा परन्तु उत्तर दिया, "होंगे, तुम चलो।" लड़का खाली थाली को छाती से चिपटा आगे-आगे चला और उसके पीछे बाइसिकल को थामे दिलीप।

दिलीप ने पूछा, "तेरा बाप क्या करता है?"

लड़के ने उत्तर दिया, "बाप मर गया है।"

दिलीप चुप हो गया। कुछ और दूर जा उसने पूछा, "तुम्हारी माँ क्या करती है?"

लड़के ने उत्तर दिया, "माँ एक बाबू के यहाँ चौका-बर्तन करती थी, अब बाबू ने हटा दिया है।"

दिलीप ने पूछा, "क्यों हटा दिया बाबू ने?"

लड़के ने जवाब दिया, "माँ अढ़ाई रुपया महीना लेती थी, जगतू की माँ ने बाबू से कहा कि वह दो रुपये में सब काम कर देगी इसलिए बाबू की घरवाली ने माँ को हटाकर जगतू की माँ को रख लिया है।"

दिलीप फिर चुप हो गया। लड़का नंगे पैर गली के कीचड़ में छप-छप करता चला जा रहा था। दिलीप को कीचड़ से बचकर चलने में

असुविधा हो रही थी। लड़के की चाल की गति को कम करने के लिए दिलीप ने फिर प्रश्न किया, "तुम्हें जाड़ा नहीं मालूम होता?"

लड़के ने शरीर को गरम करने के लिए चाल को और तेज करते हुए उत्तर दिया, "नहीं।"

दिलीप ने फिर प्रश्न किया, "जगतू की माँ क्या करती थी?"

लड़के ने कहा, "जगतू की माँ स्कूल में लड़कियों को घर से बुला लाती थी। स्कूलवालों ने लड़कियों को घर से लाने के लिए मोटर रख ली है और उसे निकाल दिया है।"

गली के मुहाने पर कमेटी का बिजली का लैम्प जल रहा था। ऊपर की मंजिल की खिड़कियों से भी गली में कुछ प्रकाश पड़ रहा था। उससे गली का कीचड़ चमककर किसी कदर मार्ग दिखाई दे रहा था।

सँकरी गली में एक बड़ी खिड़की के आकार का दरवाजा खुला था। उसका धुँधला लाल-सा प्रकाश सामने पुरानी ईंटों की दीवार पर पड़ रहा था। इसी दरवाजे में लड़का चला गया।

दिलीप ने झाँककर देखा। मुश्किल से आदमी के कद की ऊँचाई की कोठरी में—जैसी प्राय: शहरों में ईंधन रखने के लिए बनी रहती है—धुआँ उगलती मिट्टी के तेल की एक ढिबरी अपना धुँधला लाल प्रकाश फैला रही थी। एक छोटी चारपाई, जैसी कि श्राद्ध में महाब्राह्मणों को दान दी जाती है, काली दीवार के सहारे खड़ी थी। उसके पाए से दो-एक मैले कपड़े लटक रहे थे। एक क्षीणकाय, आधी उमर की स्त्री मैली-सी धोती में शरीर लपेटे बैठी थी।

बेटे को देख स्त्री ने पूछा, "सौदा बिक गया बेटा?"

लड़के ने उत्तर दिया, "हाँ माँ", और रुपया माँ के हाथ में देकर कहा, "बाकी पैसे बाबू को देने हैं।"

रुपया हाथ में ले माँ ने विस्मय से पूछा, "कौन बाबू बेटा?"

बच्चे ने उत्साह से कहा, "सईकिलवाले बाबू ने सब सौदा लिया है। उसके पास छुट्टे पैसे नहीं थे। बाबू गली में खड़ा है।"

घबराकर माँ बोली, "रुपये के पैसे कहाँ मिलेंगे बच्चा?" सिर के कपड़े को सँभाल दिलीप को सुनाने के अभिप्राय से माँ ने कहा, "बेटा, रुपया बाबूजी को लौटाकर घर का पता पूछ ले पैसे कल ले आना।"

लड़का रुपया ले दिलीप को लौटाने आया। दिलीप ने ऊँचे स्वर से ताकि माँ सुन ले, कहा, "रहने दो रुपया, कोई परवाह नहीं, फिर आ जाएगा।"

सिर के कपड़े को आगे खींच स्त्री ने कहा, "नहीं जी, आप रुपया लेते जाइए, बच्चा पैसे कल ले आएगा।"

दिलीप ने शरमाते हुए कहा, "रहने दीजिए, यह पैसे मेरी तरफ से बच्चे को मिठाई खाने के लिए रहने दीजिए।"

स्त्री नहीं नहीं करती रह गई। दिलीप अँधेरे में पीछे हट गया।

स्त्री के मुरझाए, कुम्हलाए पीले चेहरे पर कृतज्ञता और प्रसन्नता की झलक छा गई। रुपया अपनी चादर की खूँट में बाँध, एक ईंट पर रखे पीतल के लोटे से बाँह के इशारे से पानी ले उसने हाथ धो लिया और पीतल के एक बर्तन के नीचे से मैले अँगोछे में लिपटी दो रोटियाँ निकाल, बेटे के हाथ धुला उसे खाने को दे दीं।

बेटा तुरन्त की कमाई से पुलकित हो रहा था। मुँह बना कहा, "ऊँ—ऊँ रूखी रोटी!"

माँ ने पुचकारकर कहा, "नमक डाला हुआ है बेटा।"

बच्चे ने रोटी जमीन पर डाल दी और ऐंठ गया, "सुबह भी रूखी रोटी...हाँ रोज-रोज रूखी!"

हाथ आँखों पर रख बच्चा मुँह फैलाकर रोना ही चाहता था, माँ ने उसे गोद में खींच लिया और कहा, "मेरा राजा बेटा, सुबह जरूर दाल खिलाऊँगी। देख, बाबू तेरे लिए रुपया दे गए हैं। शाबाश!

"सुबह मैं तुझे खूब सौदा बना दूँगी, फिर तू रोज दाल खाना।"

बेटा रीझ गया। उसने पूछा, "माँ तूने रोटी खा ली?"

खाली अँगोछे को तहाते हुए माँ ने उत्तर दिया, "हाँ, बेटा! अब मुझे भूख नहीं है तू खा ले।"

भूखी माँ का बेटा बचपन के कारण रूठा था परन्तु माँ की बात के बावजूद घर की हालत से परिचित था। उसने अनिच्छा से एक रोटी माँ की ओर बढ़ाकर कहा, "एक रोटी तू खा ले।"

माँ ने स्नेह से पुचकारकर कहा, "ना बेटा, मैंने सुबह देर से खाई थी। मुझे अभी भूख नहीं, तू खा।"

दिलीप के लिए और देख सकना सम्भव न था। दाँतों से होंठ दबा वह पीछे हट गया।

मकान पर आकर वह बैठा ही था कि नौकर ने आ, दो भद्रपुरुषों के नाम बताकर कहा, आए थे बैठकर चले गए। खाना तैयार होने की सूचना दी। दिलीप ने उसकी ओर बिना देखे ही कहा, "भूख नहीं है।" उसी समय उसे लड़के की माँ का 'भूख नहीं' कहना याद आ गया।

नौकर ने विनीत स्वर में पूछा, "थोड़ा दूध ले आऊँ?"

दिलीप को गुस्सा आ गया। उसने विद्रूप से कहा, "क्यों, भूख न हो तो दूध पिया जाता है? दूध ऐसी फालतू चीज है?"

नौकर कुछ न समझ विस्मित खड़ा रहा।

दिलीप ने खीझकर कहा, "जाओ जी।"

मिट्टी के तेल की ढिबरी के प्रकाश में देखा वह दृश्य उसकी आँखों के सामने से हटना न चाहता था।

छोटे भाई ने आकर कहा, "भाभी ने यह पत्र भेजा है।" और लिफाफा दिलीप की ओर बढ़ा दिया।

दिलीप ने पत्र खोला। पत्र की पहली लाइन में लिखा था—

"मैं इस जीवन में दुख ही देखने को पैदा हुई हूँ...।"

दिलीप ने आगे न पढ़, पत्र फाड़कर फेंक दिया। उसके माथे पर बल पड़ गए। उसके मुँह से निकला—

"काश, तुम जानतीं दुख किसे कहते हैं! तुम्हारा यह रसीला दुख तुम्हें न मिले तो जिन्दगी दूभर हो जाए।"

■

परदा

चौधरी पीरबक्श के दादा चुंगी के महकमे में दारोगा थे। आमदनी अच्छी थी। एक छोटा पर पक्का मकान भी उन्होंने बनवा लिया था। लड़कों को

पूरी तालीम दी थी। दोनों लड़के एंट्रेन्स पासकर रेलवाई में और डाकखाने में बाबू हो गए थे। चौधरी साहब की जिन्दगी में लड़कों के ब्याह और बाल-बच्चे भी हुए लेकिन ओहदों और तनखाह में खास तरक्की न हो सकी, तीस-चालीस रुपये माहवार के दर्जे पर ही रहे।

चौधरी साहब अपने जमाने की याद कर कहते—वो भी क्या वक्त थे। लोग मिडिल पास कर डिप्टी कलक्टरी करते थे और आजकल की तालीम है कि एंट्रेन्स तक अंग्रेजी पढ़कर लड़के तीस-चालीस से आगे नहीं बढ़ पाते। बेटों को ऊँचे ओहदे पर देखने का अरमान लिये ही उन्होंने आँखें मूँद ली थीं।

इंशाअल्ला, चौधरी साहब के कुनबे में बरक्कत हुई। चौधरी फजल-कुर्बान रेलवाई में काम करते थे। अल्लाह ने उन्हें चार बेटे और तीन बेटियाँ दी थीं। चौधरी इलाहीबक्श डाकखाने में थे। उन्हें भी अल्लाह ने चार बेटे और दो लड़कियाँ बक्शी थीं।

चौधरी खानदान अपने मकान को हवेली पुकारता था। नाम बड़ा देने पर भी जगह तंग ही रही। दारोगा साहब के जमाने में जनाना भीतर था और बाहर बैठक में वे मोढ़े पर बैठकर नेचा गुड़गुड़ाया करते थे। उनके बाद जगह की तंगी की वजह से बैठक भी जनाने में शामिल हो गई थी और घर की ड्योढ़ी पर परदा लटक गया था। बैठक न रहने पर भी घर की इज्जत का खयाल था। इसलिए परदा बोरी के टाट का नहीं, बढ़िया किस्म का लटकाया जाता था।

जाहिरा दोनों भाइयों के बाल-बच्चे एक ही मकान में रहते थे पर भीतर सब अलग-अलग था। ड्योढ़ी का परदा कौन भाई लाए? इस समस्या का हल यह हुआ कि दारोगा साहब के जमाने की पलंग की रंगीन दरियाँ एक के बाद एक ड्योढ़ी में लटकाई जाने लगीं।

तीसरी पीढ़ी के ब्याह-शादी होने लगे। आखिर चौधरी खानदान की औलाद को हवेली छोड़ दूसरी जगहें तलाश करनी पड़ीं। चौधरी इलाहीबक्श के बड़े साहबजादे एंट्रेन्स पास कर डाकखाने में बीस रुपये की क्लर्की पा गए। दूसरे साहबजादे मिडिल पास कर हस्पताल में कम्पाउंडर बन गए। ज्यों-ज्यों जमाना गुजरता जाता, तालीम और नौकरी दोनों ही मुश्किल

होती जा रही थीं। तीसरे बेटे होनहार थे, उन्होंने वजीफा पाया। जैसे-तैसे मिडिल पास कर स्कूल में मुदर्रिस हो देहात चले गए।

चौथे लड़के पीरबक्श प्राइमरी से आगे न बढ़ सके। आजकल की तालीम माँ-बाप पर खर्च के बोझ के सिवाय और है क्या? स्कूल की फीस हर महीने और किताबों, कॉपियों और नक्शों के लिए रुपये-ही-रुपये।

चौधरी पीरबक्श का भी ब्याह हो गया था। मौला के करम से बीवी की गोद भी जल्दी ही भर गई। पीरबक्श ने रोजगार के तौर पर खानदान की इज्जत के खयाल से, एक तेल की मिल में मुंशीगिरी कर ली थी। तालीम ज्यादा नहीं तो क्या सफेदपोश खानदान की इज्जत का पास तो था। मजदूरी और दस्तकारी उनके करने की चीजें न थीं। वह चौकी पर बैठते, कलम-दवात का काम था।

बारह रुपया महीना अधिक नहीं होता। चौधरी पीरबक्श को मकान सितवा की कच्ची बस्ती में लेना पड़ा। मकान का किराया दो रुपया था। आस-पास गरीब और कमीन लोगों की बस्ती थी। कच्ची गली के बीचोंबीच गली के मुहाने पर लगे कमेटी के नल से निरन्तर टपकते पानी की काली धार बहती रहती थी, नाली के किनारे घास उग आई थी। नाली पर मच्छरों और मक्खियों के बादल उमड़ते रहते थे। सामने रमजानी धोबी की भट्‌ठी थी जिसमें से धुआँ और सज्जी मिले उबले कपड़ों की गन्ध उड़ती रहती थी। दाईं ओर न्यागरा बनानेवाले बीकानेरी मोचियों के घर थे। बाईं ओर वर्कशॉप में काम करनेवाले कुली रहते थे।

उस पूरी बस्ती में चौधरी पीरबक्श ही पढ़े-लिखे और सफेदपोश थे। सिर्फ उनके ही घर ड्योढ़ी पर परदा था। सब लोग उन्हें चौधरी जी, मुंशी जी कहकर सलाम करते थे। उनके घर की औरतों को कभी किसी ने गली में नहीं देखा था। इंशाअल्ला घर में औलाद थी तो वह भी लड़कियाँ। बच्चियाँ चार-पाँच बरस की उम्र तक किसी काम-काज से बाहर निकलतीं और फिर घर की आबरू के खयाल से उनका बाहर निकलना मुनासिब न था। पीरबक्श खुद ही मुस्कराते हुए सुबह-शाम कमेटी के नल से घड़े भर लाते थे।

चौधरी की तनखाह पन्द्रह बरस में बारह से अठारह हो गई थी। खुदा की बरक्कत होती है तो रुपये-पैसे की शक्ल में नहीं, आस-औलाद की शक्ल में होती है। पन्द्रह बरस में पाँच बच्चे हुए थे। पहले तीन लड़कियाँ और बाद में दो लड़के।

दूसरी लड़की होने को थी तो पीरबक्श की वाल्दा मदद के लिए आई थीं। वालिद साहब का इन्तकाल हो चुका था। दूसरा कोई भाई वाल्दा को लिवा ले जाने के लिए नहीं आया। वे छोटे लड़के के यहाँ ही रहने लगी थीं।

जहाँ बाल-बच्चे और घर-बार होता है सौ किस्म की झंझट होती ही है। कभी बच्चे को तकलीफ है तो कभी जच्चा को। ऐसे वक्त में कर्ज की जरूरत कैसे न हो? घर-बार है तो कर्ज भी होगा ही।

मिल की नौकरी का कायदा पक्का होता है। हर महीने की सात तारीख को गिनकर तनखाह मिल जाती है। पेशगी से मालिक को चिढ़ थी। कभी बहुत जरूरत पर ही मेहरबानी करते थे। जरूरत पड़ने पर चौधरी घर की कोई छोटी-मोटी चीज गिरवी रख उधार ले आते थे। गिरवी रखने से रुपये के बारह आने ही मिलते थे। ब्याज मिलाकर सोलह आने हो जाते और फिर चीज के घर लौट आने की सम्भावना न रहती थी।

मुहल्ले में चौधरी पीरबक्श की इज्जत थी। उस इज्जत का आधार था, घर के दरवाजे पर लटका परदा। भीतर जो हो, परदा सालम रहता था। कभी बच्चों की खींच-खाँच या बेदरद हवा के झोकों से उसमें छेद हो जाते तो परदे की आड़ में जनाने हाथ सुई-धागा लेकर उसकी मरम्मत कर देते थे।

दिनों का खेल! मकान की ड्योढ़ी के किवाड़ गलते-गलते बिल्कुल गल गए थे। कई बार कसे जाने से पेच टूट गए और सूराख ढीले पड़ गए। मकान मालिक सुरजू पांडे को उसकी फिक्र न थी। चौधरी कभी जाकर कहते-सुनते तो उत्तर मिलता—"कौन बड़ी रकम थमा देते हो! दो रुपल्ली किराया और वह भी छह-छह महीने का बकाया। जानते हो, लकड़ी का क्या भाव है? न हो मकान छोड़ दो।" आखिर किवाड़ गिर गए। रात में चौधरी उन्हें जैसे-तैसे चौखटे से टिका देते। रात-भर दहशत रहती, अगर कोई चोर आ जाए?

मुहल्ले में सफेदपोशी और इज्जत होने पर भी चोर के लिए घर में कुछ न था। शायद एक भी साबित कपड़ा या बर्तन ले जाने के लिए चोर को न मिलता पर चोर तो चोर है। छिनने के लिए कुछ न हो तो भी चोर का डर तो होता ही है। वह चोर जो ठहरा।

चोर से ज्यादा फिक्र थी आबरू की। किवाड़ न रहने पर परदा ही आबरू का रखवारा था। वह परदा भी तार-तार होते-होते एक रात आँधी में किसी भी हालत में लटकाने लायक न रह गया था। दूसरे दिन सुबह घर की एकमात्र पुश्तैनी चीज दरी दरवाजे पर लटका दी गई। मुहल्लेवालों ने देखा और चौधरी को सलाह दी—अरे चौधरी, इस जमाने में दरी को यों काहे खराब करोगे। बाजार से लाकर टाट का टुकड़ा न लटका दो! चौधरी पीरबक्श टाट की कीमत मिल से आते-जाते कई दफे पूछ चुके थे। दो गज टाट आठ आने से कम में न मिल सकता था। हँसकर बोले, "होने दो क्या है।" हमारे यहाँ पक्की हवेली में भी ड्योढ़ी पर दरी का ही परदा रहता था।

कपड़े की महँगी के जमाने में घर की पाँचों औरतों के शरीर से कपड़े जीर्ण होकर यों गिरते जा रहे थे जैसे पेड़ अपनी छाल छोड़ देते हैं पर चौधरी साहब की आमदनी से दिन में एक बार किसी तरह पेट भर सकने के लिए आटे के अलावा कपड़े की गुंजाइश कहाँ थी? खुद उन्हें नौकरी पर जाना होता था। कुरते-पायजामे में जब पैबन्द सँभालने की ताब न रही तो मारकीन का एक कुरता-पायजामा जरूरी हो गया था पर लाचार थे।

गिरवी रखने के लिए घर में जब कुछ न हो गरीब का एकमात्र सहायक है, पंजाबी खान! रहने की जगह-भर देखकर ही वह रुपया उधार दे सकता है। दस महीने पहले गोद के लड़के बरकत के जन्म के समय पीरबक्श को रुपये की जरूरत आ पड़ी थी। कहीं और कोई प्रबन्ध न हो सकने के कारण उन्होंने पंजाबी खान बबरअलीखाँ से चार रुपये उधार ले लिये थे।

बबरअलीखाँ का रोजगार सितवा के कच्चे घरों के मुहल्ले में अच्छा-खासा चलता था। बीकानेरी मोची, वर्कशॉप के मजदूर और कभी-कभी रमजानी धोबी सभी बबरमियाँ से कर्ज लेते रहते थे। कई दफे

चौधरी पीरबक्श ने बबरअली को कर्ज और सूद की किश्त न मिलने पर अपने दो हाथ के डंडे से ऋणी का दरवाजा पीटते देखा था, उन्हें साहूकार और ऋणी में बीच-बचाव भी करना पड़ा था। खान को वे शैतान समझते थे लेकिन लाचार हो जाने पर उसकी ही शरण लेनी पड़ी। चार आना रुपया महीना पर चार रुपया कर्ज लिया था। शरीफ खानदानी मुसलमीन भाई का खयाल कर बबरअली ने एक रुपया माहवार की किश्त मान ली थी। आठ महीने में कर्ज अदा होना तय हुआ था।

खान की किश्त न दे सकने की हालत में अपने घर के दरवाजे पर फजीहत हो जाने की आशंका से चौधरी के रोएँ खड़े हो जाते। सात महीने फाका करके भी किसी तरह वे किश्त देते चले गए लेकिन जब सावन में बरसात..., और बाजरा भी रुपये का तीन सेर मिलने लगा, ऋण की किश्त देना सम्भव न रहा था। खान सात तारीख की शाम को ही आया। चौधरी पीरबक्श ने खान की दाढ़ी छूकर और अल्ला की कसम खाकर एक महीने की मुआफी चाही और अगले महीने एक का सवा देने का वायदा कर लिया। खान ने मान लिया।

भादों में हालत और भी परेशानी की हो गई। बच्चों की माँ की तबीयत रोज-रोज गिरती ही जा रही थी। खाया पिया उसके पेट में न ठहरता था। पथ्य के लिए उसे गेहूँ की रोटी देना जरूरी हो गया था। गेहूँ मुश्किल से मिलता था और रुपये का सिर्फ पौने दो सेर। बीमार का जी ठहरा, कभी प्याज के टुकड़े या धनिये की खुशबू के लिए ही मचल जाता। कभी पैसे की सौंफ, अजवायन, काला नमक की ही जरूरत हो तो पैसे की कोई चीज मिलती ही नहीं थी। बाजार में ताम्बे का नाम ही नहीं रह गया था; नाहक इकन्नी जाती थी। चौधरी को चार रुपये महँगाई-भत्ते के भी मिले पर पेशगी लेते-लेते तनखाह के दिन केवल चार रुपये हिसाब में शेष निकले।

बच्चे पिछले हफ्ते में लगभग फाके से थे। चौधरी कभी गली से दो पैसे की चौराई खरीद लाते, कभी बाजरा उबाल सब लोग कटोरा-कटोरा भर पी लेते थे। बड़ी कठिनता से मिले चार रुपयों में से सवा रुपया खान के हाथ में धर देने की हिम्मत चौधरी को न हुई।

मिल से घर लौटते समय चौधरी मंडी की ओर टहल गए। दो घंटे बाद जब समझा कि खान टल गया होगा, अनाज की गठरी ले वे घर पहुँचे। खान के भय से दिल डूब रहा था लेकिन दूसरी ओर चार भूखे बच्चों, उनकी माँ के दूध न उतर सकने के कारण सूखकर काँटा हो रहे गोद के बच्चे और चलने-फिरने से लाचार अपनी जईफ माँ की भूख से बिलबिलाती सूरतें चौधरी की आँखों के सामने नाच जातीं। धड़कते हुए हृदय से वे कहते जा रहे थे, "मौला सब देखता है, खैर करेगा।"

सात तारीख की शाम को असफल हो खान आठ की सुबह खूब तड़के, चौधरी के मिल चले जाने से पहले ही अपना डंडा हाथ में लिये दरवाजे पर मौजूद था।

रात-भर सोच-सोचकर चौधरी ने खान के लिए बयान तैयार किया था—मिल के मालिक लालाजी चार रोज के लिए बाहर गए हैं। उनके दस्तखत के बिना किसी को भी तनखाह नहीं मिल सकी। तनखाह मिलते ही वह सवा रुपया हाजिर करेगा।

माकूल वजह बता देने पर भी खान बहुत देर गुर्राता रहा, "अम वतन चोड़ के परदेस में पड़ा है, ऐसे रुपिया चोड़ देने का वास्ते? अमारा भी बाल-बच्चा है। चार रोज रुपिया नई देगा तो अम तुम्हारा...कर देगा।"

पाँचवें दिन रुपया कहाँ से आ जाता! तनखाह मिले हफ्ता-भर नहीं हुआ था। मालिक ने पेशगी देने से साफ इनकार कर दिया। छठे दिन किस्मत से इतवार था। मिल में छुट्टी रहने पर भी चौधरी खान के डर से सुबह ही बाहर निकल गए थे। जान-पहचान के कई आदमियों के यहाँ गए। इधर-उधर की बातचीत कर वे कहते, "अरे भाई, हों तो बीस आने पैसे दो-एक रोज के लिए देना। ऐसे ही जरूरत आ पड़ी है।"

"अ मियाँ पैसे कहाँ इस जमाने में..." उत्तर मिलता, "पैसे का मोल कौड़ी नहीं रह गया। हाथ में आने से पहले ही उधार चुकाने में सब उठ गया है...!"

दोपहर हो गई। खान आया भी होगा तो इस वक्त तक बैठा नहीं रहेगा, चौधरी ने सोचा और घर की तरफ चल दिये। घर पहुँचने पर सुना कि खान आया था और घंटे-भर तक ड्योढ़ी पर लटके दरी के परदे को डंडे से ठेल-ठेलकर गाली देता रहा था। परदे की आड़ से बड़ी-बी के

बार-बार खुदा की कसम खा यकीन दिलाने पर कि चौधरी बाहर गए हैं, रुपया लेने गए हैं, खान गाली देकर कहता, "नई बदजात, चोर बीतर में चिपा है! अम चार गंटे में पिर आता है। रुपिया लेकर जाएगा। रुपिया नई देगा तो उसका खाल उतारकर बाजार में बेच देगा...हमारा रुपिया क्या हराम का है?"

चार घंटे से पहले ही खान की पुकार सुनाई दी, "चोदरी!" पीरबक्श के शरीर में बिजली-सी तड़प गई और वह बिलकुल निस्सत्व हो गए; हाथ-पैर सुन्न और गला खुश्क।

गाली दे परदे को ठेलकर खान के दुबारा पुकारने पर चौधरी का शरीर निर्जीव-प्राय होकर भी निश्चेष्ट न रह सका। वे उठकर बाहर आ गए। खान आग-बबूला हो रहा था, "पैसा नई देने का वास्ते चिपता है!"...एक-से-एक चड़ती हुई तीन गालियाँ एक साथ खान के मुँह से पीरबक्श के पुरखों और पीरों के नाम निकल गईं। उस भयंकर आघात से पीरबक्श का खानदानी रक्त फड़क उठने के बजाय और भी निर्जीव हो गया। खान के घुटने छूकर, अपनी मुसीबत बताकर मुआफी के लिए खुशामद करने लगे।

खान की तेजी बढ़ गई। उसके ऊँचे स्वर से पड़ोस के मोची और मजदूर चौधरी के दरवाजे के सामने इकट्ठे हो गए थे। खान क्रोध में डंडा फटकारकर कह रहा था, "पैसा नहीं देना था तो लिया क्यों? तनखाह किदर में जाता? अरामी अमारा पैसा मारेगा।...अम तुम्हारा खाल खींच लेगा।... पैसा नई है तो गर पर परदा लटका के शरीफजादा कैसे बनता?.. तुम अम को बीवी का गैना दो, बर्तन दो, कुछ तो भी दो! अम ऐसे नई जाएगा...।"

चौधरी पीरबक्श ने बिलकुल बेबस और लाचारी में दोनों हाथ उठाकर खुदा से खान के लिए दुआ माँगकर कसम खाई, "पैसा भी घर में नहीं, बर्तन भी नहीं, कपड़ा भी नहीं। खान चाहे तो बेशक उनकी खाल उतारकर बेच ले।"

खान और भी भड़क उठा, "अम तुम्हारा दुआ का क्या करेगा; अम तुम्हारा खाल क्या करेगा; उसका तो जूती बी नई बनेगा। तुमारा खाल से तो ये टाट अच्छा..." खान ने ड्योढ़ी पर लटका दरी का परदा झटक

लिया। ड्योढ़ी से परदा हटने के साथ ही जैसे चौधरी के जीवन की डोर टूट गई। वह डगमगाकर जमीन पर गिर पड़े।

चौधरी में उस दृश्य को देख सकने की ताव न थी परन्तु द्वार पर खड़ी भीड़ ने देखा—घर की औरतें और लड़कियाँ परदे के दूसरी ओर घटती घटना के आतंक से आँगन के बीचोंबीच भय से इकट्ठी खड़ी हो काँप रही थीं। सहसा परदा हट जाने से औरतें ऐसे सिकुड़ गईं जैसे उनके शरीर का वस्त्र खींच लिया गया हो! वह परदा ही तो घर-भर की औरतों के शरीर का वस्त्र था। उनके शरीर पर बचे चीथड़े उनके एक तिहाई अंग ढकने में भी असमर्थ थे...

जाहिल भीड़ ने घृणा और शरम से आँखें फेर ली। उस नग्नता की झलक से खान की कठोरता भी पिघल गई। ग्लानि से थूक परदे को आँगन में वापिस फेंक क्रुद्ध निराशा में उसने कहा, "लाहोल बिला...।" और असफल लौट गया।

भीड़ भय से चीखकर ओट में भागती हुई औरतों पर दया करके दरवाजे के सामने से हट गई थी। चौधरी बेसुध पड़े थे। जब उन्हें होश आया, ड्योढ़ी का परदा आँगन में सामने पड़ा था परन्तु उसे उठाकर फिर से लटका देने का सामर्थ्य उनमें शेष न था। शायद अब उसकी आवश्यकता भी न रही थी।

परदा जिस भावना का अवलम्ब था, वह मर चुकी थी...।

■

फूलो का कुर्ता

मुझे यदि संकीर्णता और संघर्ष से भरे नगरों में ही अपना जीवन बिताना पड़ता तो मैं या तो आत्महत्या कर लेता या पागल हो जाता। भाग्य से बरस में तीन मास के लिए कॉलिज में अवकाश हो जाता है और मैं नगरों के वैमनस्यपूर्ण संघर्ष से भागकर पहाड़ में अपने गाँव चला जाता हूँ।

मेरा गाँव आधुनिक क्षुब्धता से बहुत दूर, हिमालय के आँचल में है। भगवान की दया से रेल, मोटर और तार के अभिशाप ने इस गाँव को अभी तक नहीं छुआ है। पहाड़ी भूमि अपना प्राकृतिक शृंगार लिये है। मनुष्य उसकी उत्पादन शक्ति से सन्तुष्ट है।

हमारे यहाँ गाँव बहुत छोटे-छोटे हैं। कहीं-कहीं तो बहुत ही छोटे; दस-बीस घर से लेकर पाँच-छह घर तक और बहुत पास-पास। एक गाँव पहाड़ की तलहटी में है तो दूसरा उसकी ढलान पर। मुँह पर हाथ लगाकर पुकारने से दूसरे गाँव तक बात कह दी जा सकती है। गरीबी है, अशिक्षा भी है परन्तु वैमनस्य और असन्तोष कम है।

बंकू साह की छप्पर से छाई दुकान गाँव की सभी आवश्यकताएँ पूरी कर देती है। उनकी दूकान का बरामदा ही गाँव की चौपाल या क्लब है। बरामदे के सामने दालान में पीपल के नीचे बच्चे खेलते हैं और ढोर बैठकर जुगाली भी करते रहते हैं।

सुबह से जोर की बारिश हो रही थी। बाहर जाना सम्भव न था इसलिए आजकल के एक प्रगतिशील लेखक का उपन्यास पढ़ रहा था।

कहानी थी एक निर्धन कुलीन युवक का विवाह एक शिक्षित युवती से हो गया था। नगर के जीवन में युवक की आमदनी से गुजारा चलता न देखकर युवती ने भी नौकरी कर कुछ कमाना चाहा परन्तु यह बात युवक के आत्मसम्मान को स्वीकार न थी। उनके सन्तान पैदा हो गई; होनी ही थी। एक-दो और फिर तीन बच्चे। महँगाई के जमाने में भूखों मरने की नौबत आ गई। उनका बीमार हो जाना। अपनी स्त्री की राय से नवयुवक का एक सेठजी के यहाँ नौकरी करना और उनका खुशहाल हो जाना।

एक दिन राज खुला कि नवयुवक की खुशहाली का मोल उनकी अपनी योग्यता नहीं, उनकी पत्नी की इज्जत थी। पति ने क्रोध के आवेश में पत्नी का गला घोंटने का यत्न किया। पत्नी ने गिड़गिड़ाकर क्षमा माँगी—जो कुछ किया इन बच्चों के लिए किया। पत्नी ने केवल बच्चों को पाल सकने के लिए प्राण-भिक्षा माँगी। पति सोचने लगा—मेरी इज्जत का मोल अधिक है या तीन बच्चों के प्राणों का!

मैंने ग्लानि से पुस्तक पटक दी। सोचा—यह है हमारी गिरावट की सीमा! आज ऐसा साहित्य बन रहा है जिसमें व्यभिचार के लिए सफाई दी जाती है। यह साहित्य हमारी संस्कृति का आधार बनेगा! हमारा जीवन कितना छिछला और संकीर्ण होता चला जा रहा है। स्वार्थ के बावलेपन की छीना-झपटी और मारोमार हमें बदहवास किये दे रही है। हम अपनी उस मानवता, नैतिकता और स्थिरता को खो चुके हैं जिसका विकास हमारे आत्म-द्रष्टा ऋषियों ने संकीर्ण सांसारिकता से मुक्त होकर किया था। हम स्वार्थ की पट्टी आँखों पर बाँधकर भारत की आत्मज्ञान की संस्कृति के परम शान्ति के मार्ग को खो बैठे हैं।...क्या पेट और रोटी ही सबकुछ है? इससे परे मनुष्यता, संस्कृति और नैतिकता कुछ नहीं है? ऐसे ही विचार मन में उठ रहे थे।

बारिश थमकर धूप निकल आई थी। घर में दवाई के लिए कुछ अजवायन की जरूरत थी। घर से निकल पड़ा कि बंकू साह के यहाँ से ले आऊँ।

बंकू साह की दूकान के बरामदे में पाँच-सात भले आदमी बैठे थे। हुक्का चल रहा था। सामने गाँव के बच्चे 'कीड़ा-कीड़ी' का खेल खेल रहे थे। साह की पाँच बरस की लड़की फूलो भी उन्हीं में थी।

पाँच बरस की लड़की का पहरना और ओढ़ना क्या! एक कुर्ता कन्धे से लटका था। फूलो की सगाई हमारे गाँव से फर्लांग-भर दूर 'चूला' गाँव में सन्तू से हो गई थी।

सन्तू की उम्र रही होगी, यही सात बरस। सात बरस का लड़का क्या करेगा! घर में दो भैंसें, एक गाय और दो बैल थे। ढोर चरने जाते तो सन्तू छड़ी लेकर उन्हें देखता और खेलता भी रहता; ढोर काहे को किसी के खेत में जाएँ। साँझ को उन्हें घर हाँक लाता।

बारिश थमने पर सन्तू अपने ढोरों को ढलवान की हरियाली में हाँककर ले जा रहा था। बंकू साह की दुकान के सामने पीपल के नीचे बच्चों को खेलते देखा तो उधर ही आ गया।

सन्तू को खेल में आया देखकर सुनार का छह बरस का लड़का हरिया चिल्ला उठा, "आहा, फूलो का दूल्हा आया!"

दूसरे बच्चे भी उसी तरह चिल्लाने लगे।

बच्चे बड़े-बूढ़ों को देखकर बिना बताए-समझाए भी सबकुछ सीख और जान जाते हैं। यों ही मनुष्य के ज्ञान और संस्कृति की परम्परा चलती रहती है। फूलो पाँच बरस की बच्ची थी तो क्या; वह जानती थी, दूल्हे से लज्जा करनी चाहिए। उसने अपनी माँ को, गाँव की सभी भली स्त्रियों को लज्जा से घूँघट और परदा करते देखा था। उसके संस्कारों ने उसे समझा दिया था, लज्जा से मुँह ढक लेना उचित है।

बच्चों के चिल्लाने से फूलो लजा गई परन्तु वह करती तो क्या। एक कुरता ही तो उसके कन्धों से लटक रहा था। उसने दोनों हाथों से कुरते का आँचल उठाकर अपना मुख छिपा लिया।

छप्पर के सामने, हुक्के को घेरकर बैठे प्रौढ़ आदमी फूलो की इस लज्जा को देखकर कहकहा लगाकर हँस पड़े।

काका रामसिंह ने फूलो को प्यार से धमकाकर कुरता नीचे करने के लिए समझाया।

शरारती लड़के मजाक समझकर 'हो हो' करने लगे।

बंकू साह के यहाँ दवाई के लिए थोड़ी अजवायन लेने आया था परन्तु फूलो की सरलता से मन चुटिया गया। यों ही लौट चला।

सोचता जा रहा था—बदली स्थिति में भी परम्परागत संस्कार से ही नैतिकता और लज्जा की रक्षा करने के प्रयत्न में क्या से क्या हो जाता है। प्रगतिशील लेखकों की उघाड़ी-उघाड़ी बातें...।

हम फूलो के कुरते के आँचल में शरण पाने का प्रयत्न कर उघड़ते चले जा रहे हैं और नया लेखक हमारे चेहरे से कुरता नीचे खींच देना चाहता है...।

■

मक्रील

गरमी का मौसम था। 'मक्रील' की सुहावनी पहाड़ी आबोहवा में छुट्टी के दिन बिताने के लिए आई सम्पूर्ण भद्र जनता खिंचकर मोटरों के अड्डे

पर—जहाँ पंजाब से आनेवाली सड़क की गाड़ियाँ ठहरती हैं—एकत्र हो रही थी। सूर्य पश्चिम और देवदारों से छाई पहाड़ी की चोटी के पीछे सरक गया था। सूर्य का अवशिष्ट प्रकाश चोटी पर उगे देवदारों से ढकी आग की दीवार के समान जान पड़ता था।

ऊपर आकाश में मोर-पूँछ के आकार में दूर-दूर तक सिन्दूर फैल रहा था। उस गहरे अर्गवनी रंग के परदे पर ऊँची, काली चोटियाँ निश्चल, शान्त और गम्भीर खड़ी थीं। संध्या के झीने अँधेरे में पहाड़ियों के पार्श्व के वनों से पक्षियों का कलरव तुमुल परिमाण में उठ रहा था। वायु में चीड़ की तीखी गन्ध भर रही थी। सभी ओर उत्साह, उमंग और चहल-पहल थी। भद्र महिलाओं और पुरुषों के समूह राष्ट्र के मुकुट को उज्ज्वल करनेवाले कवि के सम्मान के लिए उतावले हो रहे थे।

योरुप और अमेरिका ने जिसकी प्रतिभा का लोहा मान लिया, जो देश के इतने अभिमान की सम्पत्ति है, वही कवि 'मक्रील' में कुछ दिन स्वास्थ्य सुधारने के लिए आ रहा है। मक्रील में जमी राष्ट्र-अभिमानी जनता, पलकों के पाँवड़े डाल उसकी अगवानी के लिए आतुर हो रही थी।

पहाड़ियों की छाती पर खिंची धूसर लकीर-सी सड़क पर दूर धूल का एक बादल-सा दिखाई दिया। जनता की उत्सुक नजरें और उँगलियाँ उस ओर उठ गईं। क्षण-भर में धूल के बादल को फाड़ती हुई काले रंग की एक गतिमान वस्तु दिखाई दी। वह एक मोटर थी। आनन्द की हिलोर से जनता का समूह लहरा उठा। देखते-ही-देखते मोटर आ पहुँची।

जनता की उन्मत्तता के कारण मोटर को दस कदम पीछे ही रुक जाना पड़ा—'देश के सिरताज की जय!' 'सरस्वती के वरद पुत्र की जय!' 'राष्ट्र के मुकुट-मणि की जय!' के नारों से पहाड़ियाँ गूँज उठीं।

मोटर फूलों से भर गई। बड़ी चहल-पहल के बाद जनता से घिरा हुआ, गजरों के बोझ से गर्दन झुकाए, शनैः शनैः कदम रखता हुआ मक्रील का अतिथि मोटर के अड्डे से चला।

उत्साह से बावली जनता विजयनाद करती हुई आगे-पीछे चल रही थी। जिन्होंने कवि का चेहरा देख पाया, वे भाग्यशाली विरले ही थे। 'धवलगिरि' होटल में दूसरी मंजिल पर कवि को टिकाने की व्यवस्था

की गई थी। वहाँ उसे पहुँचा, बहुत देर तक उसके आराम में व्याघात कर, जनता अपने स्थान को लौट आई।

क्वार की त्रयोदशी का चन्द्रमा पार्वत्य-प्रदेश के निर्मल आकाश में ऊँचा उठ अपनी शीतल आभा से आकाश और पृथ्वी को स्तम्भित किये था। उस दूध की बौछार में 'धवलगिरि' की हिमधवल दोमंजिली इमारत चाँदी की दीवार-सी चमक रही थी। होटल के आँगन की फुलवारी में खूब चाँदनी थी परन्तु उत्तर-पूर्व के भाग में इमारत के बाजू की छाया पड़ने से अँधेरा था। बिजली के प्रकाश से चमकती खिड़कियों के शीशों और पर्दों के पीछे से आनेवाली मर्मर ध्वनि तथा नौकरों के चलने-फिरने की आवाज के अतिरिक्त सब शान्त था।

उस समय इस अँधेरे बाजू के नीचे के कमरे में रहनेवाली एक युवती, फुलवारी के अन्धकारमय भाग में एक सरो के पेड़ के समीप खड़ी, दूसरी मंजिल में पुष्प-तोरणों से सजी उन उज्ज्वल खिड़कियों की ओर दृष्टि लगाए थी, जिनमें सम्मानित कवि को ठहराया गया था।

वह युवती भी उस आवेगमय स्वागत में सम्मलित थी। पुलकित हो उसने भी 'कवि' पर फूल फेंके थे, जयनाद भी किया था। उस घमासान भीड़ के समीप पहुँच एक आँख कवि को देख लेने का अवसर उसे न मिला था। इसी साध को मन में लिये वह उस खिड़की की ओर टकटकी लगाए खड़ी थी। काँच पर कवि के शरीर की छाया उसे जब-तब दिखाई पड़ जाती।

स्फूर्तिप्रद भोजन के पश्चात कवि ने बरामदे में आ काले पहाड़ों के ऊपर चन्द्रमा के मोहक प्रकाश को देखा। सामने सँकरी धुँधली घाटी में बिजली की लपक की तरह फैली हुई मक्रील की धारा की ओर नजर गई। नदी के प्रवाह की गम्भीर घरघराहट को सुन वह सिहर उठा। कितने ही क्षण मुँह उठाए वह मुग्ध भाव से खड़ा रहा। मक्रील नदी के उद्दाम प्रवाह को उस उज्ज्वल चाँदनी में देखने की इच्छा से कवि की आत्मा व्याकुल हो उठी। आवेश और उन्मेष का वह पुतला सौन्दर्य के इस आह्वान की उपेक्षा न कर सका।

सरो वृक्ष के समीप खड़ी युवती पुलकित भाव से देश-कीर्ति के उस उज्ज्वल नक्षत्र को प्यासी आँखों से देख रही थी। चाँद के धुँधले प्रकाश

में इतनी दूर से उसने जो भी देख पाया, उसी से सन्तोष की साँस ले उसने श्रद्धा से सिर नवा दिया। इसे ही अपना सौभाग्य समझ वह चलने को थी कि लम्बा ओवरकोट पहने, छड़ी हाथ में लिये, दाईं ओर के जीने से कवि नीचे आता दिखाई पड़ा। पल-भर में कवि फुलवारी में आ पहुँचा।

फुलवारी में पहुँचने पर कवि को स्मरण हुआ, ख्यातनामा मक्रील नदी का मार्ग तो वह जानता ही नहीं। इस अज्ञान की अनुभूति से कवि ने दाएँ-बाएँ सहायता की आशा से देखा। समीप खड़ी एक युवती को देख भद्रता से टोपी छूते हुए उसने पूछा, "आप भी इसी होटल में ठहरी हैं?"

सम्मान से सिर झुकाकर युवती ने उत्तर दिया, "जी हाँ।"

झिझकते हुए कवि ने पूछा, "मक्रील नदी समीप ही किस ओर है, यह शायद आप जानती होंगी?"

उत्साह से कदम बढ़ाते हुए युवती बोली, "जी हाँ। यहीं सौ कदम पर पुल है।" और मार्ग दिखाने के लिए वह प्रस्तुत हो गई।

युवती के खुले मुख पर चन्द्रमा का प्रकाश पड़ रहा था। पतली भवों के नीचे बड़ी-बड़ी आँखों में मक्रील की उज्ज्वलता झलक रही थी।

कवि ने संकोच से कहा, "न, न, आपको व्यर्थ कष्ट होगा।"

गौरव से युवती बोली, "कुछ भी नहीं—यही तो है, सामने!"

...उजली चाँदनी रात में...संगमरमर की सुघड़, सुन्दर, सजीव मूर्ति-सी युवती...साहसमयी, विश्वासमयी मार्ग दिखाने चली सुन्दरता के याचक कवि को। कवि की कविता-वीणा के सूक्ष्म तार स्पन्दित हो उठे...सुन्दरता स्वयं अपना परिचय देने चली...सृष्टि सौन्दर्य के सरोवर की लहर से मिलाने ले जा रही है—कवि ने सोचा।

सौ कदम पर मक्रील का पुल था। दो पहाड़ियों के तंग दर्रे में से उद्दाम वेग और घनघोर शब्द से बहते हुए जल के ऊपर तारों के रस्सों में झूलता हल्का-सा पुल लटक रहा था। वे दोनों पुल के ऊपर जा खड़े हुए। नीचे तीव्र वेग से लाखों-करोड़ों पिघले हुए चाँद बहते चले जा रहे थे, पार्श्व की चट्टानों से टकराकर वे फेनिल हो उठते। फेनराशि से दृष्टि न हटा कवि ने कहा, "सौन्दर्य उन्मत्त हो उठा है।" युवती को जान पड़ा, मानो प्रकृति मुखरित हो उठी है।

कुछ क्षण पश्चात कवि बोला, "आवेग में ही सौन्दर्य का चरम विकास है। आवेग निकल जाने पर केवल कीचड़ रह जाता है।"

युवती तन्मयता से शब्दों को पी रही थी। कवि ने कहा, "अपने जन्म-स्थान पर मक्रील न इतनी वेगवती होगी, न इतनी उद्दाम। शिशु की लटपट चाल से वह चलती होगी, समुद्र में पहुँच वह प्रौढ़ता की शिथिल गम्भीरता धारण कर लेगी।"

"अरी मक्रील! तेरा समय यही है। फूल न खिल जाने से पहले इतना सुन्दर होता है और न तब जब उसकी पंखुड़ियाँ लटक जाएँ। उसका असली समय वही है, जब वह स्फुटोन्मुख हो। मधुमाखी उसी समय उस पर निछावर होने के लिए मतवाली हो उठती है।" एक दीर्घ निश्वास छोड़, आँखें झुका, कवि चुप हो गया!

मिनट-पर-मिनट गुजरने लगे। सर्द पहाड़ी हवा के झोंके से कवि के वृद्ध शरीर को समय का ध्यान आया। उसने देखा, मक्रील की फेनिल श्वेतता, युवती की सुघड़ता पर विराज रही है। एक क्षण के लिए कवि 'घोर शब्दमयी प्रवाहमयी' युवती को भूल मूक युवती का सौन्दर्य निहारने लगा। हवा के दूसरे झोंके से सिहरकर वह बोला, "समय अधिक हो गया है, चलना चाहिए।"

लौटते समय मार्ग में कवि ने कहा, "आज त्रयोदशी के दिन यह शोभा है। कल और भी अधिक प्रकाश होगा। यदि असुविधा न हो तो क्या कल भी मार्ग दिखाने आओगी?" और स्वयं ही संकोच के चाबुक की चोट खाकर वह हँस पड़ा।

युवती ने दृढ़तापूर्वक उत्तर दिया, "अवश्य।"

सर्द हवा से कवि का शरीर ठिठुर गया था। कमरे की सुखद उष्णता से उसकी जान में जान आई। भारी कपड़े उतारने के लिए वह परिधान की मेज (ड्रेसिंग टेबल) के सामने गया। सिर से टोपी उतार उसने ज्यों ही नौकर के हाथ में दी, बिजली की तेज रोशनी से सामने आईने में दिखाई पड़ा, मानो उसके सिर के बालों पर राज ने चूने से भरी कूची का एक पोत दे दिया हो और धूप के सुखाए फल के समान झुर्रियों से भरा चेहरा!

नौकर को हाथ के संकेत से चले जाने को कह वह दोनों हाथों से मुँह ढक कुर्सी पर गिर-सा पड़ा। मुँदी हुई पलकों में से उसे दिखाई दिया—चाँदनी में संगमरमर की उज्ज्वल मूर्ति का सुघड़ चेहरा जिस पर यौवन की पूर्णता छा रही थी, मक्रील का उन्माद-भरा प्रवाह! कवि की आत्मा चीख उठी—यौवन! यौवन!

ग्लानि की राख के नीचे बुझती चिंगारियों को उमंग के पंखे से सजगकर, चतुर्दशी की चाँदनी में मक्रील का नृत्य देखने के लिए कवि तत्पर हुआ। 'घोषमयी' मक्रील को कवि के यौवन से कुछ मतलब न था, और 'मूक मक्रील' ने पूजा के धूप-दीप के धूम्रावरण में कवि के नखशिख को देखा ही न था इसलिए वह दिन के समय संसार की दृष्टि से बचकर अपने कमरे में ही पड़ा रहा। चाँदनी खूब गहरी हो जाने पर मक्रील के पुल पर जाने के लिए वह शंकित हृदय से फुलवारी में आया। युवती प्रतीक्षा में खड़ी थी।

कवि ने धड़कते हुए हृदय से उसकी ओर देखा—आज शॉल के बदले वह शुतरी रंग का ओवरकोट पहने थी परन्तु उस गौर, सुघड़ नख-शिख को पहचानने में भूल हो सकती थी!

कवि ने गद्‌गद्‌ स्वर से कहा, "ओहो! आपने अपनी बात रख ली परन्तु इस सर्दी में, कुसमय! शायद उसके न रखने में ही अधिक बुद्धिमानी होती। व्यर्थ कष्ट क्यों कीजिएगा?...आप विश्राम कीजिए!"

युवती ने सिर झुका उत्तर दिया, "मेरा अहोभाग्य है, आपका सत्संग पा रही हूँ।"

कंटकित स्वर से कवि बोला, "सो कुछ नहीं, सो कुछ नहीं।"

पुल के समीप पहुँच कवि ने कहा, "आपकी कृपा है, आप मेरा साथ दे रही हैं।...संसार में साथी बड़ी चीज है।" मक्रील की ओर संकेत कर, "यह देखिए, इसका कोई साथी नहीं इसीलिए हाहाकार करती साथी की खोज में दौड़ती चली जा रही है।"

स्वयं अपने कथन की तीव्रता के अनुभव से संकुचित हो, हँसने का असफल प्रयत्न कर, अप्रतिभ हो वह प्रवाह की ओर दृष्टि गड़ाए खड़ा रहा। आँखें बिना ऊपर उठाए ही उसने धीरे-धीरे कहा, "पृथ्वी की

परिक्रमा कर आया हूँ...कल्पना में सुख की सृष्टि कर जब मैं गाता हूँ, संसार पुलकित हो उठता है। काल्पनिक वेदना के मेरे आर्तनाद को सुन संसार रोने लगता है परन्तु मेरे वैयक्तिक सुख-दुख से संसार का कोई सम्बन्ध नहीं। मैं अकेला हूँ, मेरे सुख को बँटानेवाला कहीं कोई नहीं, इसलिए वह विकास न पा तीव्र दाह बन जाता है। मेरे दुख का दुर्दम वेग असह्य हो जब उछल पड़ता है, तब भी संसार उसे विनोद का ही साधन समझ बैठता है। मैं पिंजरे में बन्द बुलबुल हूँ। मेरा चहकना संसार सुनना चाहता है। मैं सुख से पुलकित हो गाता हूँ, या दुख से रोता हूँ इसकी चिन्ता किसी को नहीं।"

"काश! जीवन में मेरे सुख-दुख का कोई एक अवलम्ब होता। मेरा कोई साथी होता! मैं अपने सुख-दुख का एक भाग उसे दे, उसकी अनुभूति का भाग ग्रहण कर सकता! मैं अपने इस निस्सार यश को दूर फेंक संसार का जीव बन जाता।"

कवि चुप हो गया। मिनट-पर-मिनट बीतने लगे। ठंडी हवा से जब कवि का बूढ़ा शरीर सिहरने लगा, दीर्घ निश्वास ले उसने कहा, "अच्छा, चलें।"

द्रुतवेग से चली जाती जलराशि की ओर दृष्टि किये युवती कम्पित स्वर में बोली, "मुझे अपना साथी बना लीजिए।"

मक्रील के गम्भीर गर्जन में विडम्बना की हँसी का स्वर मिलाते हुए कवि बोला, "तुम्हें?" और चुप रह गया।

शरीर काँप उठने के कारण पुल के रेलिंग का आश्रय ले युवती ने लज्जा-विजड़ित स्वर में कहा, "मैं यद्यपि तुच्छ हूँ..."

"न-न-न यह बात नहीं" कवि सहसा रुककर बोला, "उलटी बात हाँ, अब चलें।"

फुलवारी में पहुँच कवि ने कहा, "कल..." परन्तु बात पूरी कहे बिना ही वह चला गया।

अपने कमरे में पहुँचकर सामने आईने की ओर दृष्टि न करने का वह जितना ही यत्न करने लगा, उतना ही स्पष्ट अपने मुख का प्रतिबिम्ब उसके सम्मुख आ उपस्थित होता। बड़ी बेचैनी में कवि का दिन बीता।

उसने सुबह ही एक तौलिया आईने पर डाल दिया और दिन-भर कहीं बाहर न निकला।

दिन-भर सोच और जाने क्या निश्चय कर संध्या-समय कवि पुनः तैयार हो फुलवारी में गया। शुतरी रंग के कोट में संगमरमर की वह सुघड़ मूर्ति सामने खड़ी थी। कवि के हृदय की तमाम उलझन क्षण-भर में लोप हो गई। कवि ने हँसकर कहा, "इस सर्दी में...? देश, काल, पात्र देखकर ही वचन का भी पालन किया जाता है।" पूर्णिमा के प्रकाश में कवि ने देखा, उसकी बात के उत्तर में युवती के मुख पर सन्तोष और आत्मविश्वास की मुस्कराहट फिर गई। पुल पर पहुँच हँसते हुए कवि बोला, "तो साथ देने की बात सचमुच ठीक थी?"

युवती ने उत्तर दिया, "उसमें परिहास की तो कोई बात नहीं।"

कवि ने युवती की ओर देख साहस कर पूछा, "तो जरूर साथ दोगी?"

"हाँ।" युवती ने हामी भरी, बिना सिर उठाए ही।

"सब अवस्था में, सदा?"

सिर झुकाकर युवती ने दृढ़ता से उत्तर दिया, "हाँ।"

कवि अविश्वास से हँस पड़ा। "तो आओ", उसने कहा, "यहीं साथ दो मक्रील के गर्भ में?"

"हाँ, यहीं सही।" युवती ने निर्भीक भाव से नेत्र उठाकर कहा।

हँसी रोककर कवि ने कहा, "अच्छा, तो तैयार हो जाओ—एक-दो-तीन!" हँसकर कवि अपना हाथ युवती के कन्धे पर रखना चाहता था। उसने देखा, पुल के रेलिंग के ऊपर से युवती का शरीर नीचे मक्रील के उद्दाम प्रवाह की ओर चला गया।

भय से उसकी आँखों के सामने अँधेरा छा गया। हाथ फैलाकर उसे पकड़ने के विफल प्रयत्न में बड़ी कठिनता से वह अपने-आप को सँभाल सका।

मक्रील के घोर गर्जन में एक दफे सुनाई दिया—'छप' और फिर केवल नदी का गम्भीर गर्जन।

कवि को ऐसा जान पड़ा—मानो मील की लहरें निरन्तर उसे 'जाओ! जाओ!' कहकर बुला रही हैं। वह अचेत ज्ञान-शून्य पुल का रेलिंग

पकड़े खड़ा रहा। जब पीठ पीछे से चलकर चन्द्रमा का प्रकाश उसके मुँह पर पड़ने लगा, उन्मत्त की भाँति लड़खड़ाता वह अपने कमरे की ओर चला गया।

कितनी देर तक वह निश्चल आईने के सामने खड़ा रहा। फिर हाथ की लकड़ी को दोनों हाथों से थाम उसने पड़ापड़ आईने पर कितनी ही चोटें लगाईं और तब साँस चढ़ जाने के कारण वह हाँफता हुआ आईने के सामने की ही कुर्सी पर धम से गिर पड़ा।

प्रात:काल हजामत के लिए गरम पानी लानेवाले नौकर ने देखा—कवि आईने के सामने कुर्सी पर निश्चल बैठा है परन्तु आईना टुकड़े-टुकड़े हो गया और उसके बीच का भाग गायब है। चौखट में फँसे आईने के लम्बे-लम्बे भाले के-से टुकड़े मानो दाँत निकालकर कवि के निर्जीव शरीर को डरा रहे हैं।

कवि का मुख कागज की भाँति पीला और शरीर काठ की भाँति जड़ था। उसकी आँखें अब भी खुली थीं, उनमें से जीवन नहीं, मृत्यु झाँक रही थी। बाद में मालूम हुआ, रात के पिछले पहर कवि के कमरे में अनेक बार—'आता हूँ, आता हूँ' की पुकार सुनाई दी थी।

■

महाराजा का इलाज

उत्तर प्रदेश की जागीरों और रियासतों में मोहाना की रियासत का बहुत नाम था। रियासत की प्रतिष्ठा के अनुरूप ही महाराजा साहब मोहाना की बीमारी की भी प्रसिद्धि हो गई थी।

जिला कोर्ट की बार में, जिला मैजिस्ट्रेट के यहाँ और लखनऊ के गवर्नमेंट हाउस तक में महाराज की बीमारी की चर्चा थी। युद्धकाल में महाराज को गवर्नर के यहाँ से युद्धकोष में चन्दा देने के लिए पत्र आया

था। महाराज के सेक्रेटरी ने पच्चीस हजार रुपये के चेक के साथ पत्र में महाराज की असाध्य बीमारी की चर्चा लेकर खेद प्रकट किया था कि इस रोग के कारण महाराज सरकार की उचित सेवा के अवसर से वंचित रह गए हैं।

गवर्नर के सेक्रेटरी ने महाराज की भेंट के लिए धन्यवाद देकर गवर्नर की ओर से महाराज की बीमारी के प्रति चिन्ता और सहानुभूति भी प्रकट की थी। वह पत्र काँच लगे चौखटे में मढ़वाकर महाराज के ड्राइंग रूम में रख दिया गया था। ऐसे ही एक पोस्टकार्ड महात्मा गाँधी के हस्ताक्षरों में और एक पत्र महामना मदन मोहन मालवीय का भी महाराज की बीमारी के प्रति चिन्ता और सहानुभूति का विशेष अतिथियों को दिखाया जाता था।

महाराज को साधारण लोग-बाग की तरह कोई साधारण बीमारी नहीं थी। देश और विदेश से आए हुए बड़े-से-बड़े डॉक्टर भी उनकी बीमारी का निदान और उपचार करने में मुँह की खा गए थे। लोगों का विचार था कि चिकित्साशास्त्र के इतिहास में ऐसा रोग अब तक देखा-सुना नहीं गया। ऐसे राजरोग को कोई साधारण आदमी झेल भी कैसे सकता था।

महाराज गर्मियों में प्रतिवर्ष मसूरी में जाकर रियासत की कोठी में रहते थे। कोठी की अपनी रिक्शाएँ थीं। रिक्शा खींचनेवाले कुलियों की नीली वर्दियों पर मोहाना स्टेट के बिल्ले, चमचमाते पीतल के लगे, रहते थे। महाराज जब कभी कोठी से रिक्शा पर बाहर निकलते तो रिक्शा खींचनेवाले चार कुलियों के साथ, बदली के लिए अन्य चार कुली भी साथ-साथ दौड़ते चलते। सावधानी के लिए महाराज के निजी डॉक्टर घोड़े पर सवार रिक्शा के पीछे रहते थे।

सितम्बर के महीने में, महाराज के पहाड़ से अपनी रियासत में या लखनऊ की कोठी पर लौटने से पहले मसूरी में डॉक्टरों के मेले की धूम मच जाती थी। मसूरी के सब बड़े-बड़े होटलों में कुछ दिन पेश्तर ही कमरों के कई सूट या कमरे तीन दिन के लिए सुरक्षित करवा लिये जाते थे। तीन-चार बड़े-बड़े बँगले भी किराये पर ले लिये जाते। इसी तरह डॉक्टरों के लिए रिक्शाएँ और बढ़िया घोड़े भी सुरक्षित कर लिये जाते। लोग-बाग न होटलों में स्थान पा सकते न उन्हें सवारियाँ मिल पातीं। बात

फैल जाती कि महाराज मोहाना को देखने के लिए देश-भर से बड़े-बड़े डॉक्टर आ रहे हैं।

यह सब डॉक्टर महाराज के शरीर की परीक्षा और उनकी बीमारी का निदान करने के लिए बुलाए जाते थे। सब डॉक्टर बारी-बारी से महाराज की परीक्षा कर चुकते तो महाराज की बीमारी के निदान का निश्चय करने के लिए डॉक्टरों का एक सम्मेलन होता और फिर डॉक्टरों की सम्मिलित राय से महाराज की बीमारी पर एक बुलेटिन प्रकाशित किया जाता था। सब डॉक्टर अपनी फीस, आने-जाने का किराया और आतिथ्य पाकर लौट जाते परन्तु महाराज के स्वास्थ्य में कोई सुधार न होता। न महाराज के हृदय और सिर की पीड़ा में अन्तर आता और न उनके जुड़े गए घुटनों में किसी प्रकार की गति आ पाती। यह क्रम नौ वर्ष से इसी प्रकार चल रहा था!

उस वर्ष बम्बई मेडिकल कॉलेज के प्रिंसिपल डॉक्टर कोराल को भी महाराज मोहाना के रोग के निदान के लिए मसूरी में आयोजित डॉक्टर सम्मेलन में सम्मिलित होने के लिए निमंत्रण भेजा गया था। डॉक्टर कोराल तीन वर्ष पूर्व भी एक बार इस सम्मेलन में सम्मिलित होकर अपनी फीस और आतिथ्य स्वीकार कर आए थे। उस वर्ष भी इस प्रसंग में मसूरी की सैर कर आने में उन्हें आपत्ति न होती परन्तु भारत सरकार ने डॉक्टर कोराल को अमरीका जानेवाले डॉक्टरों के शिष्ट-मंडल में नियुक्त कर दिया था। शिष्ट-मंडल महाराज मोहाना के निमंत्रण की तिथि से पूर्व ही, बम्बई से जा रहा था।

प्राय: एक वर्ष पूर्व ही डॉक्टर संघटिया वियाना में काफी समय अनुसन्धान का कार्य कर बम्बई मेडिकल कॉलेज में लौटे थे। डॉक्टर संघटिया अनेक रोगों का इलाज 'साइकोसोमेटिक' (मानसिक उपचार) प्रणाली के माध्यम से कर रहे थे।

डॉक्टर कोराल ने महाराज मोहाना के निमंत्रण के उत्तर में सुझाव दिया था कि डॉक्टर संघटिया के नये अनुसन्धान का प्रयोग महाराजा के उपचार के लिए करके परिणाम देखा जाना चाहिए।

महाराज के यहाँ भी वियाना से नये डॉक्टर के आने की बात से उत्साह अनुभव किया गया और डॉक्टर संघटिया के नाम निमंत्रण भेज दिया गया।

डॉक्टर संघटिया निश्चित समय पर बम्बई से मसूरी पहुँचे। उन्हें एक बहुत बड़े होटल में पूर्व सुरक्षित स्थान पर टिका दिया गया। दूसरे दिन महाराज की कोठी से एक घुड़सवार जाकर उन्हें रियासत की रिक्शा पर कोठी लिवा ले गया। जिस समय डॉक्टर संघटिया आए कोठी के ड्राइंगरूम में एक अमरीकन और एक भारतीय डॉक्टर भी मौजूद थे।

महाराज मोहाना के सेक्रेटरी ने विनय से डॉक्टर संघटिया को सूचना दी कि उनसे पहले आए डॉक्टर महाराज की परीक्षा कर लें तो वे भी महाराज की परीक्षा करने की कृपा करेंगे। तब तक वे कुछ ड्रिंक स्वीकार करें।

डॉक्टर संघटिया ने बहुत ध्यान से दो घंटे से अधिक समय तक रोगी की परीक्षा की। पिछले वर्षों में महाराज के रोग के निदान के सम्बन्ध में प्रकाशित डॉक्टरों के बुलेटिन देखे।

दो दिन और तीसरे दिन मध्याह्न से पूर्व तक निमंत्रित डॉक्टर बारी-बारी से महाराज की परीक्षा करते रहे। सभी डॉक्टरों को महाराज के अंग-प्रत्यंग के एक्सरे फोटो के एलबम भेंट किये गए थे।

तीसरे दिन दोपहर बाद बत्तीसों डॉक्टरों की एक सभा का आयोजन किया गया था।

कोठी के बड़े हॉल में मेज-कुर्सियों के बत्तीस जोड़े अंडाकार लगाए गए थे, जैसे विशेषज्ञों की कॉन्फ्रेंसों की प्रणाली है। प्रत्येक मेज पर एक डॉक्टर का नाम लिखा था और मेज पर उस डॉक्टर के नाम और उपाधि सहित छपे हुए कागज मौजूद थे। सभी मेजों पर बहुत कीमती फाउंटेन पेन और पेन्सिल के सेट केसों में सजे हुए थे। कलमों, पेन्सिलों और केसों पर भी खुदा हुआ था—'महाराज मोहाना की ओर से भेंट।' डॉक्टरों के बैठने का क्रम अंग्रेजी वर्णमाला में डॉक्टरों के नाम के पहले अक्षर के क्रम के अनुसार था।

डॉक्टरों से अनुरोध किया गया कि वे अपनी परीक्षा और निदान के सम्बन्ध में परस्पर विचार कर अपना मन्तव्य लिख लें। इसके पश्चात महाराज सभा में उपस्थित होकर डॉक्टरों की राय सुनेंगे।

डॉक्टरों के सत्कार के लिए चाय-कॉफी, ह्विस्की-जिन, फलों के रस और हल्के-फुल्के आहार का भी प्रबन्ध था। डॉक्टर लोग प्राय: एक घंटे

तक चाय, कॉफी, ह्विस्की, जिन की चुस्कियाँ लेते आपस में बातचीत करते अपने मन्तव्य लिखते रहे।

साढ़े चार बजे महाराजा साहब को एक पहिए लगी आराम-कुर्सी पर हॉल में लाया गया। महाराज के चेहरे पर रोगी की उदासी और दयनीय चिन्ता नहीं, असाधारण दुर्बोध रोग के बोझ को उठाने का गर्व और गम्भीरता छाई हुई थी।

महाराज के दाईं ओर से डॉक्टरों ने क्रमशः परीक्षा और निदान के सम्बन्ध में अपनी-अपनी राय जाहिर करनी और उसके अनुकूल उपचार के सुझाव देने आरम्भ किये।

दो डॉक्टरों ने महाराज को उपचार के लिए न्यूयार्क जाकर विद्युत चिकित्सा करवाने की राय दी। एक डॉक्टर का विचार था कि महाराज को एक वर्ष तक चेकोस्लोवाकिया में 'कार्लोविवारी' के चश्मे में स्नान करना चाहिए। सोवियत का भ्रमण करके आए एक डॉक्टर का सुझाव था कि महाराज को काले समुद्र के किनारे 'सोची' में 'मातस्यस्ता' स्रोत के जल से अपना इलाज करवाना चाहिए।

महाराज गम्भीर मौन से डॉक्टरों की राय सुन रहे थे।

सत्ताईसवें नम्बर पर डॉक्टर संघटिया से अपना विचार प्रकट करने का अनुरोध किया गया।

डॉक्टर संघटिया उठकर बोले, "महाराज के शरीर की परीक्षा और रोग के इतिहास के आधार पर मेरा विचार है कि महाराज का यह रोग साधारण शारीरिक उपचार द्वारा दूर होना दुस्साध्य होगा...।"

महाराज ने नये युवा डॉक्टर की विज्ञता के समर्थन में एक गहरा श्वास लिया, उनकी गर्दन जरा और ऊँची हो गई। महाराज ध्यान से नये डॉक्टर की बात सुनने लगे।

डॉक्टर संघटिया बोले, "मुझे इस प्रकार के एक रोगी का अनुभव है। कई वर्ष से बम्बई मेडिकल कॉलेज के एक मेहतर को ठीक इसी प्रकार घुटने जुड़ जाने और हृदय तथा सिर की पीड़ा का दुस्साध्य रोग...।"

"चुप बत्तमीज!"

सब डॉक्टरों ने सुना और विस्मय से देख रहे थे कि महाराज पहिए लगी आराम-कुर्सी से उठकर खड़े हो गए थे।

महाराज के बरसों से जुड़े घुटने काँप रहे थे और उनके होंठ क्रोध में फड़फड़ा रहे थे, आँखें सुर्ख थीं।

"निकाल दो बाहर बदजात को! हमको मेहतर से मिलाता है...? निकाल दो बदजात को डॉक्टर बना है।" महाराज क्रोध से थुथलाते हुए चीख पड़े।

महाराज सेवकों द्वारा हॉल से कुर्सी पर ले जाए जाने की प्रतीक्षा न कर काँपते हुए पाँवों से हॉल से बाहर चले गए।

दूसरे डॉक्टर पहले विस्मित रह गए फिर उन्हें अपने सम्मानित व्यवसाय के अपमान पर क्रोध आया और साथ ही उनके होंठों पर मुस्कान भी फिर गई।

डॉक्टर संघटिया ने सबसे अधिक मुस्कराकर कहा, "खैर जो हो, बीमारी का इलाज तो हो गया...।"*

■

खुदा और खुदा की लड़ाई

घुप्प अँधेरा, कर्फ्यू की रात का सन्नाटा!

'गंगू की गली' के दोनों ओर के दुमंजिले-तिमंजिले मकानों की किसी भी खिड़की या दरवाजे की साँधों से कहीं प्रकाश नहीं छन रहा था। मकानों में मनुष्यों के होने का कोई संकेत नहीं था। बाजार से गली में आनेवाले बिजली के तार और कमेटी के लैम्प चार दिन पहले ही बाजार में आग लग जाने से बेकाम हो गए थे। उजड़े हुए मकानों के त्रास से गली का अँधेरा अधिक घना और भारी हो रहा था। गली के बाहर दाएँ-बाएँ 'सैदमिट्ठा' बाजार में भी सन्नाटा था। उजड़े हुए

* कहानी में स्थानों और पात्रों के नाम कल्पित हैं।

बाजारों में शेष रह गए बिजली के लैम्पों का प्रकाश सूनेपन की उदासी को और बढ़ा रहा था।

गुलजार और गुंजान लाहौर नगर देश के बँटवारे के परस्पर संहार के त्रास से भयभीत और सुन्न हो गया था। साम्प्रदायिक घृणा से परस्पर संहार और ध्वंस का उन्माद फैल गया था। उस संहार को रोकने के लिए सरकार ने कर्फ्यू लगा दिया था। कर्फ्यू के भय से रात का सन्नाटा और भी बोझिल और गाढ़ा हो गया था। नगर में भरे भय और सन्नाटे पर अगस्त मास के बादलों ने ऐसा ढक्कन चढ़ा दिया था कि हवा भी हिल नहीं सकती थी।

गंगू की गली के सब हिन्दू परिवार 13 अगस्त की सुबह तक भाग गए थे; रह गई थी केवल मूलाँ (मूलदेई) ताई। बाजार की ओर गली के मुहाने पर छोटी दुकानों में बैठनेवाले—मुसलमान नियामत दर्जी, रशीद कलईगर, नज्जू पटुआ और लतीफ नेचेवाला अगस्त के आरम्भ से ही भय के मारे वहाँ नहीं आ रहे थे। केवल नुक्कड़ की दूकानवाला ललारी (रंगरेज) फज्जे और उसका बेटा नसरू ही लाचारी में वहाँ रह गए थे। दूकान की चार हाथ लम्बी और छह हाथ चौड़ी कोठरी में ही उनका घर भी था।

फज्जे की नीची और छोटी कोठरी या दूकान की छत की धन्नियों में बहुत-सी अलगनें बँधी हुई थीं। अलगनें अब सूनी थीं अच्छे दिनों में फज्जे और नसरू दिन-भर में जो भी पगड़ियाँ, साड़ियाँ या चुन्नियाँ रँगकर, कलफ और अबरक लगाकर तैयार करते, अलगनियों पर लटका देते थे। कोठरी में एक बिना किवाड़ों की अलमारी थी। उसमें रँगों की पुड़ियाँ, डिब्बियाँ और सकोरे रखे हुए थे। एक कोने में बाप-बेटे की सम्पत्ति—अलमोनियम का टोंटीदार लोटा, देगची और एक तश्तरी कटोरी के अतिरिक्त पहनने के दो-चार कपड़े चटाई पर पड़े रहते थे। कपड़ा रँगने की मिट्टी की तीनों नाँदें और कलफ पकाने की हाँडी वे लोग रात में कोठरी की दहलीज पर लगे बैठक के तख्ते के नीचे रख देते थे। पानी का मटका गली में दीवार के साथ रखा रहता था। फज्जे और नसरू को कोठरी में सोने की आवश्यकता केवल लाहौर के कड़े जाड़े और बरसात

की रातों में ही होती थी, वरना फज्जे रात दूकान के पटरे पर काट देता था और नसरू गली में आने-जानेवालों के लिए रास्ता छोड़कर चटाई डालकर लेट जाता था। वहीं से वह कभी-कभी पहर रात तक 'हीर' या 'टप्पे' गाता रहता था।

नसरू और रमेश में 'हीर' और 'टप्पों' की प्रतिद्वन्द्विता खूब जमती थी। रमेश का परिवार फज्जे की दूकान से तीसरे मकान में, ऊपर की मंजिल में रहता था। रमेश मकान की खिड़की में बैठकर, दोनों कानों पर हाथ रखकर पूरे स्वर से गाता और नसरू गली में चटाई पर बैठा ऊँचे स्वर में गाने के लिए कान पर हाथ रख, रमेश की खिड़की की ओर मुँह उठाकर उसका उत्तर देता। कभी दोनों रमेश के मकान के चबूतरे पर बैठकर साथ-साथ भी गाते।

जुलाई, 1947 के अन्त तक 'सैदमिट्ठा' में हिन्दुओं का जोर था। बाजार में तीन-चार मुसलमान मारे जा चुके थे। अब मुसलमान उस बाजार से नहीं गुजरते थे इसलिए गंगू की गली में मुसलमानों की छोटी-छोटी दूकानें बन्द हो गई थीं। गंगू की गली में दूसरे मुसलमानों की दूकानें बन्द हो जाने पर भी फज्जे और नसरू वहीं बने थे। फज्जे अपना भय छिपाए, सबके सांई-अल्लाह का भरोसा किये बैठा था। उसे गली से अपने चालीस बरस के सम्पर्क का भी भरोसा था। मुद्दतों से गली के सब बच्चे-बच्चियाँ और युवा-युवतियाँ उसे मामा कहते आए थे। बहू-बेटियाँ सिर पर आँचल लिये बिना भी उसे रँगने के लिए चुन्नियाँ, साड़ियाँ और पगड़ियाँ थमा जाती थीं। रंग मनमाफिक न होने या कलफ और अबरक कम होने पर उससे लड़ भी लेती थीं। लड़के फटी पतंग जोड़ने के लिए उसकी कलफ की हाँडी से उँगलियाँ भर-भर के कलफ लेकर भाग जाते थे।

फज्जे जोर से चिल्लाता—नसरू, पकड़ ले चोरों को। इनका बेड़ा... और समीप खड़ा गली में खूब ऊँची बँधी रस्सियों पर कपड़े डालने के लिए काम आनेवाला दस हाथ लम्बा पतला बाँस उठाने लगता। तब तक बच्चे कुलाँचे मारकर अपने घरों-छतों पर पहुँच जाते थे। गली के सभी लोगों, बूढ़ियों, बहुओं और अपने बेटियों तक के नाम उसे मालूम थे। वह कहाँ जाता? अन्यत्र उसका कौन अपना था!

गंगू की गली में मुसलमानों की दूकानें बन्द हो जाना हिन्दुओं ने अपनी विजय समझी थी और कुछ हिन्दुओं को फज्जे और नसरू का अपनी कोठरी से भाग न जाना चुनौती जान पड़ी थी। अब उन्हें रँगने के लिए कपड़े कोई न देता था। कर्मचन्द ने उभरती रेखों के रोएँ मरोड़कर फज्जे को धमका भी दिया था, "क्यों मियाँ, क्या सलाह है?"

फज्जे ने हाथ जोड़कर उत्तर दिया, "बादशाहो, मालिको, तुम्हारी जो सलाह हो, हुकुम हो। चालीस बरस से इस गली का नमक खा रहे हैं, कोई दूसरी जगह अपनी है नहीं। तुम धक्का दे दोगे तो निकल जाएँगे। हमें तो जाने को कोई जगह है नहीं! बादशाहो, ऐसी आँधियाँ तो आती-जाती रहती हैं। सिर गरम करने से क्या फायदा?"

हरचरण पंसारी ने बीच-बचाव कर दिया था, "रहने दो! रहने दो! क्या लेते हैं किसी का? कल गली की बेटियों-बहुओं को धोतियाँ-चुन्नियाँ रँगाने की जरूरत होगी तो कौन आएगा?" परन्तु कर्मचन्द का सात वर्ष का छोटा भाई धर्मचन्द और रमेश का छोटा भाई राजेश अपनी साम्प्रदायिक उत्तेजना वश नहीं कर सके। उन्होंने लट्टू मार-मारकर फज्जे का गली में रखा मटका तोड़ ही डाला। गली में ऐसी घटना पन्द्रह दिन पूर्व हुई होती तो बालकों पर डाँट-फटकार पड़ती। उस समय बालकों को किसी ने कुछ नहीं कहा।

नसरू का खून इतना सर्द नहीं था। मटका तोड़ दिये जाने पर उसका खून उबल उठा। वह काफिर हिन्दुओं से अपमान नहीं सहन कर सकता था। शहर के दूसरे मुसलमान जो कुछ रहे थे, नसरू भी करना चाहता था। वह भी पाकिस्तान की स्थापना के धर्मयुद्ध में भाग लेने की उमंग हृदय में दबाए हुए था परन्तु डरपोक बाप की जिद से मजबूर था। बूढ़े बाप को हिन्दुओं के गढ़ में अकेला छोड़कर कैसे चला जाता? नसरू कुछ दिन पहले से ही बाप से गली छोड़ जाने का आग्रह कर रहा था। कर्मचन्द के धमकाने और मटका तोड़ दिये जाने पर नसरू ने क्रोध में दाँत पीसकर बाप से कहा, "इन काफिरों की माँ को सूअर...अब यहाँ गुजारा नहीं। दूसरी जगह कोठरी नहीं मिलेगी तो किसी मस्जिद या दरगाह में ही पड़े रहेंगे।"

फज्जे ने बेटे को दबे स्वर में डाँट दिया, "चुप रह, सूर देया तुख्मा, (सूअर के बीज) बड़ा दुर्रेखाँ बनता है! ऐसी नोंक-झोंक हुआ ही करती है। बेवकूफों की बातें...यह दूकान मेरे बाप ने जमाई थी। तू इसी कोठरी में पैदा हुआ था। इसी गली की औरतों ने तेरी माँ को सँभाला था। इसी कोठरी में वह मरी। इसी गली का नमक खाकर तेरे हाथ-पाँव लगे हैं। चुप बैठा रह, सब ठीक हो जाएगा।"

फज्जे ने हिन्दुओं से पाए अपमान निगलकर उल्टे नसरू को ही डाँट दिया तो नौजवान बेटे की आँखों में पानी आ गया। वह आँसुओं का घूँट भरकर बोल उठा, "तुम मुसलमान नहीं हो।"

फज्जे को और भी क्रोध आ गया, "तेरी माँ नूँ सूर...(तेरी माँ को सूअर) तू बड़ा मुसलमान है! तू ही बड़ा दीनदार गाजी है! तेरा दादा मुसलमान नहीं था? तू किस मुसलमान का तुख्म है? तू नया मुसलमान बनेगा? चुप रह!"

अगस्त, 1947 के दूसरे सप्ताह से सैदमिट्ठा बाजार में स्थिति बदल गई थी। दो बार मुसलमानों की भीड़ का आक्रमण हो चुका था। हिन्दुओं के बहुत-से मकान और दूकानें जला दी गई थीं। दूकानें प्रायः बन्द ही रहती थीं। गंगू की गली में सभी घर हिन्दुओं के थे। लाहौर से हजारों हिन्दू-परिवार भाग चुके थे। यह समाचार पाकर भी गंगू की गली के हिन्दुओं ने डटे रहने का निश्चय प्रकट किया—हमें औरंगजेब और नादिर खाँ नहीं डरा सके, जिन्ना और मुस्लिम लीग की क्या औकात है? हम न अपना धर्म छोड़ेंगे और न अपना घर छोड़ेंगे परन्तु सैदमिट्ठा में आग, कत्ल और लूट की अनेक घटनाएँ हो जाने पर कई परिवार खिसक गए और फिर सभी जल्दी से जल्दी भाग जाने के लिए उतावले हो गए। रह गई केवल मूलाँ ताई।

मूलाँ ताई छब्बीस बरस पहले विधवा हो चुकी थी। भगवान ने उसे तीन कन्याएँ दी थीं। मूल के पति पैतृक सम्पत्ति का बँटवारा करके अपने भाइयों से अलग हो चुके थे। मूलाँ ताई की भी अपने जेठ-देवरों से नहीं बनती थी। उसे सदा ही सम्बन्धियों से ठगे जाने की आशंका बनी रहती थी। उसने गंगू की गली में अपने बड़े मकान में दो किरायेदार रख लिये

थे। सोने का जेवर बेच दिया था और गुप-चुप दूसरों का जेवर रेहन रखकर रुपया सूद पर चलाती रहती थी। सबसे छोटी लड़की का विवाह हुए भी चौदह वर्ष हो गए थे। तब से उसने मकान में एक और किरायेदार बसा लिया था। अपने किरायेदारों से उसका सम्बन्ध किराया लेने मात्र का था। किराया मिलने में चार दिन का भी विलम्ब होने से उसका बोल कड़वा हो जाता था। उसे पड़ोसियों से भी कोई मतलब न था। उसका दिन ठाकुरजी की पूजा और जप-पाठ में ही बीतता था।

गली के हिन्दू परिवार भागने लगे तो मूलाँ ताई को अपने मकान और गुप्त सम्पत्ति का लोभ जकड़े रहा। उसका किसी से सौजन्य नहीं था। वह संसार में 'ठाकुरजी' के अतिरिक्त किसी को अपना नहीं समझती थी। उसे सब पर सन्देह था। पड़ोसी उसका सिड़ीपन देखकर विस्मय प्रकट करते थे, बुढ़िया रुपये का क्या करेगी? शायद कोई मन्दिर-धर्मशाला बनवाकर नाम कर जाना चाहती है। उस विकट संकट के समय किसी ने सहानुभूति से बुढ़िया का बोझ अपने कन्धे पर ले लेने का निमंत्रण नहीं दिया। सूनी गली में मूलाँ अपने उजड़े मकान में, ठाकुरजी के भरोसे अकेले रह गई थी और नीचे गली के नुक्कड़ की कोठरी में रह गया था फज्जे ललारी अपने बेटे नसरू के साथ।

साम्प्रदायिक उपद्रव आरम्भ होने से पहले फज्जे का गंगू की गली के सभी परिवारों से कुछ-न-कुछ सम्पर्क रहता ही था। मूलाँ ताई की छोटी लड़की का विवाह हो जाने के बाद से मूलाँ ताई का फज्जे से वास्ता केवल मास के आरम्भ में पिछले मास का किराया माँगने का ही रह गया था। फज्जे दो-तीन बार तकाजे के बिना किराया नहीं चुकाता था। मूलाँ ताई को उसे किराये के लिए चेतावनी देनी होती तो ठाकुरजी की पिटारी लेकर मकान के चबूतरे पर फज्जे के मकान की ओर मुँह करके बैठ जाती और ठाकुरजी को पूजा के लिए स्नान कराते-कराते किराया समय पर न मिलने के लिए खिन्नता प्रकट कर देती।

फज्जे गली के लोगों को अपना लता-पता और सामान लिये भागते देखता तो उसकी आह निकल जाती, "या अल्लाह, कैसी कयामत आ

गई! सब लोग चले जाएँगे तो इस उजाड़ में गुजर कैसे होगी! भूतों के इस डेरे में हम अकेले कैसे रहेंगे!"

नौजवान नसरू को भय से भागते काफिरों को देखकर उत्साह अनुभव हो रहा था। वह दाँत पीसकर कहता, "जाने दो जहन्नुम में हरामी काफिरों को। पाकिस्तान में काफिरों का क्या काम!"

फज्जे जानेवाले परिवारों को गिनता जा रहा था, कौन लोग चले गए और कौन रह गए? 13 अगस्त की सुबह ही साधूराम और जमुनादास के परिवार भी चले गए तो उसने बहुत उदासी से बेटे की ओर देखा, "बस, बूढ़ी मूलाँ ताई ही रह गई।"

नसरू ने मुँह बिचकाकर उपेक्षा से कह दिया, "वो डायन कहाँ जाएगी! अपना सोना-चाँदी गाड़े उस पर साँप बनी बैठी है। वह माँ... कहाँ जाएगी!"

उस दिन दोपहर के समय साम्प्रदायिक उत्तेजना से बावले आवारा मुसलमानों की भीड़ ने हीरामंडी की ओर से सैदमिट्ठा बाजार पर हल्ला बोल दिया। हिन्दू अपनी दूकानों में भारी-भारी ताले लगाकर चले गए थे। भीड़ 'पाकिस्तान जिन्दाबाद! अल्ला-हो-अकबर! सल्तनते-इलाही जिन्दाबाद!' के नारे लगा रही थी। दूकानों के ताले तोड़कर माल लूट रही थी। लुटेरे बजाजी की दुकानों से रेशम, मखमल, मलमल के थान उठा-उठाकर भागने लगे। कोई पंसारी और परचून की दूकानों से बादाम, किशमिश, छुहारे, आटा, सूजी, चीनी की बोरियाँ लेकर भाग रहे थे। किसी दूकान से पीतल-काँसे के बर्तन लूटे जा रहे थे। कुछ लोग सर्राफे की दूकानों पर पिल पड़े थे। हल्ला सुनकर फज्जे और नसरू भी गली के मुँह पर आ गए थे। नसरू के मुँह में पानी भर आया, बोला, "अब्बा, मैं भी एक-आध थान लट्ठा, मलमल या आटे-चीनी की बोरी उठा लाऊँ?"

फज्जे ने घृणा से डाँट दिया, "चुप रह, सूर देया तुख्मा।"

नसरू ने तर्क किया, "क्यों, सब ले जा रहे हैं। कहते हैं 'माले गनीमत' (धर्मयुद्ध का प्रसाद) है।"

फज्जे ने और क्रोध से डाँटा, "सूर के...ताले तोड़कर, सेंध लगाकर चोरी-डाका डालना जिहाद (धर्मयुद्ध) है! यह 'माले गनीमत' है या

सूअर का गूँ!" फज्जे घृणा से एक ओर थूककर लौट गया और अपनी दूकान के पटरे पर जा बैठा।

नसरू की धर्मोत्तेजना पिता की फटकार सुनकर भी शान्त नहीं हुई। वह आगे बढ़ गया और भीड़ के साथ नारे लगाता हुआ 'लुहारी मंडी' की ओर चला गया। रास्ते में कत्ल किये हुए हिन्दुओं की तीन लाशें देखकर उसकी उत्तेजना और धर्मोत्साह अधिक बढ़ गया। धर्मयुद्ध में जूझ जाने के लिए बाँहें फड़कने लगीं।

लाहौर के बाजारों में लूट और ध्वंस इतना बढ़ गया था कि चौथे पहर व्यवस्था कायम रखने के लिए सशस्त्र सिपाहियों से भरी फौजी लारियाँ दौड़ी चली आईं। बाजारों में रायफलों के फायर 'धाँय-धाँय' गूँजने लगे। जहाँ भीड़ दिखाई देती; सिपाही गोली चला देते। फज्जे अपनी दूकान के पटरे पर बैठा बाजार की ओर देख रहा था। गली के सामने एक आदमी पीतल की बड़ी परात लिये भाग रहा था। आदमी चीखकर गिर पड़ा, साथ ही बन्दूक चलने की धाँय और परात बाजार में गिरने की झंकार से बाजार गूँज गया। फज्जे का कलेजा धक्क से रह गया—हाय नसरू!

बाजारों और गलियों में राइफल लिये सिपाही तैनात कर दिये गए थे। कर्फ्यू हो गया था। तीन आदमियों को भी एक साथ चल सकने का हुक्म नहीं रहा था। ऐलान हो गया—साँझ सात बजे, कमेटी की बिजली जल जाने के बाद जो भी शख्स बाजारों में निकलेगा, उसे गोली मार दी जाएगी।

कर्फ्यू का ऐलान हुआ तो नसरू गली में लौटा नहीं था। फज्जे का दिल मुँह को आ रहा था, आँखों में आँसू उमड़े आ रहे थे। नौजवान बेटे के अल्हड़पन के प्रति क्रोध से उसके मुँह में बार-बार गालियाँ आ रही थीं—कमबख्त...का दिमाग फिर गया है। इसे क्या हो गया?

बिजली जलने से पहले ही नसरू लौट आया तो फज्जे की जान में जान आई। उसने लड़के को डाँटा, "चल कोठरी में बैठ। खबरदार बाहर निकला। सिपाही की बन्दूक की गोली से पागल कुत्ते की मौत मर जाएगा तो सब गाजीपन...से निकल जाएगा!"

नसरू ने बेपरवाही से कहा, "अरे, हो क्या गया? अब तो फौज भी अपनी है, सब मुसलमान भाई हैं। काफिर तो सब गए। लोगों ने तो पाँच-पाँच सेर सोना बटोर लिया है, बजाजी से घर भर लिये हैं।"

नसरू का मन अपने सम्प्रदाय की विजय से उमग रहा था। वह 'लुहारी मंडी' से एक छुरा भी लेता आया था। बूढ़ा बाप छुरा देखकर डर न जाए इसलिए छुरे को तहमद में खोंसे था।

फज्जे और नसरू सात बजे कर्फ्यू का बिगुल सुनकर अपनी कोठरी में हो गए थे। फज्जे का मन रोटी सेंकने को न हुआ। नसरू ने भी परवाह न की। कोठरी में बिछी चटाई पर दोनों पास-पास पड़े थे। गली में अँधेरा घना हो गया था और कोठरी में उससे भी अधिक। वायु बिल्कुल निश्चल और सुन्न थी। आकाश में घने परन्तु खुश्क बादल छा गए थे। घने बादलों का ढक्कन धूप में तपे शहर के पक्के मकानों से उठती गर्मी और उमस को शहर पर दबाए था। पूरा शहर स्तब्ध था। हवा भी साँस रोके थी।

कोठरी में लेटे फज्जे और नसरू के शरीर से पसीना तेल की तरह निकल रहा था। फज्जे ने कुर्त्ता तहमद उतारकर केवल लँगोट पहन लिया था। नसरू के शरीर पर भी कुर्त्ता नहीं था। टाँगों को चिपचिप से बचाने के लिए तहमद कमर पर समेटे था। कर्फ्यू और उमस-भरी गर्मी के आतंक से दोनों ही चुप और खिन्न थे। कोठरी में खजूर की उधड़ी हुई एक पंखी थी। फज्जे पंखी से अपने और नसरू के शरीर को हवा कर रहा था। बाँह थक जाती तो पंखी को नसरू के सीने पर फेंक देता। नसरू पंखी से अपने और पिता के शरीर पर हवा करने लगता। दोनों चुपचाप एक-दूसरे से खिन्न, परिस्थिति से खिन्न बारी-बारी से पंखी चलाए जा रहे थे। नींद ही उन्हें आराम दे सकती थी। नींद गर्मी के कारण आ नहीं रही थी। नींद न आने से घबराहट बढ़ती जा रही थी। भय-भरे सन्नाटे में बाजार के फर्श पर कर्फ्यू के पहरेदार सशस्त्र सिपाहियों के फौजी बूटों की आहट उनके भय और बेबसी को और भी कड़वा बनाए दे रही थी।

रात का एक पहर बीत गया था। नींद न फज्जे को आ सकी, न नसरू को। नसरू पसीने से भीगी खजूर की चटाई पर बार-बार पीठ चिपक जाने

से चिढ़ गया। उसने पंखी बाप को दे दी और चटाई से उठकर हवा के लिए कोठरी की दहलीज पर उकड़ूँ बैठ गया।

नसरू गली में कदमों की धीमी चाप सुनकर चौंका। उसकी आँखें आहट की ओर घूम गईं। देखा, सूनी गली के अँधेरे में मूलाँ ताई अपनी धोती-चादर में सिमटी हुई, दबे पाँव बाजार की ओर जा रही थी। नसरू ने पिता की ओर देखा; दबे स्वर में बोला, "देख, बूढ़ी मूलाँ छिपकर भाग रही है।"

फज्जे ने पंखी से हवा लेते हुए लेटे-लेटे ही कह दिया, "होगा... अकेली डर गई होगी। अल्लाह ही बचानेवाला है।"

नसरू ने गली से बाजार में कदम रखती बुढ़िया की ओर ध्यान से देखा—"काफिर गठरी में अपनी रकम दबाए लिये जा रही है..." उसके मुँह से निकला और उत्तेजना से उसके रोएँ खड़े हो गए।

"होगा, उसे अल्ला रखे, तुझे क्या?" फज्जे ने करुणा से कह दिया। नसरू पिता की बात पूरी होने से पहिले ही दहलीज से कूदकर बुढ़िया के पास बाजार की ओर भाग गया था।

फज्जे बेटे को प्राण संकट में डालने के लिए बाजार की ओर भागते देखकर घबरा गया और बेबस क्षोभ में—'तेरी माँ नूँ सूर...' गाली देते हुए बेटे को रोकने के लिए उसके पीछे भागा।

बूढ़ा फज्जे शिथिल कदमों से डगमगाता बाजार तक पहुँचा तो नसरू ने बाजार में चालीस कदम दूर बिजली के खम्भे के समीप मूलाँ ताई की पसली में छुरा भोंक दिया था और उसकी गठरी छीनकर दौड़ा आ रहा था।

क्रोध से काँपता हुआ फज्जे बेटे को ढकेलकर कोठरी में ले गया। नसरू ने सफलता के उल्लास से कहा, "...काफिर बुढ़िया सबकुछ लिये भागी जा रही थी।" वह जल्दी-जल्दी गठरी खोलने लगा।

फज्जे दम फूल जाने के कारण सिर को दोनों हाथों से पकड़कर बैठ गया था। उसकी साँस तेज चल रही थी। मुँह से बोल नहीं निकल रहा था। न हाथों में शक्ति थी कि बेटे को बुढ़िया का कत्ल करके छीनी हुई गठरी खोलने से रोक सकता और गठरी उठाकर फेंक देता।

नसरू ने गउरी खोल डाली और गठरी में बँधी पिटारी का ढक्कन

झटके से उठा लिया, "माँ...काफिर बुढ़िया भागी तो पिटारी में अपने पत्थर के खुदा को लिये जा रही थी।" वह विद्रूप में हँस पड़ा।

फज्जे की आँखें अँधेरे में भी क्रोध से लाल दिख रही थीं। उसने बेटे को सुरक्षित देखकर क्रोध और ग्लानि से लानत दी, "ओए, तेरी माँ नूँ सूर...बेड़ा गरक होये तेरा, मासूम बूढ़ी का खून कर दिया। काफिर अपने पत्थर के खुदा को लिए भागी जा रही थी। अपने पत्थर के खुदा से तेरे खुदा का सिर फोड़ देती। तू बड़ा गाजी है, तूने अपने खुदा को बचा लिया।"

■

अखबार में नाम

जून का महीना था, दोपहर का समय और धूप कड़ी थी। ड्रिल-मास्टर साहब ड्रिल करा रहे थे।

मास्टर साहब ने लड़कों को एक लाइन में खड़े होकर डबलमार्च करने का ऑर्डर दिया। लड़कों की लाइन ने मैदान का एक चक्कर पूरा कर दूसरा आरम्भ किया था कि अनन्तराम गिर पड़ा।

मास्टर साहब ने पुकारा, "हाल्ट!"

लड़के लाइन से बिखर गए।

मास्टर साहब और दो लड़कों ने मिलकर अनन्त को उठाया और बरामदे में ले गए। मास्टर साहब ने एक लड़के को दौड़कर पानी लाने का हुक्म दिया। दो-तीन लड़के स्कूल की कापियाँ लेकर अनन्त को हवा करने लगे। अनन्त के मुँह पर पानी के छींटे मारे गए। उसे होश आते-आते हेडमास्टर साहब भी आ गए और अनन्तराम के सिर पर हाथ फेरकर, पुचकारकर उन्होंने उसे तसल्ली दी।

स्कूल का चपरासी एक ताँगा ले आया। दो लड़कों के साथ ड्रिल मास्टर अनन्तराम को उसके घर पहुँचाने गए। स्कूल-भर में अनन्तराम के बेहोश हो जाने की खबर फैल गई। स्कूल में सब उसे जान गए।

लड़कों के धूप में दौड़ते समय गुरदास लाइन में अनन्तराम दो लड़कों के बाद था। यह घटना और कांड हो जाने के बाद वह सोचता रहा, अगर अनन्तराम की जगह वही बेहोश होकर गिर पड़ता, वैसे ही उसे चोट आ जाती तो कितना अच्छा होता? आह भरकर उसने सोचा, सब लोग उसे जान जाते और उसकी खातिर होती।

श्रेणी में भी गुरदास की कुछ ऐसी ही हालत थी। गणित के मास्टर साहब सवाल लिखाकर बेंचों के बीच में घूमते हुए नजर डालते रहते थे कि कोई लड़का नकल या कोई दूसरी बेजा हरकत तो नहीं कर रहा। लड़कों के मन में यह होड़ चल रही होती कि सबसे पहले सवाल पूरा करके कौन खड़ा हो जाता है।

गुरदास बड़े यत्न से अपना मस्तिष्क कॉपी में गढ़ा देता। उँगलियों पर गुणा और योग करके उत्तर तक पहुँच ही रहा होता कि बनवारी सवाल पूरा करके खड़ा हो जाता। गुरदास का उत्साह भंग हो जाता और दो-तीन पल की देर यों भी हो जाती। कभी-कभी सबसे पहले सवाल कर सकने की उलझन के कारण कहीं भूल भी हो जाती। मास्टर साहब शाबाश देते तो बनवारी और खन्ना को और डाँटते तो खलीक और महेश का ही नाम लेकर। महेश और खन्ना न केवल कभी सवाल पूरा करने की चिन्ता न करते बल्कि उसके लिए लज्जित भी न होते। नाम जब कभी लिया जाता तो बनवारी, खन्ना, खलीक और महेश का ही; गुरदास बेचारे का कभी नहीं। ऐसी ही हालत व्याकरण और अंग्रेजी की क्लास में भी होती। कुछ लड़के पढ़ाई-लिखाई में बहुत तेज होने की प्रशंसा पाते और कोई डाँट-डपट के प्रति निर्द्वन्द्व होने के कारण बेंच पर खड़े कर दिये जाने से लोगों की नजर में चढ़कर नाम कमा लेते। गुरदास बेचारा दोनों तरफ से बीच में रह जाता।

इतिहास में गुरदास की विशेष रुचि थी। शेरशाह सूरी और खिलजी की चढ़ाइयों और अकबर के शासन के वर्णन उसके मस्तिष्क में सचित्र होकर चक्कर काटते रहते, वैसे ही शिवाजी के अनेक किले जीतने के वर्णन भी। वह अपनी कल्पना में अपने-आप को शिवाजी की तरह ऊँची, नोकदार पगड़ी पहने, छोटी दाढ़ी रखे और वैसा ही चोगा पहने, तलवार लिये सेना के आगे घोड़े पर सरपट दौड़ता चला जाता देखता।

इतिहास को यों मनस्थ कर लेने या इतिहास में स्वयं समा जाने पर भी गुरदास को इन महत्वपूर्ण घटनाओं की तारीखें और सन् याद न रहते थे क्योंकि गुरुदास के काल्पनिक ऐतिहासिक चित्रों में तारीखों और सनों का कोई स्थान न था। परिणाम यह होता कि इतिहास की क्लास में भी गुरदास को शाबाश मिलने या उसका नाम पुकारा जाने का समय न आता। सबके सामने अपना नाम पुकारा जाता सुनने की गुरदास की महत्त्वाकांक्षा उसके छोटे-से हृदय में इतिहास के अतीत के बोझ के नीचे दबकर सिसकती रह जाती। तिस पर इतिहास के मास्टर साहब का प्रायः कहते रहना कि दुनिया में लाखों लोग मरते जाते हैं परन्तु जीवन वास्तव में उन्हीं लोगों का होता है जो मरकर भी अपना नाम जिन्दा छोड़ जाते हैं...। गुरदास के सिसकते हृदय को एक और चोट पहुँचा देता।

गुरदास अपने माता-पिता की सन्तानों में तीन बहनों का अकेला भाई था। उसकी माँ उसे राजा बेटा कहकर पुकारती थी। स्वयं पिता रेलवे के दफ्तर में साधारण क्लर्की करते थे। कभी कह देते कि उनका पुत्र ही उनका और अपना नाम कर जाएगा।

ख्याति और नाम की कमाई के लिए इस प्रकार निरन्तर दी जाती रहनेवाली उत्तेजनाओं के बावजूद गुरदास श्रेणी और समाज में अपने-आप को किसी अनाज की बोरी के करोड़ों एक ही से दानों में से एक साधारण दाने से अधिक अनुभव न कर पाता था। ऐसा दाना कि बोरी को उठाते समय गिर जाए तो कोई ध्यान नहीं देता। ऐसे समय उसकी नित्य कुचली जाती महत्वाकांक्षा चीख उठी कि बोरी के छेद से सड़क पर उसके गिर जाने की घटना ही ऐसी क्यों न हो जाए कि दुनिया जान ले कि वह वास्तव में कितना बड़ा आदमी है और उसका नाम मोटे अक्षरों में अखबारों में छप जाए। गुरदास कल्पना करने लगता कि वह मर गया है परन्तु अखबारों में मोटे अक्षरों में छपे अपने नाम को देखकर, मृत्यु के प्रति विद्रूप से मुस्करा रहा है; मृत्यु उसे समाप्त न कर सकी।

आयु बढ़ने के साथ-साथ गुरदास की नाम कमाने की महत्वाकांक्षा उग्र होती जा रही थी, परन्तु उस स्वप्न की पूर्ति की आशा उतनी ही दूर भागती जान पड़ रही थी। बहुत बड़ी-बड़ी कल्पनाओं के बावजूद वह

अपने पिता पर कृपा-दृष्टि रखनेवाले एक बड़े साहब की कृपा से दफ्तर में केवल क्लर्क ही बन पाया।

जिन दिनों गुरदास अपने मन को समझाकर यह सन्तोष दे रहा था कि उसके मुहल्ले के हजार से अधिक लोगों में से किसी का भी तो नाम कभी अखबार में नहीं छपा, तभी उसके मुहल्ले के एक निस्सन्तान लाला ने अपनी आयु-भर का संचित गुप्तधन प्रकट करके अपने नाम से एक स्कूल स्थापित करने की घोषणा कर दी।

लालाजी का अखबार में केवल नाम ही प्रशंसा-सहित नहीं छपा, उनका चित्र भी छपा। गुरदास आह भरकर रह गया। साथ ही अखबार में नाम छपवाकर, नाम कमाने की आशा की बुझती हुई चिंगारियों पर राख की एक और तह पड़ गई। गुरदास ने मन को समझाया कि इतना धन और यश तो केवल पूर्व जन्म के कर्मों के फल से ही पाया जा सकता है। इस जन्म में तो ऐसे अवसर और साधन की कोई आशा उस जैसों के लिए हो नहीं सकती थी।

उस साल वसन्त के आरम्भ में शहर में प्लेग फूट निकला था। दुर्भाग्य से गुरदास के गरीब मुहल्ले में गलियाँ कच्ची और तंग होने के कारण, बीमारी का पहला शिकार, उसी मुहल्ले में दुलारे नाम का व्यक्ति हुआ।

मुहल्ले की गली के मुहाने पर रहमान साहब का मकान था। रहमान साहब ने आत्मरक्षा और मुहल्ले की रक्षा के विचार से छूत की बीमारी के हस्पताल को फोन करके एम्बुलेन्स गाड़ी मँगवा दी। बहुत लोग इकट्ठे हो गए। दुलारे को स्ट्रेचर पर उठाकर मोटर पर रखा गया और हस्पताल पहुँचा दिया गया। म्युनिसिपैलिटी ने उसके घर की बहुत जोर से सफाई की। मुहल्ले के हर घर में दुलारे की चर्चा होती रही।

गुरदास संध्या समय थका-माँदा और झुँझलाया हुआ दफ्तर से लौट रहा था। भीड़ में से अखबारवाले ने पुकारा, "आज शाम का ताजा अखबार। नाहर मुहल्ले में प्लेग फूट निकला। आज की खबरें पढ़िए।"

अखबार में अपने मुहल्ले का नाम छपने की बात से गुरदास सिहर उठा। उसके मस्तिष्क में चमक गया...ओह, दुलारे की खबर छपी होगी। अखबार प्राय: वह नहीं खरीदता था परन्तु अपने मुहल्ले की

खबर छपी होने के कारण उसने चार पैसे खर्च कर अखबार ले लिया। सचमुच दुलारे की खबर पहले पृष्ठ पर ही थी। लिखा था—'बीमारी की रोकथाम के लिए सावधान।' और फिर दुलारे का नाम और उसकी खबर ही नहीं, स्ट्रेचर पर लेटे हुए, घबराहट में मुँह खोले हुए दुलारे की तसवीर भी थी।

गुरदास ने पढ़ा कि बीमारी का इलाज देर से आरम्भ होने के कारण दुलारे की अवस्था चिन्ताजनक है। पढ़कर दुख हुआ। फिर खयाल आया...इस आदमी का नाम अखबार में छप जाने की क्या आशा थी? पर छप ही गया। अपना-अपना भाग्य है, एक गहरी साँस लेकर गुरदास ने सोचा। दुलारे की अवस्था चिन्ताजनक होने की बात से दुख भी हुआ। फिर खयाल आया...देखो, मरते-मरते नाम कर ही गया। मरते तो सभी हैं पर यह बीमारी की मौत फिर भी अच्छी! खयाल आया, कहीं बीमारी मुझे भी न हो जाए। भय तो लगा पर यह भी खयाल आया कि नाम तो जिसका छपना था, छप गया। अब सबका नाम थोड़े ही छप सकता है। खैर, दुलारे अगर बच न पाया तो अखबार में नाम छप जाने का फायदा उसे क्या हुआ? मजा तो तब है कि बेचारा बच जाए और अपनी तसवीरवाले अखबार को अपनी कोठरी में लटका ले...!

गुरदास को होश आया तो उसने सुना, "इधर से सँभालो! ऊपर से उठाओ!" कूल्हे में बहुत जोर से दरद हो रहा था। वह स्वयं उठ न पा रहा था। लोग उसे उठा रहे थे।

"हाय! हाय माँ!" उसकी चीखें निकली जा रही थीं। लोगों ने उठाकर उसे एक मोटर में डाल दिया।

हस्पताल पहुँचकर उसे समझ में आया कि वह बाजार में एक मोटर के धक्के से गिर पड़ा था। मोटर के मालिक एक शरीफ वकील साहब थे। उस घटना के लिए बहुत दुख प्रकट कर रहे थे। एक बच्चे को बचाने के प्रयत्न में मोटर को दाईं तरफ जल्दी से मोड़ना पड़ा। उन्होंने बहुत जोर से हॉर्न भी बजाया और ब्रेक भी लगाया पर ये आदमी चलता-चलता अखबार पढ़ने में इतना मगन था कि उसने सुना ही नहीं।

गुरदास कूल्हे और घुटने की दरद के मारे कराह रहा था। कुछ सोचना-समझना उसके बस की बात ही न थी।

डॉक्टर ने गुरदास को नींद आने की दवाई दे दी। वह भयंकर दरद से बचकर सो गया। रात में जब नींद टूटी तो दरद फिर होने लगा और साथ ही खयाल भी आया कि अब शायद अखबार में उसका नाम छप ही जाए। दरद में भी एक उत्साह-सा अनुभव हुआ और दरद भी कम मालूम होने लगा। कल्पना में गुरदास को अखबार के पन्ने पर अपना नाम छपा दिखाई देने लगा।

सुबह जब हस्पताल की नर्स गुरदास के हाथ-मुँह धुलाकर उसका बिस्तर ठीक कर रही थी, मोटर के मालिक वकील साहब उसका हालचाल पूछने आ गए।

वकील साहब एक स्टूल खींचकर गुरदास के लोहे के पलंग के पास बैठ गए और समझाने लगे, "देखो भाई, ड्राइवर बेचारे की कोई गलती नहीं थी। उसने तो इतने जोर से ब्रेक लगाया कि मोटर को भी नुकसान पहुँच गया। उस बेचारे को सजा भी हो जाएगी तो तुम्हारा भला हो जाएगा? तुम्हारी चोट के लिए बहुत अफसोस है। हम तुम्हारे लिये दो-चार सौ रुपये का भी प्रबन्ध कर देंगे। कचहरी में तो मामला पेश होगा ही, जैसे हम कहें, तुम बयान दे देना; समझे...!"

गुरदास वकील साहब की बात सुन रहा था पर ध्यान उसका वकील साहब के हाथ में गोल-मोल लिपटे अखबार की ओर ही था। रह न सका तो पूछ बैठा, "वकील साहब, अखबार में हमारा नाम छपा है? हमारा नाम गुरदास है। मकान नाहर मुहल्ले में है।"

वकील साहब की सहानुभूति में झुकी आँखें सहसा पूरी खुल गईं, "अखबार में नाम?" उन्होंने पूछा, "चाहते हो? छपवा दें!"

"हाँ साहब, अखबार में तो जरूर छपना चाहिए।" आग्रह और विनय से गुरदास बोला।

"अच्छा, एक कागज पर नाम-पता लिख दो।" वकील साहब ने कलम और एक कागज गुरदास की ओर बढ़ाते हुए कहा, "अभी नहीं छपा तो कचहरी में मामला पेश होने के दिन छप जाएगा, ऐसी बात है।"

गुरदास को लँगड़ाते हुए ही कचहरी जाना पड़ा। वकील साहब की टेढ़ी जिरह का उत्तर देना सहज न था, आरम्भ में ही उन्होंने पूछा, "तुम अखबार में नाम छपवाना चाहते थे?"

"जी हाँ।" गुरदास को स्वीकार करना पड़ा।

"तुम्हें उम्मीद थी कि मोटर के नीचे दब जानेवाले आदमी का नाम अखबार में छप जाएगा?" वकील साहब ने फिर प्रश्न किया।

"जी हाँ!" गुरदास कुछ झिझका पर उसने स्वीकार कर लिया।

अगले दिन अखबार में छपा—

"मोटर दुर्घटना में आहत गुरदास को अदालत ने हर्जाना दिलाने से इनकार कर दिया। आहत के बयान से साबित हुआ कि अखबार में नाम छपाने के लिए ही वह जान-बूझकर मोटर के सामने आ गया था..."

गुरदास ने अखबार से अपना मुँह ढाँप लिया, किसी को अपना मुँह कैसे दिखाता...।

■

खच्चर और आदमी

पूरण के जीवन के 23 वर्ष दिल्ली और उसके आसपास ही बीते थे। कभी पहाड़ पर जाने का अवसर नहीं हुआ था। हिमपात देख सकने के लिए उत्कट उत्सुकता से पहली बार शिमला गया था। वहाँ कभी-कभी अच्छी बरफ पड़ जाती है। दो दिन रात में अनेक बार जोर का हिमपात हो गया। डेढ़-दो फुट बरफ गिर जाने पर हिमपात रुककर हवा चलने लगी। पूरण का मन हिम-दर्शन से अघा गया। वह बरफ में जूता धँसाकर चलने, बरफ हाथों में उठा उसके गोले बनाकर फेंकने के कौतूहल के स्थान पर शीत से सिहरन अनुभव करने लगा। शीत, चमड़े के कोट को भी बेंधकर उसे कँपा देता था। उसे बरफ में घूमने की इच्छा न रही।

भार्गव ने मित्र के स्वागत में कमरा गरम करने के लिए बिजली के हीटर के स्थान पर दीवाल में बनी पुराने ढंग की अँगीठी में काठ के कुन्दे सुलगवा दिये थे। खूब अच्छी लपटें उठ रही थीं। भार्गव ने सोफा अँगीठी के समीप खींच लिया। दोनों सोफे पर बैठ गए और सिगरेट सुलगा लिये। सन्मुख आग थी, शरीर पर पर्याप्त कपड़ा था परन्तु बर्फानी वायु में घूमते रहने से पूरण के शरीर में इतनी सर्दी रच गई थी कि आध घंटे तक आग के सामने बैठ लेने पर भी उसे झुरझुरी अनुभव हो जाती और मुख से निकल जाता—ओफ भयंकर सर्दी है!

"यहाँ सर्दी है? अच्छा-भला गरम कमरा है।" भार्गव ने उपेक्षा से कह दिया, "तुम्हें अभ्यास नहीं है वर्ना शिमला में अधिक सर्दी नहीं होती।"

भार्गव गत पाँच वर्षों से हेमन्त शिमला में ही बिताता है। वह भूगर्भ सर्वेक्षण विभाग के खनिज अनुसन्धान दल में है। इस दल के लोगों को वर्ष में छह मास समुद्र तल से बीस हजार फुट ऊँचे हिमरुद्ध स्थानों में खोज कार्य करना होता है। केवल सात हजार फुट ऊँचे शिमला की सर्दी उनके लिए क्या चीज!

"माई गॉड!" पूरण ने आतंक प्रकट किया, "यह कम सर्दी है; और कितनी सर्दी होगी?" पूरण ने सर्दी के सम्बन्ध में भार्गव के विचित्र अनुभव सुनने के लिए उसे उकसाया कि उन अनुभवों की तुलना में स्वयं अनुभव होती सर्दी को भुला सके!

भार्गव ने मित्र का अभिप्राय समझकर उत्तर दिया, "कष्टदायक सर्दी तो होती है, बारह हजार फुट से ऊपर। जहाँ धरती पर और चारों ओर मोटी बर्फ हो, कई दिन तक धूप न मिले, विशेषकर जब गरमी पा सकने के लिए ईंधन भी पास न हो। न खाना गरम किया जा सके, न गरम कॉफी-चाय मिल सके। ऐसे समय प्राण आग की चिंगारी और लौ के लिए तरस जाते हैं।"

"क़्या तुम्हें भी कभी ऐसा अनुभव हुआ है?" पूरण के नेत्र उत्सुकता से फैल गए।

"केवल एक बार सोलह दिन तक।"

"प्लीज! कैसे, जरूर बताओ!"

भार्गव ने सुविधा के लिए पूरण की ओर करवट ले ली, "हमारे दल के उस अनुभव का कुछ समाचार तो पत्रों में प्रकाशित हुआ था। अरे वही लाहौल घाटी की दुर्घटना। अप्रत्याशित या मौसम के अनुमान की रिपोर्ट के विरुद्ध भयंकर हिमपात घाटी के ऊपरी भाग में हो गया और हम लोग फँस गए। उस प्रदेश के लिए चौबीस घंटे में होनेवाले मौसम की सूचना ब्रॉडकास्ट की जाती है मनाली से। मनाली है समुद्र तल से पाँच-छह हजार फुट की ऊँचाई पर। हमें विश्लेषण के लिए नमूने लेने थे बारह हजार फुट की ऊँचाई पर, चट्टानें फोड़कर। हमारा कूच का पड़ाव दस हजार फुट पर था। लक्ष्य तक रास्ता पाँच मील से अधिक न था। सदा बर्फ से ढकी रहनेवाली चौदह हजार फुट ऊँची एक धार को ही लाँघना था। धार को लाँघने के लिए केवल एक दर्रा है वह भी तेरह हजार फुट पर। दर्रे के उस ओर हजार फुट नीचे एक बहुत छोटा-सा मैदान है। वहाँ आयुध-महत्त्व (Strategic Importance) के एक पदार्थ के अनुमान में बरमा चलाने का विचार था... ।"

"वह पदार्थ मिला?" पूरण टोक बैठा।

"नहीं, तीन वर्ष पूर्व वहाँ फिर यत्न किया गया था। वह अनुमान ठीक न था।" भार्गव सिगरेट सुलगाने लगा।

"खैर, अपना अनुभव सुनाओ।"

भार्गव लम्बा कश लेकर बोला, "विचार था, धार के पार मैदान में सात-आठ दिन से अधिक ठहरना आवश्यक न होगा। कूच पड़ाव के लोगों ने सलाह दी—खच्चरों के लिए ऊपर घास दाना ले जाना जरूरी नहीं है। वहाँ इस मौसम में पशुओं के लिए बहुत अच्छी पौष्टिक घास मिलेगी। जरूरी समझें तो थोड़ा बहुत दाना उनके लिए ले जाइए। विकट चढ़ाइयों पर बोझा ढोने से बचने का प्रलोभन भी रहता है।

"नये स्थान पर सूर्यास्त से जितना पूर्व पहुँचा जा सके अच्छा रहता है। सूर्य का प्रकाश रहते स्थान को समझने और अनुकूल बना लेने में सुविधा रहती है। ग्रुप लीडर ने तड़के कुछ अँधेरा रहते नाश्ता दिलवा दिया। यंत्र, राशन और तम्बू छह खच्चरों पर लदवा दिये और हम दस शेरपाओं को साथ ले, पौ फटते-फटते चल पड़े। खच्चरों के लिए दाना नौ-दस बजे

तक मिलना था। शेरपाओं का मुखिया अपने शेष नौ आदमियों और छह खच्चरों के साथ पीछे रह गया कि दाना मिल जाने पर बड़ी बरमा मशीन और मशीनों के लिए ईंधन लेकर हमारे पीछे आ जाएगा।

"हमने धार का सँकरा दर्रा साढ़े ग्यारह बजे पार कर लिया। मौसम फोरकास्ट ने उत्तर-पश्चिम में आकाश साफ रहने का आश्वासन दिया था। स्थानीय लोगों को भी दो-तीन सप्ताह तक बर्फ-पानी की आशंका नहीं थी परन्तु हम दर्रे से मैदान में उतर ही पाए थे कि उत्तर-पश्चिम की ओर से घने, काले बादल उमड़ने लगे। बादलों ने इतना ही अवसर दिया कि हम मैदान के किनारे ऊँचा स्थान देखकर तम्बू लगा लें। यदि हम खूँटे गाड़ने और तम्बू खड़े करने में शेरपाओं का हाथ न बँटाते तो तम्बू भी न लग पाते। हमारे तम्बू लग ही पाए थे कि भयंकर कड़क से ओला बरसने लगा। ओले इतनी तेजी से और इतने परिमाण में गिरे कि दस मिनट में घनी, ऊँची घास से ढका मैदान चाँदी का विराट थाल-सा बन गया। ओले धार की ढलवानों और ऊपर दर्रे में भी गिरे थे। हमें आशंका हुई, ओले यदि धार के उस ओर न गिरे होंगे तो भी पीछे आते शेरपाओं और खच्चरों के लिए दर्रा लाँघना और मैदान तक उतरना दुसाध्य हो गया होगा। कुछ-कुछ देर रुककर ओलों की उससे भी भारी-भारी बौछारें संध्या तक आती रहीं। समझ लिया, मेट शेष पार्टी को लेकर दर्रे तक आया भी होगा तो उसे लौट जाना पड़ा होगा।

"नीचे पड़ाव के लोगों की सूचना गलत नहीं थी। हमारे पहुँचने पर मैदान में बढ़िया घास मौजूद थी परन्तु अब उसे ओलों की छह-सात इंच मोटी तह ने दबा लिया था। हम चिन्तित थे, भूखे खच्चरों को क्या दें।

"सूर्यास्त के घंटे-भर बाद हम लोगों ने जमा हुआ पैराफीन जलाकर राशन गरम किया और खाकर सर्दी से बचने के लिए रजाई के थैलों में हो गए। भूखे खच्चर अपने तम्बू में हिनहिनाकर चारा माँग रहे थे। रात तम्बू पर बार-बार आहट से बरफ गिरने का अनुमान होता रहा। सुबह उठकर देखा, रात में काफी बर्फ पड़ती रही थी। मैदान में बल्लम गाड़ने पर डेढ़ फुट तक बर्फ में धँस जाता था। मैदान के चारों ओर ढलवानों पर भी काफी जम गई थी। धार के दर्रे में भी काफी बर्फ भर गई थी। खच्चर

अपने तम्बू में और अधिक हिनहिनाकर भूख और सर्दी की शिकायत कर रहे थे। उनके तम्बू में कुछ गरमी कर सकने के लिए तेल और स्टोव भी नहीं थे। वह सुविधा तो हमारे लिए भी न थी। ईंधन बाद में आनेवाला था। बारह हजार फुट ऊँचे धरातल पर ईंधन के लायक झाड़ियाँ या वृक्ष तो होते नहीं। आकाश में अब भी बर्फानी बादल उठे हुए थे। ऐसी स्थिति में क्या आशा होती कि शेरपाओं का मुखिया दाना और ईंधन लेकर आ जाएगा! दोपहर से पहले ही फिर बरफ गिरने लगी और कम-ज्यादा साँझ तक गिरती रही। हम समय काटने के लिए कुछ चट्टानों पर से बर्फ गिरा, उन्हें खुर्चकर देखते रहे परन्तु काम तो कुछ हो नहीं सकता था। केवल सर्दी ही अनुभव कर रहे थे। खच्चरों की दयनीय अवस्था, उनकी चारा माँगती कातर दृष्टि, अपने असामर्थ्य मन को और खिन्न कर रहा था।

"रात में और बरफ पड़ी। दूसरे दिन सुबह भी बार-बार बरफ गिरती रही। मैदान की अपेक्षा धार की ऊँचाई पर और दर्रे में अधिक बरफ गिर रही थी। दर्रा चौड़े भाले की नोक की तरह ऊपर से खुला और नीचे तंग था। स्पष्ट दिखाई दे रहा था कि दर्रे के भीतर की ढलवानों से कच्ची बरफ के तोंदे फिसल-फिसलकर दर्रे को भरते जा रहे थे। तीसरे दिन रजाई के थैले से निकलने को मन न चाहता था। उस ऊँचाई पर विरल वायु में मामूली हरकत से भी साँस फूलने लगती है। शरीर की शक्ति सँजोये रखने का ध्यान रखना होता है।

तीसरी रात भी बरफ पड़ी और सुबह भी बादल बने रहे। सर्दी का क्या कहना! थर्मामीटर शून्य से पैंतालीस अंश नीचे था। पूरे कपड़े पहने, रजाई के थैलों में लिपट, कुछ पढ़कर समय बिताने का यत्न किया परन्तु नाक बहते जा रहे थे। सर्दी से कनपटियों में दर्द जान पड़ रहा था। आशंका हो गई कि नीचे से सहायता आने की बात तो दूर, लौट जाने की राह भी कम-से-कम चार-पाँच दिन तक नहीं मिलेगी। खच्चरों की हिनहिनाहट सुनाई नहीं पड़ रही थी। उनकी गर्दनें लटक गई थीं। अधिक सर्दी में शारीरिक शक्ति के लिए अधिक खुराक और कैलोरीज की आवश्यकता होती है और खच्चर बेचारे, कड़े परिश्रम के बाद से बिलकुल निराहार थे। उस समय खच्चरों के तम्बू से विचित्र

समाचार मिला कि एक खच्चर भूख से व्याकुल होकर दूसरे खच्चरों को काटने के लिए झपट रहा था और उसने अपने समीप के खच्चर का कान तोड़कर खा लिया था।"

"विचित्र!" पूरण ने टोका, "घोड़े-खच्चरों के मांसाहार की बात तो कभी नहीं सुनी!"

"कह तो रहा हूँ विचित्र समाचार मिला!" भार्गव अवसर पाकर नया सिगरेट सुलगाने लगा।

पूरण हँस दिया, "अरे आप लोग अपने राशन में से ही बेचारे खच्चरों को कुछ दे देते!"

"यानी, हमारी अपेक्षा खच्चरों की जान बहुमूल्य थी और हम सबके आठ दिन के राशन से एक खच्चर का पेट एक बार भी न भरता!"

"मैंने केवल हँसी में कहा।"

"हाँ, पाँचवीं रात बरफ नहीं पड़ी परन्तु अगले दिन भी घने बादल रहने के कारण बरफ गिरने की सम्भावना बनी थी। नाश्ते के समय हम लोग विचार कर रहे थे कि ऐसी परिस्थिति में प्राण-रक्षा के लिए क्या किया जा सकता है। खच्चरों के तम्बू के एक शेरपा ने आकर परेशानी प्रकट की—कनकटा खच्चर लड़खड़ाकर गिर पड़ा है। खच्चर अभी जिन्दा है और उसका कान खा जानेवाला खच्चर उसे खाने के लिए लपक रहा है। उसे रोकते हैं तो वह हमें काटता है।

"हम लोग विस्मय से देखने के लिए गए। शेरपा की बात ठीक थी। मांसाहारी बन जानेवाला खच्चर गिर जानेवाले खच्चर को खाने का यत्न कर रहा था। सोचा, जो खच्चर गिर पड़ा है उसे तो बचाया नहीं जा सकता, यदि दूसरा उससे अपना पेट भर सकता है तो भर ले।

"ग्रुप-लीडर ने खच्चर के मांसाहारी बन जाने के प्रसंग पर विद्रूप करके कहा—कहीं हम लोगों की भी ऐसी ही अवस्था न हो जाए!

"साधारण नियम से हम लोगों के पास आवश्यकता से दूना राशन रहता है। हमारा राशन स्टॉक सोलह दिन चल सकता था। ग्रुप लीडर ने आदेश दे दिया कि राशन इस तरह खर्च किया जाए कि कम-से-कम चार दिन और चल सके। पैराफीन भी कम जलाया जाए, साँझ को चाय

बन्द कर दी जाए। इस खयाल से कि हमें कम खाने का ध्यान रखना है, सर्दी और निर्बलता अधिक अनुभव होने लगी।

"छठे दिन धूप निकल आई, परन्तु दर्रा बरफ भर जाने के कारण अलंघ्य हो चुका था। एक दिन बाद एक और खच्चर भूख से लड़खड़ाकर गिर पड़ा। मांसाहारी बन जानेवाला खच्चर तब तक पहले खच्चर को समाप्त कर चुका था। वह मांसाहारी पशुओं—शेर चीतों की तरह खच्चर के शरीर के पंजर को तोड़ नहीं सका था, ऊपर से जितना मांस खा सकता था, खा गया था। उसके लिए और आहार हो गया। आठवें दिन से शेष खच्चर गिरने लगे। मांसाहार अपना लेनेवाला खच्चर उनसे निर्वाह करता रहा। खच्चरों के शरीर भूख से सूख गए थे, उनमें मांस ही कितना था!

"छह दिन अच्छी धूप लग जाने से ढालों पर जगह-जगह बरफ पिघल गई थी, परन्तु दर्रा अलंघ्य ही था और मैदान पर भी बरफ की चार इंच गहरी तह मौजूद थी। दर्रे के दाहिने कुछ अन्तर पर स्थान शेष धार से नीचा था। हम लोग दूरबीनें लेकर उस स्थान के विषय में विचार कर रहे थे, इस बरफ की थाली में भूख से जम जाने की अपेक्षा मुक्ति के प्रयत्न में मरना ही बेहतर होगा।

"ग़त संध्या ओले का बादल फिर दिखाई दिया था। गनीमत कि तेज हवा ने उसे उड़ा दिया परन्तु ऐसा बादल किसी समय भी बरस सकता था। मौसम के विचार से ऐसी आशंका प्रतिदिन बढ़ रही थी। उससे पहले एक वर्ष पूर्व हम सत्रह हजार फुट की ऊँचाई तक चढ़ चुके थे। धार चौदह हजार फुट ही थी, वह दुर्लंघ्य हो गई थी। बरफ ताजी और कच्ची होने से स्थानों पर खच्चर या दूसरा पशु नहीं चढ़ सकता। वहाँ गति सम्भव है तो केवल मनुष्य की क्योंकि मनुष्य केवल शारीरिक शक्ति से काम नहीं लेता, उसकी सामर्थ्य सोच सकने में भी होती है।

"हम लोगों ने ग्रुप-लीडर के सामने प्रस्ताव रखा—सम्भव है कूच-पड़ाव में लोगों ने हमें समाप्त मानकर हमारी खोज व्यर्थ समझ ली हो। यहाँ खच्चरों की तरह भूखे मर जाने से बेहतर है कि हम लोगों में से दो आदमी दर्रे के समीप नीचे स्थान से धार लाँघने का यत्न करें और उस

ओर समाचार दें। वह स्थान सवा मील से दूर न होगा। यदि हम लोग तीन घंटे में धार के उस पार न हो सके तो लौट आएँगे।"

"ग्रुप लीडर ने प्रस्ताव स्वीकार न किया। वह इतने यत्न से सधाए हुए और विशेषज्ञ लोगों को यथासम्भव जोखिम में डालने के लिए तैयार न था। उसने हमें सुझाव दिया कि इस काम के लिए शेरपा लोगों को मुँह माँगे इनाम का आश्वासन देकर उत्साहित किया जाए। शेरपा हमें साथ लिये बिना चलने को तैयार न थे।

"ग्यारहवें दिन नया संकट खड़ा हो गया। मांसाहारी खच्चर मुर्दा खच्चरों को समाप्त कर चुका था। घास पर अब भी इंच डेढ़ इंच कड़ी बरफ की तह थी। मांसाहारी बन गया खच्चर अब भूख से व्याकुल होकर आदमियों पर झपट रहा था। शेरपाओं ने कहा कि उसे गोली मार दी जाए वर्ना वह आदमियों को गिराकर खा जाएगा।

"ग्रुप लीडर ने खच्चर को गोली मारने की अनुमति न दे आदेश दिया—इसके चारों सुमों में बन्धन डाल दिये जाएँ। यह लगातार खाता रहा है। अभी तीन-चार दिन मरेगा नहीं। धूप रही तो इसे दो दिन बाद घास मिल जाएगी। उसने हमें अपना अभिप्राय बताया—पीछे पड़ाव पर बड़ा मेट बहुत भरोसे लायक आदमी है। सम्भव है, उसे खयाल हो कि हमारे पास अभी चार दिन का राशन है इसलिए अपने आदमियों को कच्ची बरफ में धँसाने का जोखिम टाल रहा हो। चार दिन की धूप बहुत सहायक हो सकती है। वह उस दिन दोपहर बाद तक न आया तो हम आगामी प्रातः भगवान-भरोसे धार को लाँघने का यत्न करेंगे ही परन्तु हो सकता है इस बीच फिर मौसम धोखा दे जाए, हमें दो-तीन या चार दिन यहाँ रुकना पड़ जाए। उस समय यह खच्चर हमारा भोजन बनेगा। इसका मांस पकाने के लिए काफी ईंधन की जरूरत होगी। उसके लिए पैराफीन बचाओ, डिब्बों में बन्द राशन गरम करने की जरूरत नहीं। केवल नाश्ते के समय एक-एक प्याला कॉफी बनाया जाए।

"धूप दो दिन खूब अच्छी पड़ी। मैदान में जगह-जगह घास प्रकट हो गई। खच्चर को घास की ओर छोड़ दिया गया। वह लपक-लपककर घास खा रहा था और हम टीनों में जमा राशन निगल-निगलकर झुरझुरी

अनुभव कर रहे थे। प्रत्येक दिन पहाड़ हो रहा था। मन चाहता था, धार को लाँघने के प्रयत्न में ही प्राण चले जाएँ और ऐसी यातना समाप्त हो।

"सोलहवें दिन हम लोगों ने ग्यारह बजे से ही धार की ओर दूरबीनें लगा लीं। दर्रा अब भी अलंघ्य था। हम लोग उसके समीप धार पर नीचे स्थान की ओर ही देख रहे थे। तीन भी बज गए तो ग्रुप-लीडर ने निराशा से कह दिया—उन लोगों ने अनुमान कर लिया है कि हम बरफ में दब चुके हैं।" वह कुछ मिनट दूरबीन से धार की ओर देखता रहा और फिर बोला, "लेकिन मेरा अनुरोध है कि दो दिन और ठहरा जाए। उन लोगों की प्रतीक्षा में नहीं, केवल इसलिए कि दो दिन की धूप से उसने धार पर एक स्थान की ओर संकेत किया, वहाँ से जाने में जोखिम कम हो जाएगी।"

"हमारे लिए उस सर्दी और यातना में दो और दिन बिताने की कल्पना असत्य थी। दो साथी उतावले हो गए—हम यहाँ खाएँगे क्या? दो दिन भूखे रहकर उस धार पर चढ़ सकने का सामर्थ्य रहेगा?

"इसी समय के लिए तो वह खच्चर है। ग्रुप लीडर ने उत्तर दिया, अब उसका क्षण आ गया है। चलो उसे समाप्त कर दें ताकि प्रकाश रहते उसे उधेड़ा जा सके।" वह रिवाल्वर लेने के लिए तम्बू के भीतर गया और हमें धार की रीढ़ पर, दर्रे के पास दो शेरपा दिखाई दे गए।

पूरण किलक उठा, "ह्वाट लक! खच्चर बच गया!"

"लक क्या?" भार्गव ने पूछा, "शेष खच्चरों को क्या हमने गोली मार दी थी? उस खच्चर ने स्थिति के लिए प्रयत्न किया, बच गया।"

"परन्तु खच्चर मांसाहारी नहीं होते।" पूरण ने आग्रह किया, "यह बात अप्राकृतिक थी।"

"अप्राकृतिक?" भार्गव के माथे पर तेवर आ गए, "क्या सृष्टि के आरम्भ से जीवों के रूप और व्यवहार सदा एक से ही रहे हैं? जीव अस्तित्व-रक्षा के लिए शाकाहारी से मांसाहारी और मांसाहारी से शाकाहारी बनते रहे हैं। इतना ही नहीं, वे जलचर से थलचर और नभचर तक बन गए। जो जीव स्थिति अनुकूल व्यवहार नहीं अपना सके उनका अस्तित्व मिट गया। उनके प्रस्तर पंजर संग्रहालयों में मिलेंगे। जीवों का अस्तित्व रक्षा के प्रयोजन से स्थिति अनुकूल आचरण भी प्राकृतिक है।"

"तब भी बात विचित्र जरूर है।"

"विचित्र बात सुनना चाहते हो! वह भी सुनाता हूँ।" भार्गव नया सिगरेट सुलगाकर सुनाने लगा!

"वह मेरे ट्रेनिंग पीरियड की बात है। हम लोग 'कंचन' की धारों में थे। उस समय भी हमारा कैम्प दस हजार फुट पर ही था। हमारा ट्रेनर एक जर्मन था। हम लोग प्रातः माउंटेनियरिंग के लिए कैम्प से साढ़े तीन हजार फुट और ऊपर गए थे। लौटते समय भारी वर्षा होने लगी। उस वर्षा में बल्लमों और कुदालों की सहायता से दो-दो, चार-चार इंच करके उतरना पड़ा। सूर्यास्त के बाद ही कैम्प में पहुँच सके। वर्षा ऐसी थी कि मोटे ऊनी वाटरप्रूफ कपड़े होने पर भी त्वचा के साथ पानी भर जाता था। पेटी खींचने पर पानी पतलून में बह जाता था। सर्दी ऐसी कि जबड़े ऐंठ जाने से मुँह से बोल न निकले। उँगलियाँ नीली पड़कर ऐंठ गई थीं। जूतों के फीते काटकर उन्हें उतार सके।

"कैम्प में लौटने पर ट्रेनर ने ऑर्डर किया—सब लोग पूरे कपड़े उतारकर पैरों को रजाइयों के थैलों में घुसाकर चार-चार घूँट ब्रांडी निगल लें और शरीर को हाथों से जितना रगड़ा जा सके, मल लें।"

"हमारे ग्रुप में दक्षिण के एक कर्मकांडनिष्ठ परम वैष्णव ब्राह्मण भी थे। दूसरों के सामने निर्वस्त्र हो जाना उन्हें स्वीकार न था। वे भीगी बनियान, कमीज और पतलून पहने ही रजाई के थैले में घुसे। परम वैष्णव व्यक्ति थे, ब्रांडी कैसे पी लेते। ब्रांडी भी उन्होंने नहीं पी। जाड़े के मारे चेहरा भी थैले में कर लिया। दूसरे दिन सबके उठ जाने पर वे नहीं उठे। पुकारने पर भी उनकी नींद नहीं टूटी तो कॉफी का प्याला देने के लिए थैले का मुँह खोलकर देखा गया, उनका मुँह खुला था।

"वैष्णव विष्णुलोक सिधार गए?"

"सीधे।" भार्गव ने सिगरेट से लम्बा कश खींच लिया।

"खैर!" पूरण ने विद्रूप से सराहना की, "अपना धर्म विश्वास तो नहीं छोड़ा।"

भार्गव का, ओठों की ओर सिगरेट ले जाता हाथ रुक गया, "धर्म विश्वास क्या, संस्कार कहो! देख लो, खच्चर ने स्थिति समझकर आत्मरक्षा

कर ली और संस्कारों से बँधा मनुष्य स्थिति अनुकूल आचरण नहीं कर सका।"

■

वैष्णवी

बस्ती मुहल्ले में अब भी जब-तब द्रौपदी की चर्चा हो जाती है। जब वह मुहल्ले से गई, कई दिन उसी का नाम लोगों की जबान पर रहा। गरीब भोले पुरोहित के घर जन्म लेते समय उसने किसी का ध्यान आकर्षित नहीं किया था। लड़की थी, लड़की के जन्म के समय कोई समारोह या प्रसन्नता का प्रदर्शन नहीं होता। कोई फूल की थाली तक नहीं बजाता। वह माँ-बाप की पहली सन्तान भी नहीं थी। उससे पूर्व के दो भाई मौजूद थे। जन्म से ही वह नगण्य थी! उसे कोई उसके पूरे नाम से भी नहीं पुकारता था। नारी शरीर के ऐसे नगण्य अंकुर को महाभारत की प्रातः स्मरणीय नायिका, पंचकन्याओं में से एक का नाम दे देना, भोले पुरोहित की भोली विद्रूपमय स्पर्धा ही जान पड़ी थी। उस अकिंचन कन्या के लिए इतना बड़ा नाम किसी ने स्वीकार न किया। पड़ोसी तुतलाते बच्चों के मुख से उसके लिए उपयुक्त नाम स्वतः ही प्रचलित हो गया—'पोदी!'

पोदी के पिता, भोले पुरोहित का निर्वाह देवी-देवताओं के भोग के अंश और भक्तों के दान-पुण्य पर ही था। उनके और उनकी पुरोहिताइन के लिए पोदी से पूर्वागत दो लड़कों के पालन का बोझ ही क्या कम था। लड़कों से आशा भी थी कि वे बुढ़ापे की लकड़ी बनेंगे। पोदी के लालन-पालन और संवर्धन में उत्साह किस आशा से होता! उसने जन्म ही माता-पिता को कन्यादान का पुण्य अर्जन करने का अवसर देने और उस दान का पुण्य निबाह सकने की चिन्ता देने के लिए लिया था।

पोदी ने कन्या का जन्म पाकर माता-पिता को तो कन्यादान के पुण्य का अवसर दिया, परन्तु स्वयं उसने कन्या का जन्म अपने गत जन्मों के

पापों के भुगतान के लिए ही पाया था। भोले पुरोहित को, पोदी के रूप में कन्यादान का अवसर देना भी दैव की एक छलना ही थी। पोदी का कन्यादान करके भी भोले उससे पीछा नहीं छुड़ा सके!

भोले पुरोहित ने रीति और परम्परा के अनुसार लड़कों के विवाह, उनके किशोरावस्था लाँघने से पूर्व ही कर दिये थे। छोटे लड़के का विवाह सम्पन्न करने के लिए बदले में पाँच वर्ष की पोदी का कन्यादान कर दिया था। पोदी के विवाह को डेढ़ वर्ष ही बीता था। लड़की अभी बस्ती-मुहल्ले की गलियों में एक हाथ से घोंसले-जैसे अपने सूखे केश खुजलाती और दूसरे हाथ से सदा बहती नाक पोंछती, केवल झगला-मात्र पहने, गली के बच्चों को आँखमिचौली और लट्टू खेलते देखती थी। उस समय पोदी की ससुराल, 'दोमरा' वासियों के गत जन्म के पापों के फलस्वरूप गाँव पर प्लेग की महामारी का बज्र आ गिरा। पोदी का आठ वर्ष का पति गनेश अल्पायु में ही चल बसा।

पोदी ने गत जन्म में क्या अनाचार, अन्याय और अपराध किये थे, इस पर न तो सामाजिक ज्ञान के पंडित प्रकाश डाल सके, न आध्यात्मिक ज्ञान के। पोदी को अभी न अपने शरीर की सुध थी, न वह दो बात ही कर सकती थी। अनाचार, अपराध के फल और उत्तरदायित्व की बात वह क्या समझती? भोले पुरोहित के द्विज समाज ने, अपनी प्रथा और रीति को दैव का विधान बताकर पोदी को हिन्दू-वैधव्य का आजन्म दंड दे दिया। हिन्दू वैधव्य है, नारी शरीर और नारी का स्वभाव और प्रकृति पाकर, नारीत्व के स्वभाव और प्रकृति के अधिकारों से वंचित हो जाने, निरन्तर अपनी ही प्रकृति से लड़ने, अपने में जलते रहने, मरते रहने का धर्म निबाहने का दंड। पोदी तो अपने दंड और दुर्भाग्य को जान भी न पाई, न उसके लिए रोई। लड़की आँखें और नाक तो मलती ही रही लेकिन वैधव्य के शोक से नहीं, बाल शरीर के कष्टों और आदत के कारण। भोले पुरोहित और पोदी की माँ ने अपनी शिशु कन्या के वैधव्य के आघात से सिर पीट लिया। अपने समाज की रीति को दैव का विधान मानकर चुप रह गए।

पोदी के विधवा हो जाने से पूर्व उसकी माँ लड़की का मुँह धोकर कभी काजल भी लगा देती। महीने-पखवाड़े लड़की के सिर से जुएँ

बीनकर उसका सिर धो, कड़वा तेल चुपड़ उसके केशों को बालिस्त भर की चुटिया में गूँथ देती। कभी पोदी मुहल्ले की दूसरी बच्चियों की हिरख से जिद कर बैठती तो पैसे-दो पैसे की काँच की छोटी-छोटी चूड़ियाँ भी उसे पहना देती। लड़की के विधवा हो जाने के बाद यह सब अनावश्यक और असंगत ही नहीं, अधर्म भी हो गया था। माँ ने पोदी की रंगीन काँच की चूड़ियाँ स्वयं तोड़ दी थीं। फिर कभी पोदी अपनी उम्र की लड़कियों के हाथों में चूड़ियाँ देखकर, चूड़ियों के लिए जिद करती तो माँ अपना सिर पीट लेती और बेटी का सिर झिंझोड़ देती। दो-चार बार मार खाकर शिशु पोदी समझ गई और चूड़ियों की इच्छा करने से डर गई। लड़की का ध्यान और रुचि उस ओर न जाना ही उचित था। वह जन्म भर के लिए कलमुँही, राँड और असगुनी हो गई थी।

पोदी माता-पिता के लिए जीवन-भर का बोझ बन गई थी। असगुनी लड़की की गुड़ियों और घरौंदों में बालिका-सुलभ रुचि से माँ खिन्न हो जाती। झुँझलाकर लड़की को चौके-चूल्हे या दूसरे काम में मरने को कह देती। पुरोहिताइन निर्वाह के लिए मुहल्ले के दो-एक भले आदमियों के घर में रसोई का काम लिये रहती थी। पोदी को चीज-बस्त उठा-पकड़ा देने अथवा झाड़-बुहार में सहायता के लिए साथ ले जाती।

पोदी घर और बाहर सभी जगह अनावश्यक और तिरस्कृत थी। गली-मुहल्ले के बड़े-बूढ़े बताते हैं—आठ-दस वर्ष की राँड पोदी उपेक्षित और निरपेक्षित-सी भोले पुरोहित के दरवाजे पर और गली में बनी रहती थी; मुहल्ले के लावारिस कुत्तों-पिल्लों की ही तरह, जिन्हें लोग घृणा से दुत्कारते और दया से सहते रहते हैं। चील के घोंसले से रूखे, बिखरे बाल, रूखे-साँवले चेहरे पर आँखों और नाक के मैल की घसीटें, कन्धों पर किसी भाई का उतारा हुआ फटा झगला, कमर पर कभी चिथड़ी धोती का टुकड़ा, कभी भाइयों का फटा जाँघिया और कभी कुछ भी नहीं। राँड बालिका पोदी तितली के अंडे से निकले कीड़े (लार्वा) की भाँति उपेक्षित और घिनौनी थी, जिसे कोई जिलाने-पालने का यत्न नहीं करता। वह कीड़ा अपने ही जीवट से जो पाता है, उसे चाट-हजमकर, पाला-घाम सहकर तितली बन जाता है और पर लग जाने पर उड़ने लगता है, तब सब उसे

कौतूहल से देखना चाहते हैं। ऐसे ही समय आने पर पोदी ने यौवन के पर निकाले और मोहक तितली की भाँति उड़ने लगी। वह गली-मुहल्ले से पाई उपेक्षा का बदला लेने के लिए लोगों की मुसीबत बन गई।

पोदी 12-13 की आयु में अपनी स्थिति और चारों ओर की परिस्थिति समझने लगी थी। वह लोगों की आँखें पहचानने और अपने-आप को सँभालने दिखाने लगी। देखते-देखते वह कुछ-से-कुछ हो गई, जैसे कड़ा, कच्चा-कसैला फल समय आने पर गदराकर कोमल और मधुर हो जाता है, रंग बदल लेता है और हठात दृष्टि और मन को खींचने लगता है।

पोदी का शरीर आयु से भरने पर उसकी सूझ-समझ भी पैनी हो गई। वह अपनी स्थिति और भविष्य को समझ गई थी। समाज या भाग्य ने उसके लिए सबकुछ निषिद्ध कर दिया था सही परन्तु अनुभव करती थी कि सन्तोष पा सकने की इच्छा और सामर्थ्य तो उससे कोई छीन नहीं सका था। पोदी अपनी स्थिति का ध्यान रख, जनदृष्टि और जनमत से सतर्क होकर निबाहने का यत्न करने लगी।

बस्ती-मुहल्ले के समीप ही कन्या पाठशाला थी। मुहल्ले की कई लड़कियाँ पाठशाला जाती थीं। मुंशीजी के घर की गिनती मुहल्ले के भले और सम्भ्रान्त परिवारों में थी। कई वर्ष पहले मुंशीजी की बड़ी बहू दो बच्चों की माँ बनकर विधवा हो गई थी। विधवा बहू अपने सिर पर समय का बोझ और घर पर अपना बोझ हल्का कर सकने के लिए कन्या पाठशाला में अध्यापिका का काम करने लगी थी। पोदी चौदह वर्ष की हो चुकी तो उसे भी खयाल आया—हाय, उसने भी कुछ पढ़-लिख लिया होता तो उमर काटने का सहारा हो जाता पर अब समय निकल चुका था। चौदह वर्ष की ऊँटनी पोदी को पढ़ना-लिखना सीखने के लिए छह-सात वर्ष की बच्चियों में कौन बैठने देता! वह स्वयं भी उनमें कैसे जा मिलती! पढ़ना-लिखना सीख सकने की उमर में तो वह अपने और यजमानों के घरों में, रसोई और चौके में माँ की मदद कर रही थी।

पोदी के शरीर पर डकैत नजरों से छिपाने योग्य कुछ हो गया तो फटी-चीथड़ा चोली और तार-तार छलनी धोती से काम कैसे चलता?

दर्शनीय को गोपनीय रखना आवश्यक होता है। पोदी भी चाहभरी नजरों की चुभन अनुभव कर सावधान होने लगी। वह माँ को समझाने-सिखाने योग्य हो गई थी, अब रक्षा के लिए माँ की उँगली पकड़कर उससे क्या चिपकी रहती? प्रौढ़ा माँ के शिथिल हाथ जितने समय में एक यजमान की रसोई निपटाते, उतने में पोदी कमर में फेंटा कसे, चंचल नेत्रों और चंचल हाथों से दो घरों को निपटा, रिझा सकती थी। वह माँ से पृथक, अकेली जहाँ-तहाँ कुछ काम करने लगी। ढंग से पहनने-ओढ़ने की उसे जरूरत थी और घर की जरूरत में भी सहायता कर देती थी। भोले पुरोहित को प्राय: विजया का सहारा हो गया था।

पोदी चौदह की थी तभी माँ से कद निकाल चुकी थी। बेटी कद में ही क्या, सभी बातों में माँ से बढ़ गई थी। माँ की अपेक्षा निडर हो, चतुराई से बात कर सकती थी। माँ की अपेक्षा यजमानों की बात और संकेत को अधिक समझ लेती। अच्छा राँध लेती। पहनने-ओढ़ने का अधिक अच्छा ढंग जान गई थी। माँ केवल धोती में ही सिमटी-सिमटी प्रौढ़ा हो गई थी। पोदी ने भले घर की बहू-बेटियों की देखा-देखी पेटीकोट पर धोती बाँधना और खुले गले की बंडी पहनना सीख लिया। भले घरों की बहुओं-बेटियों को देखकर धोती के आँचल को अधिक सुघड़पन से कन्धे और आधे सिर पर रखने-खिसकाने का ढंग उसने सीख लिया। उसे अपनी उम्र की लड़कियों-बहुओं की तरह रंगीन, चटकीली धोती पहनने की साध होती तो निन्दा और विरोध से भर्त्सना होने लगती। उसकी धोती सफेद रहने पर भी अच्छी शोख किनारीदार और सुथरी, चुन्नट पड़ी हुई उजली रहती। वह माता-पिता और मुहल्लेवालों के सन्तोष के लिए वैधव्य के नियम-व्रत और देवी-दर्शन पूजन अधिक चर्चा और ध्यान से निबाहने लगी।

एक समय पोदी मुहल्ले की सबसे अकिंचन, कीड़े की तरह कातर और उपेक्षित प्राणी थी। अब वह मुहल्ले की तितली बनकर, बड़े मिश्राजी, रग्घू लाला और मुंशीजी से भी अधिक चर्चा का विषय बन गई। प्रकट में पोदी के कारण झगड़े, उसकी चर्चा और अपवाद ज्यों-ज्यों बढ़ने लगे परोक्ष में उसके याचकों की संख्या और उसके हृदय में अपने आकर्षण और सामर्थ्य का आत्मविश्वास भी बढ़ता गया।

लोगों ने पोदी के सामर्थ्य की सराहना में उसका वास्तविक नाम उसे लौटा दिया। वह फिर द्रौपदी पुकारी जाने लगी। यह परिवर्तन उसके व्यक्तित्व के प्रति आदर के कारण नहीं, अपितु उपालम्भ था। द्रौपदी को लेकर मुहल्ले और पड़ोस के मुहल्लों के पांडवों और कौरवों की गिनती होती रहती थी। द्रौपदी के प्रसंग से बाँकों और छैलों को युधिष्ठिर, भीम, अर्जुन, दुर्योधन, दुश्शासन और कीचक की उपाधियाँ बाँटी जातीं।

द्रौपदी अपनी परिस्थितियों, अपने दुर्भाग्य और सामर्थ्य सभी के प्रति समान रूप से सचेत थी। अपने लिए सब निषेधों और दुर्भाग्य के साथ सन्तोष की सम्भावनाओं का समन्वय निबाहना सरल काम नहीं था। समाज द्वारा दिये दुर्भाग्य और निषेध से प्रकट विद्रोह किये बिना भी सन्तोष का अवसर पा सकने के लिए नीति और आवरण आवश्यक थे। इसीलिए उसकी ख्याति और अपवादों के प्रसार के साथ उसके चातुर्य, पूजा-व्रत और नियम के कर्मकांड का व्यवहार भी बढ़ता जा रहा था। उसके कारण मुहल्ले में कई कांड हो चुके थे। पड़ोस के मुहल्लों से भी झगड़ा हो चुका था। वह बस्ती-मुहल्ले के जवानों में कलह का, स्त्रियों में ईर्ष्या का, प्रौढ़ों में चिन्ता का और अपने माता-पिता के लिए भयंकर संकट का कारण बन गई थी परन्तु वह चातुर्य, धैर्य और सतर्कता से निबाहे जा रही थी।

बस्ती-मुहल्ले के सब लोग मिलकर द्रौपदी को जितना जान सके थे, उतना वह उन सबको जान गई थी। वह खूब जानती थी कि उसके प्रति अधिकांश लोगों का असन्तोष और आक्रोश उसकी कृपा न पा सकने के कारण ही था। उसे भरोसा था, एक संकेत से जिसे चाहे चुप करा देती, जिसे चाहे अँगूठा दिखा देती! वह किसके आगे हाथ फैलाती थी, जो किसी से दबती। दबती थी तो केवल अपने दयनीय माता-पिता की इज्जत और लोक-व्यवहार के खयाल से। उसके दोनों बड़े भाई घर की कृच्छता से बचने के लिए जीविका की खोज में दूर-दूर नगरों में चले गए थे। उसे घर में ही रहना था, इसलिए माँ-बाप को विश्वास से सन्तुष्ट और चुप रखना आवश्यक था।

द्रौपदी 13-14 की थी, तब उसकी माँ, बेटी के सम्बन्ध में कोई अपवाद सुनती तो बौखला उठती थी। लड़की को राँड, कलमुँही कहकर,

उसका झोंटा पकड़कर, उसका कलेजा चीरकर खून पी जाने, मार देने, गाड़ देने की धमकियाँ देती थी। भोले पुरोहित जवान बेटी पर हाथ नहीं उठा सकते थे, बकने-झकने लगते या लज्जा-अनुताप में कुएँ में कूद पड़ने या जहर खा लेने का निश्चय प्रकट कर आँसू बहाने लगते। परन्तु अब द्रौपदी की जबान खुल गई थी। वह ऊँचा बोलना सीख गई थी। वह विरोध में ललकार उठती—आरोप लगानेवालों में दम है, सच्चाई है तो देवी के सामने कहें, गंगाजली उठाएँ, हाथ पर आग रखकर बोलें। वह स्वयं आग हाथ पर रख लेने या हाथ आग में देने के लिए तैयार हो जाती। कभी धोती के फंदे से फाँसी लगा लेने, नदी में डूब मरने या विष खाकर सो जाने की धमकी देकर, माँ-बाप को चुप करा देती।

ऐसा भी अवसर आ जाता कि द्रौपदी अपने ऊपर लगे आरोप का समाधान कठिन या असम्भव पाती तो वह घंटे-दो घंटे के लिए देवी के ध्यान में मूर्च्छित हो जाती, कभी देवी को साधुओं के परित्राण और पापियों के विनाश के लिए गुहारने लगती। इस पर भी लोगों का समाधान न होता तो उस पर देवी आ जाती। वह केश फैला, सिर और कन्धे हिला-हिलाकर हुँकारने लगती और मिथ्या आरोप लगानेवालों को भस्म कर देने या चंडी बनकर उन्हें निगल जाने के लिए ललकारने लगती।

द्रौपदी ने समझ लिया—सामान्य जवान लड़कियों-स्त्रियों के लिए भाग्य से जो सुलभ होता है, वह उसके लिए नहीं। उसका निर्वाह असामान्य बनकर ही हो सकता था। एक संध्या वह देवी की पूजा के लिए घाट की ओर चली गई थी। रात क्या, वह दूसरे दिन चौथे पहर से पहले न लौट सकी। जब लौटी तो उसकी आँखें लाल थीं, गले में तुलसी की माला, माथे और गले में चन्दन पोते थी। मुहल्ले के अनेक स्त्री-पुरुष उसके द्वार पर इकट्ठे हो गए थे। द्रौपदी ने निधड़क घोषणा कर दी कि वह वैष्णवी की दीक्षा लेकर आई थी। उसे सामान्य स्त्रियों के अवसर सुलभ नहीं थे तो क्या उनकी तरह रोक-टोक से केवल सहमती ही रहती। रोक-टोक से छुट जाने और असामान्य व्यवहार का अधिकार अपना लेने के लिए वह वैष्णवी बन गई और वैसा ही व्यवहार करने लगी थी। जब चाहती, दिन-रात में उठकर मन्दिर, घाट जहाँ-तहाँ चली जाती। बस्ती-मुहल्ले

के लोग द्रौपदी के वैष्णवी धर्म पर कनखियों से मुस्कराते और कहकहे लगाते रहते परन्तु भोले पुरोहित और द्रौपदी की माँ वैष्णवी बेटी पर विश्वास कैसे न करते? क्या देखते नहीं थे कि उनकी वैष्णवी बेटी न केवल एकादशी प्रत्युत पूर्णिमा और अमावस्या को भी देवी के चरणामृत और प्रसाद के अतिरिक्त और कुछ ग्रहण नहीं करती थी। महाभारत की द्रौपदी की ही तरह उसके सत के प्रभाव से घर में आटा, चावल, दाल के घड़े कभी सूने नहीं हो पाते थे।

वैष्णवी द्रौपदी 17 वर्ष की आयु तक अपने सरल, भोले पिता और माता के लिए बहुत सतर्कता और यत्न से अपवादों के विरोध में विश्वास का अवलम्ब बनाए रखने में सफलता पाती रही परन्तु उसे भी तो कोई अवलम्ब चाहिए था जो माता-पिता नहीं, जाति-बिरादरी और कोई भी व्यक्ति मुहल्ले में नहीं दे सकता था। ऐसे अवलम्ब की आशा उसे किसी एक व्यक्ति ने दी थी। उस व्यक्ति ने उसे जीवन-भर के लिए अपनी बनाकर बम्बई ले जाने का आश्वासन दिया था। वैष्णवी को छोटे-मोटे क्षणिक अवलम्बों की कमी नहीं थी। उन्हें वह अपने माता-पिता और मुहल्ले के लोगों के परोक्ष में अनेक बार पकड़ती बदलती रही थी। उस अस्थिरता से उसका मन विरक्त हो गया था। वह अपने चारों ओर चाह की खोचों से ऊब गई थी। पूरी बस्ती-मुहल्ले के जवान उसे चाहते थे, वैसे ही जैसे धरती या छत पर पड़े अरक्षित भोजन के ग्रास को सब कौवे चाह से झपट लेना चाहते हैं और उसके लिए आपस में लड़ते हैं। वह बकोटनेवाले हाथों से ऊबकर रक्षा करनेवाली बाँहों के लिए तड़प उठी थी। वह अपनी गर्दन सदा के लिए किसी कन्धे पर रख देना चाहती थी परन्तु माता-पिता के घर में रहकर तो ऐसा कर सकना सम्भव नहीं था।

द्रौपदी के दोनों बड़े भाई माता-पिता को असहाय छोड़कर जीविका की खोज में पहले ही जा चुके थे। माँ बुढ़ापे और बाई के दर्दों से अपंग हो बेटी के भरोसे शिथिल हो गई थी। बूढ़े पुरोहित पिता के घुटनों में भी अब पुरोहिताई के लिए मुहल्ले-मुहल्ले घूमने-फिरने का दम नहीं रहा था। द्रौपदी ही उनका सहारा थी। वह अवलम्ब पाने के लिए एक बार अपना घर छोड़ देने पर माता-पिता की चिन्ता से भी फिर घर नहीं लौट

सकती थी! अपने पीछे माता-पिता की दुरावस्था की आशंका से उसका मन विह्वल हो जाता। कभी माता-पिता के सम्मुख आँखों में आँसू भर कह बैठती, "यदि मैं न रहूँ, मैं मर जाऊँ तो तुम्हारा क्या होगा?"

एक संध्या वैष्णवी द्रौपदी घाट के मन्दिर में जप करने के लिए गई तो फिर नहीं लौटी। तीन दिन और रात बीत गए, वह नहीं लौटी। बस्ती-मुहल्ले में ब्राह्मण की विधवा लड़की के भाग जाने के अपवाद का कुहराम मच गया। लोग वैष्णवी के मन्दिर में समाधि लगाकर अन्तर्धान हो जाने की चर्चा कर मुस्कराने और कहकहे लगाने लगे। मुहल्ले के मसखरे आकर भोले पुरोहित से पूछ जाते कि वैष्णवी तीर्थ व्रत को गई है...? किस तीर्थ व्रत के लिए? कोई कह जाता—वैष्णवी सिद्धि प्राप्त कर अन्तर्धान हो गई। कोई कह जाता—वैष्णवी योगिनी बनकर आकाश में उड़ गई है। कोई कहता—वैष्णवी ने जल समाधि ले ली है। बेटी के वियोग से अधीर भोले पुरोहित के लिए सिर उठाना, किसी से आँख मिलाना, घर से बाहर निकलना कठिन हो गया।

वैष्णवी मुहल्ले के अनेक लोगों की एकान्त में कृपा-याचना को अँगूठा दिखा चुकी थी। अनेक को उनकी कुत्सित अभिलाषा का भेद खोल देने की धमकी से दुत्कार चुकी थी। ऐसे लोग तिरस्कार में दाँत पीसकर और ईर्ष्या से जलकर मन मारे बैठे थे। मुहल्ले में प्रचार हो गया कि वैष्णवी एक विधर्मी के साथ भाग गई थी। अनेक प्रत्यक्ष गवाहियाँ भी सामने आने लगीं। वैष्णवी से प्रतिकार चाहनेवाले लोग उसकी अनुपस्थिति में अपने धर्म पर आघात और मुहल्ले पर कलंक का बदला लेने के लिए हुँकार उठे। मुहल्ले के धर्म, आचार और सम्मान की रक्षा के लिए पुलिस थाने में रपट लिखाने की पुकार उठी। वैष्णवी तो उनके आक्रमणों की पकड़ से जा चुकी थी। उन लोगों की प्रतिहिंसा की चोट भोले पुरोहित और वैष्णवी की माँ ही पर पड़ सकती थी।

पुलिस और थाने तक पहुँचने के लिए हैसियत और दम चाहिए। मुहल्ले के धर्म, आचार और सम्मान की रक्षा के लिए उत्तेजित लोग, धर्म-रक्षा के इस कार्य में सहायता के लिए बड़े मिश्राजी के यहाँ पहुँचे। बड़े मिश्राजी ने निकम्मे भोले पुरोहित पर लड़की को आवारा बन जाने

देने के लिए क्रोध प्रकट किया, अनेक अभिशाप दिये, बोले, "उसकी करनी स्वयं उसके सामने आएगी। अब उसे कौन अपने द्वार पर आने देगा? बामन पुरोहित बना फिरता है, हमारे घर की ड्योढ़ी पर आया तो साले की टाँग तुड़वा देंगे। कमबख्त बूढ़ा-बुढ़िया मरेंगे तो उन्हें कन्धा देनेवाला नहीं मिलेगा...।"

मुहल्ले के लोग, राजद्वार तक पुकार पहुँचा सकने में सहायता के लिए लाला के यहाँ पहुँचे। रग्घू लाला कर्मकांड में विशेष निष्ठा रखनेवाले भक्त थे, खिन्न होकर बोले, "भाग गई, भागकर कहाँ जाएगी?" उन्होंने आकाश की ओर संकेत किया, "वह देखनेवाला है, उससे भागकर कहाँ जाएगी? चुड़ैल ने अपने पिछले जन्म के पापों से कंगाल, भिखमंगे के घर जन्म पाया, सुधि सँभालने से पहले रंडापा पाया, इस पर भी चुड़ैल कुछ नहीं समझी। अब यह पाप कर रही है तो इसका भी फल पाएगी। किसी बेसवा के घर जन्म पाएगी। हरामजादी बेसवा वैष्णवी बनती थी, अच्छा हुआ हमारे मुहल्ले से कलंक गया।"

मुहल्ले के धर्म, आचार और सम्मान की रक्षा के लिए व्याकुल लोग, बढ़े मिश्राजी और रग्घू लाला की उदासीनता से निराश हो मुंशीजी के यहाँ पहुँचे। मुंशीजी से उन्हें बहुत आशाएँ थीं। मुंशीजी अपने घर में विधवा बहू और जवान लड़कियाँ होने के कारण मुहल्ले के आचार-व्यवहार के विषय में सतर्क रहते थे। मुंशीजी पहले भी वैष्णवी की उच्छृंखलता और पाखंड के प्रति खिन्नता और पुरोहित-पुरोहिताइन की शिथिलता के प्रति ग्लानि प्रकट करते रहते थे, बोले, "हाँ, हाँ, बेईमान, आवारा छोकरी लौटकर आए तो हम उसकी हड्डियाँ तोड़कर रख देंगे। अरे भाई, सजा तो उसी आवारा, बेहया को मिलनी चाहिए। उस अन्धे अपाहिज पुरोहित को तो हम कब से समझाते रहे। ऐसे मूर्ख लोगों के साथ और क्या होता। जान-बूझकर अन्धे बने थे। जवानी से व्याकुल लड़की बेपगही हो, खेत-गाँव, जहाँ-तहाँ मुँह मारती फिरती थी। ये उसे वैष्णवी भक्ति माने बैठे थे। उसे कहीं बसा देने में इनकी जाति जाती थी। अब बन गई इनकी जाति और फल गया इनका धर्म! मरने दो कम्बख्तों को। अब घुटनों में सिर देकर रोएगा अपनी करनी पर। सजा तो उसे भगवान दे रहे हैं, उसे और क्या सजा दें!"

मुंशीजी को घेरे भीड़ में से कोई बोल उठा, "सो तो हो ही रहा है। जब से लौंडिया गई है, चार दिन हो गए, बूढ़ा, निर्जल, निराहार, ज्वर में खाट पर पड़ा है। बुढ़िया भी रो रही है।"

मुंशीजी ने सुना तो उनके होंठ खुले रह गए और आँखें नम हो गईं लेकिन धमकाकर बोले, "देखते हैं चलकर। किसे डरा रहा है निराहार से, पोंगा बामन! साले को मुहल्ले से घसीटकर बाहर फेंक देंगे।" मुंशीजी भीड़ के आगे-आगे भोले पुरोहित के घर की ओर चल दिये।

मुंशीजी ने भोले पुरोहित के द्वार पर पहुँचकर अपने साथ आई भीड़ को बाहर ही रोक दिया। कोठरी का द्वार नीचा था, गर्दन झुकाकर प्रविष्ट हुए। पुरोहित की खटिया पर बैठकर धीमे स्वर में बोले, "यह क्या, कैसे पड़े हो! पंडित, किस बात के लिए दुखी होते हो! बिटिया तुम कहते थे, वैष्णवी थी। वह वैष्णव धर्म पूरा करने के लिए, तीरथ वन में जोग रमाने चली गई तो दुख किस बात का! तुम भी क्या पोंगे हो, लुच्चे-लंगारे, लोक-निन्दकों की बातों पर जाते हो। जानते तो हो, सच्चे वैष्णवों, साधु-सन्तों का ठिकाना घर-गृहस्थ में नहीं, तीरथ-तपोवन में ही होता है। अरे तुम खुद ही कहते थे, बिटिया सिद्ध हो गई थी तो फिर उसे घर-बार का मोह क्या होता। हम-तुम उसे क्या समझ पाते! जिसने भगवान से लौ लगा ली, उसे संसार से क्या! तुम खुद कहते थे भक्तिन थी, जोग रमाने चली गई। भैया, ऐसी भक्ति जिस-तिस के वश की थोड़े ही हो सकती है। अरे, तुम तो पुण्यात्मा हो। ऐसी भक्तिन सन्तान पाकर तुम्हारा जन्म सफल हो गया। तुम्हारे पुरखे तर गए। लोगों का क्या है, किसी का जस-पुण्य बढ़ते थोड़े ही देख सकते हैं!"

भोले पुरोहित, मुंशीजी से वैष्णवी बिटिया के सिद्ध और भक्तिन होने के सम्मान की बात सुनकर, बाँह का सहारा ले खटिया पर से उठ बैठे। मुंशीजी के चेहरे की ओर सजल आँखें उठाकर बोले, "ठीक कहते हो मुंशीजी, आप ही ठीक कहते हो। बिटिया घर से चली गई, मान लो उसने बुरा किया पर थी सच्ची वैष्णवी भक्तिन। देखो मुंशीजी, वह अनागत जानती थी। चार दिन पहले ही उदास हो उसने कह दिया था—'तीन दिन बाद घर का एक आदमी नहीं रहेगा।' अनागत जानती थी न! दूसरा तो

अनागत नहीं जान सकता।" भोले पुरोहित की आँखों में आँसू और चेहरे पर सन्तोष की आभा चमक उठी।

मुंशीजी पुरोहित की पीठ पर थापी देकर हँस दिये, "हाँ, हाँ और क्या!" उन्होंने पुरोहित की बाँह पकड़कर खाट से उठने के लिए सहारा दिया और बोले, "जाओ, नहाओ-धोओ, खाओ-पिओ। सब 'उस' की इच्छा से होता है। 'उस' का भरोसा करो।"

■

कलाकार की आत्महत्या

कर्तार दफ्तर के बाद घर लौट रहा था। वह साधारण अभ्यास के अनुसार रास्ते में पड़नेवाले रेस्तराँ में एक प्याला चाय पीने के लिए चला गया था। रेस्तराँ में भीड़ अधिक न थी। कर्तार की नजर कोने की मेज की ओर चली गई। वह प्राय: उसी मेज पर बैठा करता था। समीप की मेज पर बैठा हुआ था भवेश। कर्तार का मन रेस्तराँ में भवेश को अकेले देखकर विस्मय और आह्लाद से उछल पड़ा। भवेश कर्तार का पुराना परिचित था, परन्तु अब वह प्रमुख कवि और कहानीकार बन चुका था। उससे अकेले में दो बातें कर सकने की आशा हुई।

भवेश ने बहुत प्रतिष्ठा और ख्याति पा ली थी। अब कर्तार-जैसे क्लर्क के लिए उनका सामीप्य दुर्लभ हो गया था परन्तु भवेश कुछ विचित्र स्थिति में था। भवेश के समीप खड़ा था कर्तार का परिचित बैरा—खिन्न, क्रुद्ध मुद्रा में; भवेश भी कुछ वैसी ही स्थिति में। वह अस्वस्थ और थका-सा लग रहा था—गुलाबी गँदली आँखों में परेशानी, मेज पर रखे हाथों की उँगलियों में जली हुई बीड़ी का दुर्रा।

"क्या बात है?" कर्तार ने बैरे और भवेश में तनाव भाँपकर बैरे से पूछ लिया।

"पहर-भर से बैठे हैं...तीन रुपये का खा चुके हैं...चार प्याले चाय

पी चुके हैं।" बैरे ने झुँझलाकर कहा, "बिल लाते हैं तो और चाय माँग लेते हैं। कह रहे हैं, अभी और लाओ।"

कर्तार ने स्थिति का अनुमान कर लिया। उसकी स्मृति में सहसा बहुत कुछ कौंध गया, "फिक्र मत करो, दो प्याले चाय लाओ।" उसने बैरे को आदेश दिया।

कर्तार ने भवेश के बिल का उत्तरदायित्व ले लिया। बैरा समाधान पाकर चाय लाने चला गया। कर्तार समीप की कुर्सी पर बैठ गया। उसने भवेश की ओर अनुरोध से देखा, "चाय के साथ कुछ और नहीं लोगे?"

"नहीं, अब आवश्यकता नहीं।" भवेश ने आँखें चुराकर उत्तर दिया। दोनों हाथों की उँगलियों को पंजों में बाँधकर कर्तार की ओर दृष्टि उठायी और अंग्रेजी में पूछ लिया, "मुझे क्या भूख से व्याकुल हो जाने पर भी कुछ खाने का अधिकार नहीं है? कलाकार को भूख नहीं लगती?"

कर्तार ने संकोच से विश्वास दिलाया, "वाह, कैसी बात कह रहे हो! तुम जो चाहो...।"

भवेश ने आश्वासन पाकर क्रोध में थूक दिया और पूछ लिया, "कुछ बीड़ी-सिगरेट है?"

उसकी उँगलियों में समाप्त-प्राय बीड़ी का टुकड़ा देखकर कर्तार को याद आ गया था—वर्ष-भर पहले भवेश कवि सम्मेलन, साहित्यिक गोष्ठी या किसी रेस्तराँ में दिखाई दे जाता था, उसके हाथ में अच्छे-महँगे सिगरेट का डिब्बा रहता था। महँगी सिगरेट की जगह बीड़ी का अन्तिम, बिना तम्बाकू का भाग देखकर कर्तार का ध्यान भवेश के दयनीय वेश की ओर भी गया। भवेश के कपड़े बहुत अच्छे, प्रायः सिल्क के होते थे। इस समय वह बहुत मैले, मसले शरीर से बेनाप बुशशर्ट और पाजामे में था। बुशशर्ट में केवल एक बटन था, उधड़े हुए कॉलर और आस्तीनों से सूत निकले हुए थे। कर्तार ने सहानुभूति की टीस अनुभव की :

कर्तार ने कोट की जेब से सिगरेट की डिबिया निकाली। डिबिया खोल एक सिगरेट बढ़ाकर पेश की। भवेश ने सिगरेट होंठों में ले ली। कर्तार ने स्वयं माचिस रगड़कर भवेश की सिगरेट सुलगा दी। भवेश ने

बहुत लम्बा कश लिया और कर्तार से आँखें बचाए रेस्तराँ की दीवार पर लटके एक कैलेंडर को देखता रहा।

कर्तार ने मौन तोड़ने के लिए पूछ लिया, "आजकल क्या लिख रहे हो? बहुत दिनों से तुम्हारी चीज देखने का अवसर नहीं मिला।"

भवेश की दृष्टि कैलेंडर पर ही रही। उसने पहले से भी लम्बा कश खींचा और नाराजगी के स्वर में बोला, "नहीं, मैं नहीं लिखूँगा, अकृतज्ञ लोगों के लिए क्यों लिखूँ, लिखने से मुझे लाभ?"

वर्तमान का सबसे प्रतिभावान कलाकार भवेश नहीं लिखेगा—कर्तार के मन को आघात लगा।

भवेश के उत्तर, चेहरे की मुद्रा और वस्त्रों की दयनीय स्थिति से कर्तार दूसरा प्रश्न न कर सका। बिना पूछे भी वह अपने श्रद्धास्पद कलाकार के विषय में बहुत कुछ जानता था। भवेश की स्थिति और उसके निराशामय विरक्ति-भरे उत्तर ने कर्तार की स्मृति में अनेक बातें जगा दीं।

कर्तार ने भवेश से आँखें बचाए चाय का प्याला समाप्त किया। भवेश भी सामने रखा प्याला और सिगरेट समाप्त कर चुका था और निरुद्देश्य दृष्टि रेस्तराँ की छत और दीवारों पर घुमाते हुए दोनों हाथों की उँगलियों को उलझाकर मरोड़ता जा रहा था।

कर्तार ने सिगरेट की डब्बी फिर भवेश के सामने कर दी। भवेश ने दूसरा सिगरेट ले लिया। कर्तार ने उसके लिए माचिस जलाई, उसी माचिस से अपना सिगरेट लगाकर उसने साहस किया, "क्यों नहीं लिखोगे यह तो हमारे साहित्य का बहुत बड़ा दुर्भाग्य होगा!"

कर्तार ने कह तो दिया परन्तु उसने कल्पना भी न की थी कि वह अपने पुराने परिचित का ऐसा सामीप्य कभी पा सकेगा, उस मूर्धन्य कलाकार से यों बात कर सकेगा।

भवेश ने बहुत लम्बा कश खींचा, कर्तार की आँखों में सीधे देखकर खिन्न स्वर में बोला, "नहीं लिखूँगा, क्योंकि तुम लोग अधिकारी नहीं हो। जो समाजहीन मनोवृत्ति है, प्रपंच से कलाकार का तिरस्कार करती है, वह कला और कविता की अधिकारी नहीं है।"

भवेश से खिन्नता और निराशा-भरा उत्तर पाकर कर्तार को बात

बढ़ाने का साहस नहीं हुआ। उसने विनय से अनुरोध किया, "एक चाय और लो।"

"धन्यवाद! इस समय पर्याप्त ले चुका हूँ।" भवेश ने सिगरेट की राख झाड़ी और कुछ झिझककर पूछा, "कुछ समय के लिए तुम्हारे साथ तुम्हारे मकान पर चल सकता हूँ? मैं कुछ देर विश्राम के लिए लेटना चाहता हूँ। मेरी तबीयत ठीक नहीं है। कल और आज सड़कों पर घूमते-घूमते थक गया हूँ। पिछली रात पार्क में बेंच पर लेटकर बिताना चाहता था। राउंड करनेवाले कांस्टेबिल ने वहाँ भी विश्राम नहीं करने दिया। रात की ओस और सर्दी, नदी किनारे रेत पर काटनी पड़ी। सुबह से धूप में घूम रहा हूँ। सिर में भयंकर दर्द है।" भवेश ने दोनों हाथों के अँगूठों से कनपटियों को दबा लिया। कर्तार का मन पिघल गया। उसने विनय से अनुरोध किया, "तुम मेरे यहाँ चलकर विश्राम करो।" कर्तार को कलाकार के प्रति घोर अन्याय के लिए लज्जा अनुभव हुई। समाज को साहित्य के अमूल्य रत्नों से निहाल करनेवाले, समाज को अलौकिक सौन्दर्य से चमत्कृत करनेवाले व्यक्ति की ऐसी अवस्था!

कर्तार ने फिर आश्वासन दिया, "इस गरीब के पास जैसा छोटा-मोटा स्थान है, प्रस्तुत है। जब तक चाहो, वहाँ विश्राम करो। सिरदर्द के लिए केमिस्ट के यहाँ से दवाई लेते चलेंगे।"

कर्तार भवेश को साथ लिये अपने मकान की ओर चल पड़ा। कर्तार, कुछ भवेश की अस्वस्थ और खिन्न अवस्था के कारण और कुछ असाधारण व्यक्ति के प्रति सम्भ्रम के कारण, रास्ता चलते मौन रहा। उसकी स्मृति में भवेश से सम्बन्धित बातें घूमती जा रही थीं।

तीन वर्ष पूर्व कर्तार की महत्त्वाकांक्षा और कल्पना में अपने भविष्य के सम्बन्ध में दूसरे ही चित्र थे—अध्ययन और साहित्यिक जीवन के। वह साहित्यिक चर्चा और व्यक्तियों की ओर आकर्षित रहता था। भवेश उसका सहपाठी था और साहित्यिक क्षितिज पर प्रकट हो गया था। उसने नवोदित, देदीप्यमान नक्षत्र की भाँति सहसा ध्यान आकर्षित कर लिया था और साहित्य के मध्याकाश की ओर विस्मयजनक द्रुत गति से उठता जा रहा था। वह यूनिवर्सिटी और नगर की साहित्यिक गोष्ठियों और

कवि-सम्मेलनों में मंच पर, विशिष्ट व्यक्तियों में स्थान पाने लगा था। उसकी रचनाएँ पत्र-पत्रिकाओं में विशेष महत्त्व से प्रकाशित होने लगी थीं। भवेश की विचित्र बातें और सनकी व्यवहार चर्चा का विषय बन गए थे।

कर्तार की साहित्यिक बन सकने की महत्त्वाकांक्षा और कल्पना के बुदबुद दरिद्रों के मनोरथों की तरह उसके हृदय में उठकर विलीन हो गए। वह भवेश के अनुकरण का साहस न कर सका था। भवेश के प्रति उसकी स्पर्धा अपने सामान्य सामर्थ्य को स्वीकार करके प्रतिभा के आदर में बदल गई। भवेश की उज्ज्वल प्रतिभा को यूनिवर्सिटी की शिक्षा और परीक्षा की सीमाएँ बाँधकर न रख सकीं। उसे आदर से एक प्रतिष्ठित पत्र के सम्पादकीय विभाग में स्थान दे दिया गया था। पत्र की व्यवस्था भी भवेश को अपनी प्रतिभा के लिए संकुचित क्षेत्र लगी।

भवेश को पत्र से मिलनेवाले वेतन का क्या लोभ होता। लोग कहते थे—उसे पत्र की नौकरी की क्या परवाह? वह कवि सम्मेलनों में सहयोग देने के लिए पत्र के वेतन से चार-पाँच गुना पुष्पांजलि के रूप में पा लेता है। भवेश भावना और आत्मा से कलाकार है। वह लक्ष्मी का दास नहीं, सरस्वती का वरद् पुरोहित है। रुपये-पैसे की कातरता से कोसों दूर...भवेश अनेक चाकरियों को लात मारकर स्वतंत्र साहित्यिक कलाकार बन गया था।

कर्तार ने बी.ए. पास करके सेक्रेटेरियेट में अपर ग्रेड क्लर्क की नौकरी पा ली थी। जीविका के लिए क्लर्की अपनाकर भी वह स्वान्तः सुखाय कविता और साहित्य का मोह न छोड़ सका था। भवेश को अपना परिचित और सहपाठी मानने के गर्व में उसके कृतित्व और साहित्यिक सफलताओं की खबर रखता था। कर्तार को सन्तोष और गर्व था कि भवेश बहुत ही कम समय में अपनी प्रतिभा और साहस से पुराने जमे हुए साहित्यिक महारथियों से भी आदर पाने लगा था।

भवेश ने अपनी विशिष्ट प्रतिभा से बहुत कम समय में मूर्धन्य साहित्यिकों में स्थान पा लिया था। सब ओर उसकी रचनाओं की चर्चा और माँग होने लगी थी।

लोगों का विचार था, भवेश अपनी प्रतिभा, कलात्मक सामर्थ्य और लोक से पाए आदर के बोझ को सँभाल नहीं सका। भवेश को कवि-

सम्मेलनों और साहित्यिक गोष्ठियों के इतने निमंत्रण और सहृदय रसिकों के यहाँ संगति और आतिथ्य के लिए इतने अनुरोध मिलते रहते कि उन्हें स्वीकार करके पत्र के कार्यालय का कार्य और अनुशासन निबाह सकना असम्भव था। कभी कला रसिकों और प्रशंसकों से घिरे रहने के कारण कार्यालय पहुँच ही न पाता था। कभी दोपहर बाद पहुँचता, कभी दोपहर में ही वहाँ से चल देता। कभी चार-छह दिन या सप्ताह-भर कार्यालय जा ही नहीं पाता। ऐसी नौकरी में वह किस प्रयोजन अथवा आकर्षण से बँधा रहकर आदेश निबाहता और आँखें नीची रखता। पत्र के कार्यालय से उसे मिलता ही क्या था! उतना खर्च तो वह किसी संध्या, बार में प्रशंसकों से घिर जाने पर ही कर देता था। आदर और पत्र-पुष्प के रूप में मिलनेवाली भेंट वेतन से कहीं अधिक हो जाती।

साहित्यिक सम्मेलन और गोष्ठियाँ प्रमुख कलाकारों का सहयोग पाकर भी भवेश के बिना नीरस और असफल समझी जातीं। उसके लिए सभी आयोजनों और पत्र-पत्रिकाओं के अनुरोध को निबाह सकना कठिन था। ज्यों-ज्यों उसकी रचनाओं का आदर और माँग बढ़ रही थी, उनका आर्थिक मूल्य भी बढ़ता जा रहा था। बहुधा वह सम्मेलन और गोष्ठी में सहयोग देने का आश्वासन देकर, अग्रिम भेंट अथवा मार्ग-व्यय स्वीकार करके भी अवसर पर उपस्थित न हो पाता। ऐसी घटना का कारण भवेश का असामर्थ्य ही न होता, बल्कि वह इसलिए भी न जाता कि उसकी अनुपस्थिति में लोग किस प्रकार छटपटाएँगे, आयोजन असफल रह जाएगा। अपने महत्त्व की ऐसी अनुभूति धन लाभ के सन्तोष से कहीं अधिक उन्मादक होती है।

भवेश का ढंग और व्यवहार बदल गया था। वह बहुत कुछ रजवाड़ों के बिगड़ैल राजकुमारों-जैसा बन गया था। उसे कमी अथवा खर्च की चिन्ता ही क्या थी! कला और साहित्य का आदर करनेवाले उसकी आवश्यकता, सुविधा अथवा विनोद के लिए होड़ से व्यय करने में सौभाग्य और गर्व अनुभव करते थे। रुपये-पैसे की चिन्ता उसे धन के प्रति मोह अथवा संचय के लिए तो कभी थी ही नहीं। भवेश को अपने लिए खर्च करने का अवसर कम ही आता था। उसके प्रशंसक उसके आदर में खर्च

करके सन्तोष पाते थे और वह अपनी वाहवाही करनेवाले चापलूसों पर अपनी उदारता का प्रभाव डालने के लिए पैसा फेंकता था। कहीं पाँव पैदल आने-जाने के लिए उसके पास समय कहाँ था! किसी भी समय एक बार सवारी कर लेने पर रात पड़े तक सवारी उसके द्वार के सामने खड़ी रहती। बिल या किसी भी वस्तु का दाम देने के लिए नोट बढ़ाकर शेष की प्रतीक्षा में ठिठकना उसे अच्छा न लगता। वह अपनी प्रतिभा के अनुसार ही उदात्त और उन्मुक्त रहना चाहता था। उसके असाधारण व्यवहार की ख्याति चारों ओर फैल गई थी। उस ख्याति के नशे के सरूर में उसकी भवें चढ़ी रहतीं।

भवेश गोष्ठियों और प्रशंसा सुनने में इतना व्यस्त रहता कि उसके पास नई रचना के लिए समय ही न होता। पत्र-पत्रिकाएँ उसकी रचनाओं के लिए अग्रिम भेंट भेजने पर भी निराशा पाकर उससे कुंठित हो गई थीं।

वह सम्मेलनों और गोष्ठियों में सहयोग देने के लिए सौ-सवा सौ की भेंट स्वीकार करना अपमान समझने लगा था। उसके लिए उचित सत्कार और दक्षिणा का प्रबन्ध साधारण गोष्ठियों और कवि-सम्मेलनों के आयोजकों के सामर्थ्य से बाहर हो गया और जो समर्थ लोग उसे उचित भेंट दे सकते थे, वे उसके अहंकार से खिन्न हो गए थे।

भवेश अपने बढ़े हुए खर्च के कारण कठिनाई अनुभव करने लगा था परन्तु उसे अपनी ख्याति, सम्मान और कलात्मक सामर्थ्य का भरोसा था। उसकी कलम हिलते ही धन बरसा देगी। आवश्यकता में सहायता के अनुरोध से दूसरों की ओर देखता भी तो दैन्य से नहीं, अपितु अपनी आवश्यकतापूर्ति का अवसर देने के अहसान से। कुछ ही दिनों में भवेश को उधार मिलना कठिन ही नहीं असम्भव भी हो गया। उसकी ख्याति और प्रशंसा, आलोचना और अपवाद में बदलने लगी।

भवेश का प्रभाव और भाव साहित्य और कला के जगत् में गिरने लगा तो उसकी संगति के लिए आतुर और उसके व्यय का बोझ उठाने में सन्तोष और गौरव माननेवाले कतराने लगे। भवेश से प्रायः ही रुपये की आवश्यकता की बात सुनकर उसके प्रति आदर-सत्कार की आतुरता वितृष्णा में बदलने लगी। लोगों ने कलाकार को जोंक उपनाम दे दिया।

भवेश की संगति में पान-सिगरेट, चाय और नशा-पत्ता चलानेवालों ने उसे सूखा फूल समझकर मधुमक्खी की तरह छोड़ दिया। लोग राह बाजार में उसे देखकर कतरा जाते या न पहचानने के लिए आँखें चुरा लेते। भवेश का मन अभाव की जकड़न से, उससे भी अधिक अपमान की पीड़ा से विक्षिप्त और विकल रहने लगा। ऐसी अवस्था में रचना के लिए क्या प्रवृत्ति होती परन्तु उसे अपनी प्रतिभा और कलात्मक सामर्थ्य में अगाध और अखंड विश्वास था। उसे विश्वास था, उसके मस्तिष्क से प्रसूत भाव ही कला थे। वह अपने मस्तिष्क और हृदय को कला के अमृत के अजस्र स्रोत समझता था। वह कहता था, उसकी अभिव्यक्ति को नीरस बताना साहित्य के नियामक बन जानेवाले प्रतिभाहीन लोगों की ईर्ष्या और ओछापन ही था।

भवेश के व्यवहार से कुंठित साहित्य के धुरन्धरों और नियामकों ने अहंकारी साहित्यिक कुकुरमुत्ते को शिक्षा देने का निश्चय कर लिया परन्तु भवेश सिर झुकाने के लिए तैयार न हुआ। उसके विरोधी भी दाँत पीसकर उसे मिटाने पर तुल गए। पत्रों में भवेश की रचनाओं की विद्रूपमय और तिरस्कारपूर्ण आलोचनाएँ होने लगीं। पत्र उसकी रचनाओं को अस्वीकार कर देने लगे। साहित्यिक गोष्ठियों और कवि सम्मेलनों में उसे गोलमाल या हो-हल्ला करके उखाड़ दिया जाता। भवेश की ख्याति की निर्मल ज्योत्सना उसके विरोधी प्रचार की प्रचंड धूप से श्रीहीन हो गई। भवेश के व्यवहार का वैचित्र्य, स्नेह और आदर के स्थान पर उपहास और निन्दा का विषय बन गए। भवेश प्रशंसकों के समूह में गर्व से सिर उठाए नहीं, प्रायः अकेला, खोया-खोया सा घूमता दिखाई देने लगा।

कर्तार का पारिवारिक स्थान दूर देहाती जिले में है। उसके जिले और कस्बे के अनेक लोग और परिवार जीविका के लिए राजधानी में रहते हैं। राजधानी में नौकरी निबाहने के लिए उसे एक कमरा अपने परिचित परिवारों से गसे एक बड़े मकान में मिल गया था। कर्तार का कमरा बाजार से निकलती गली के मुहाने पर दूसरी मंजिल में जीने के साथ बाजार की ओर था। वह दफ्तर या बाहर जाते समय अपने दरवाजे पर ताला लगा जाता था।

कर्तार भवेश को लेकर अपने मकान पर पहुँचा।

कर्तार के कमरे की अवस्था और साज-सज्जा अकेले रहनेवाले विद्यार्थी या क्लर्क के स्थान जैसी ही थी। कमरे में जीने के सामने दीवार के साथ छोटा पलंग था, बाजार की ओर खिड़की के साथ कोने में छोटी मेज और दो बिना बाँह की कुर्सियाँ। अकेले युवक की सुविधा और आवश्यकता का सामान, मेज पर टेबिल लैम्प, स्टोव, सुराही, दो गिलास, प्याले, प्लेटें आदि।

बिस्तर की चादर कई दिनों से नहीं बदली गई थी। उसे अपने पलंग पर बिछे मैले, गँदले बिस्तर के कारण संकोच अनुभव हुआ। कुछ दिन पूर्व धोबी के यहाँ से लौटे कपड़े पलंग के नीचे बक्स पर ही पड़े थे। कर्तार ने क्षण-भर के लिए भवेश को कुर्सी पर प्रतीक्षा करने का अनुरोध किया। धुली हुई चादर निकाली, बिस्तर की सलवटें दूर कर साफ चादर बिछा दी और भवेश को विश्राम के लिए लेटा दिया।

भवेश पलंग पर बिल्कुल सीधा, चित्त, निश्चल लेटा था, आँखें मुँदी हुई थीं। दर्द के कारण माथे को दोनों हाथों से पकड़े था। कर्तार ने एक कुर्सी पलंग के सिरहाने खींच ली और बैठ गया। उसका मन ऐसे प्रतिभावान व्यक्ति की विपन्नता से भारी हो गया था। कुछ न बोल सका। भवेश माथे को दर्द के कारण हाथों से दबाता जा रहा था।

कर्तार मौन न रह सका। सहानुभूति से बोला, "माथा मैं दबा दूँ! कहो तो केमिस्ट के यहाँ से कोई बाम ले आऊँ।"

भवेश ने पलकें आधी खोल सहानुभूति के लिए धन्यवाद देकर कहा, "बहुत जर्जर अनुभव कर रहा हूँ। तुम्हारे यहाँ कुछ ब्रांडी या कोई दूसरी चीज हो तो आराम मिल सकेगा।"

मदिरा की आवश्यकता सुनकर कर्तार को हिचकिचाहट अनुभव हुई। साधारण संस्कारों को माननेवाले उसके परिवार और परिचित क्षेत्र में मदिरा हेय और निषिद्ध वस्तु मानी जाती है। उसे मदिरा के उपयोग और व्यवहार का परिचय भी नहीं था। वह केवल काव्य-जगत् की मदिरा की उपमाओं और प्रभावों से ही परिचित था परन्तु जनश्रुति से जानता था कि कवि और कलाकार साधारण व्यक्ति नहीं होते, वे बोतल की मदिरा के प्रयोग से

भी नहीं हिचकते। कर्तार ने मन के संस्कार को दबाया। आचार-व्यवहार की मान्यताएँ सभी अवस्थाओं और स्थितियों में सभी व्यक्तियों के लिए एक समान नहीं हो सकतीं। कलाकार साधारण व्यक्ति नहीं होता और भवेश जैसी विपन्न और रुग्ण अवस्था में था—औषधि के लिए ही सही।

कर्तार ने आश्वासन दिया, अभी प्रबन्ध करता हूँ। कर्तार ने ब्रांडी कभी नहीं खरीदी थी परन्तु जानता था, यह वस्तु कुछ विशेष दुकानों में ही प्राप्य होती है जहाँ 'वाइन स्टोर' लिखा रहता है। वह अपनी झिझक दबाकर ब्रांडी की सबसे छोटी बोतल खरीद लाया।

कर्तार अपने कमरे में लौटा तो भवेश बिल्कुल निश्चल था। सिर को नहीं दबा रहा था। आहट पाकर भवेश ने आँखें खोल दीं। उसे नींद नहीं आई थी। कर्तार ने कुर्सी पलंग के समीप कर दी, बोतल खोलकर कुर्सी पर रख दी, दवाई पी सकने के लिए आलमारी से एक प्याला उठाकर कुर्सी पर रख दिया। भवेश ब्रांडी की बोतल देखकर उठ बैठा था।

बोतल से प्याले में दो बार लेकर उसने आधी के लगभग पी ली और एक सिगरेट माँगकर सुलगा लिया, लेटकर पलकें झुकाए मौन सिगरेट पीता रहा। सिगरेट समाप्त कर वह फिर उठा, शेष ब्रांडी में से आधी लेकर पी ली। एक और सिगरेट लिया और फिर लेटकर सिगरेट पीने लगा। दूसरा सिगरेट समाप्त करके उसने बोतल की शेष ब्रांडी खत्म कर दी और कर्तार से फिर एक सिगरेट माँग ली। भवेश के गन्दुमी पीले चेहरे पर कुछ तमतमाहट और लाली आ गई। आँखें गहरी हो गईं। वह तीसरे सिगरेट से कश लेते हुए बहुत अस्पष्ट धीमे-धीमे कुछ गुनगुनाने लगा। कर्तार उसके शब्द समझ नहीं सकता था परन्तु अनुमान कर लिया, भवेश कुछ स्वस्थ अनुभव कर रहा था। अपनी कोई कविता याद आ गई होगी।

कर्तार भवेश के समीप लगभग एक घंटे से मौन बैठा था। भवेश ने तीसरा सिगरेट समाप्त कर फर्श पर डाल दिया तो कर्तार ने पूछा, "अब तबीयत कुछ ठीक है?"

"थैंक यू अब काफी ठीक हूँ।" भवेश ने भारी पलकें कर्तार की ओर उठाकर उत्तर दिया। वह पलंग पर पालथी से बैठ गया और कर्तार को सम्बोधन किया, "तुमने बहुत आड़े में मुझे सहारा दिया है। सब ओर से

प्रवंचना और द्रोह पाकर असहाय हो गया हूँ। तुम से भेंट, एक चमत्कार असहाय हो हुआ।"

कर्तार ने विनय से कहा, "नहीं, मैं तो कुछ भी नहीं कर सका। सन्तोष है कि तुम्हारी तबीयत अब कुछ ठीक है।"

भवेश दीर्घ निश्वास छोड़ कुछ कड़े स्वर में बोला, "मैं जानना चाहता हूँ, तुमने यह सहायता कठिनाई में पड़े पुराने परिचित व्यक्ति को दी है अथवा यह कलाकार के प्रति सहृदयता और आदर है? स्पष्ट उत्तर चाहता हूँ।"

कर्तार को भवेश के निश्वास से उबकाई उत्पन्न करनेवाली अप्रिय गन्ध अनुभव हुई। उसके शब्दों और स्वर में नशे की लरज का आभास हुआ परन्तु उसने झिझककर विनय से उत्तर दिया, "निश्चय ही मैं तुम्हारी प्रतिभा का, कलाकार का आदर करता हूँ। तुम हमारे समाज और साहित्य का गौरव हो, मुझे भी तुम्हारे परिचय का गौरव है।"

भवेश ने भारी पलकें यत्न से उठाकर कर्तार की ओर देखा और फिर दीर्घ निश्वास लिया, "मेरा अनुरोध है, तुमने जिस सहृदयता और आदर से एक प्रताड़ित कलाकार को सहारा दिया है, उसे कला और साहित्य के प्रति दायित्व मानकर पूरा निबाह दो। मैं बहुत बड़ा बोझ नहीं बनूँगा।"

कर्तार ने भवेश की बात को ब्रांडी का अस्थायी प्रभाव समझकर उसके अहंकार की ओर ध्यान न दिया, उसके प्रति आदर और उसकी विपन्न अवस्था में सहानुभूति से आश्वासन दिया, "तुम कुछ देर विश्राम करो। तुम्हारी तबीयत ठीक हो जाएगी। बताओ, इस समय क्या खाना चाहोगे?"

भवेश ने गरदन उठाकर कहा, "रेस्तराँ में पर्याप्त खा लिया है, भोजन की चिन्ता मत करो। मैं गम्भीर बात कह रहा हूँ। स्पष्ट उत्तर चाहता हूँ। तुम नहीं जानते, कलाकार ऐसी मामूली बातों की चिन्ता नहीं करते। नहीं जानते, कलाकार क्या चाहता है?"

कर्तार ने झिझकते हुए कहा, "मैं कलाकार नहीं हूँ, परन्तु कलाकारों का आदर करता हूँ। विश्वास रखो, मैं जिस योग्य हूँ, प्रस्तुत हूँ।"

भवेश ने रीढ़ सीधी करके कहा, "मैं तुमसे कला और साहित्य के अधिकार और सम्मान की रक्षा के लिए सहयोग चाहता हूँ।" कर्तार ने

भवेश के स्वर में नशे की लटक की ओर ध्यान न देकर आश्वासन दिया, "निश्चय, ऐसे काम में सहायक अथवा उपयोगी होकर मैं गौरव पाऊँगा।" भवेश ने अपना हाथ बढ़ा दिया, "शाबाश, वचन दो!" कर्तार ने भवेश से हाथ मिलाकर वचन देना स्वीकार कर लिया।

भवेश ने एक कश खींचकर फुँकार से धुआँ छोड़ा, "बताता हूँ। तुम जानते हो, आज मेरे व्यक्तित्व द्वारा कविता और कला का कैसा तिरस्कार हो रहा है।" उसने अपने सीने पर हाथ रखा, "मैं अपने व्यक्तित्व के पार्थिव रूप को समाप्त कर कविता और कला के आदर और सम्मान की रक्षा के लिए चेतावनी देना चाहता हूँ। इस शरीर के बलिदान द्वारा कविता और कला के तिरस्कार का विरोध करना चाहता हूँ। इस कार्य में तुम्हारा सहयोग चाहता हूँ।"

कर्तार ने भवेश की नशे की अस्थायी खिन्नता और बहक में भी कलाकार की गरिमा अनुभव की और उसे सान्त्वना दी, "ऐसे काम में मैं सब प्रकार की सहायता के लिए तैयार हूँ। कौन नहीं जानता, तुम तो बहुत पहले ही अपना जीवन और शक्ति साहित्य और कला के लिए अर्पण कर चुके हो। तुमने किसी अन्य महत्त्वाकांक्षा और सफलता की चिन्ता ही नहीं की।"

भवेश ने मुस्कराने का यत्न किया, "ठीक है...ठीक है...तुम मेरी बात समझ सकोगे परन्तु ईर्ष्या से जलनेवाले मेरे विरोधी स्वीकार नहीं करना चाहते। तुम जानते हो, मैं अपना जीवन और शक्ति, कला और सरस्वती के लिए अर्पण कर चुका हूँ। परन्तु सरस्वती और कला को संकीर्ण स्वार्थों का साधन बनानेवालों, हीन मनोवृत्ति, प्रपंचकों और ईर्ष्यालु लोगों को मेरी सफलता असह्य है। तुम जानते हो, कौन नहीं जानता, मेरे साथ क्या-क्या किया गया!" भवेश की जिह्वा लड़खड़ा गई, "यह तुम मत समझो कि मैं उन्माद में हूँ।" भवेश ने तर्जनी से चेतावनी दी, "यह निश्चय मैं परसों कर चुका हूँ—अवसर और साधन के अभाव में निश्चय पूरा न कर सका वरना तुम्हें समाचार-पत्रों में काले हाशिये से मिला होता। अब तक स्वार्थान्ध, हीन मनोवृत्ति, ईर्ष्यालु, कला और सरस्वती को धोखा देनेवालों की गर्दनें लज्जा और अनुताप में झुक गई

होतीं। आज रात बलिदान समापन करूँगा। परसों सुबह मेरी ओट में आदर पानेवाले उस कमीने ने मुझे धक्के देकर घर से बाहर कर दिया, भूख की परेशानी में मुझे अपनी एकमात्र सम्पत्ति एक सौ दस रुपये का कलम दस रुपये में बेच देना पड़ा। उस समय पीड़ा अनुभव हुई, अपनी अभिव्यक्ति के साधन को क्षुद्र अन्न के लिए बेच रहा हूँ मन को समझाया, कलम तो केवल लिपि द्वारा अभिव्यक्ति के संकेत मात्र बना सकता है, भाव का स्रोत मेरे हृदय और मस्तिष्क हैं, अभिव्यक्ति का साधन मेरी जिह्वा है।

"अन्त में शरीर को समाप्त कर देने का निश्चय करना पड़ा। उस समय न तो विष खरीद सकने के लिए पैसे शेष थे और न अपने शरीर को बलिदान कर देने का कारण बता सकने के लिए कलम और कागज का टुकड़ा था। निश्चय किया अभी और सहूँगा, प्रवंचना और अन्याय के विरोध की आवाज उठाए बिना नहीं मरूँगा। अब समय आ गया, तुम मुझे कागज और कलम दो, मैं अपने हाथ से लिखूँगा। मेरा हस्ताक्षर पहचाननेवालों की कमी नहीं होगी। प्रवंचक देख लेंगे, मैंने पराजय स्वीकार नहीं की है।"

भवेश रुक-रुककर बोल रहा था और, मानो थक जाने और बार-बार गला सूख जाने के कारण घूँट भर रहा था।

कर्तार भवेश को मौन रहकर विश्राम का अवसर देने के लिए उठकर खड़ा हो गया और पूछा, "प्यास हो तो जल दूँ?"

"प्यास-प्यास! तुम बात टालना चाहते हो!" भवेश ने कर्तार की ओर घूरकर देखा।

"अच्छा, तुम लेटो, मैं तुम्हारे खाने के लिए कुछ ले आऊँ, स्वयं भी खा आऊँ।" उसने घड़ी देखकर कहा, "देर से जाने पर होटल में ठीक नहीं मिलता।" भवेश के उत्तर की प्रतीक्षा किये बिना कर्तार जीने से उतर गया। कर्तार होटल से खाना खाकर लौटा तो भवेश के लिए कुछ मीठा, नमकीन और बिस्कुट लेता आया।

कर्तार लौटा तो भवेश घोर निद्रा में बेसुध था, पुकारने पर भी कोई उत्तर न मिला। कर्तार के सामने समस्या थी, स्वयं कहाँ सोए! सोचा—भवेश के

साथ सो जाए परन्तु पलंग तंग था, दोनों ही ठीक से न सो पाते। भवेश को हिलाने-डुलाने पर भी उसकी नींद नहीं टूटी। पलंग निवाड़ का था। कर्तार ने भवेश को गद्दे सहित पलंग की पाटी की ओर लुढ़काकर बिस्तर का गद्दा उसके नीचे से खींच लिया। भवेश को पलंग पर रहने दिया। फर्श पर गद्दा बिछाकर नींद के लिए लेट गया। रोशनी बुझा देने पर भी काफी देर नींद न आई। ऐसे जाने-माने कवि की यह अवस्था—जीवन-निर्वाह के लिए कलाकार को भी पार्थिव साधन चाहिए।

कर्तार प्रात: नींद खुल जाने पर कुछ समय आलस्य का सुख अनुभव करने के लिए पलंग पर अँगड़ाइयाँ लेता रहता था। कमरे में स्टोव, चाय की पत्ती और चीनी होने पर भी बाजार से दूध लाकर चाय बनाने का झंझट टाल जाता था। छुट्टी के दिन अथवा किसी अन्तरंग मित्र के आने पर ही स्वयं चाय बनाता था। गली से बीस कदम पर बाजार में तड़के भी चाय मिल जाती थी। उस दिन वह भवेश की चिन्ता में जल्दी ही उठ बैठा। ध्यान आया, रात भवेश की तबीयत ठीक नहीं थी, उसने कुछ खाया भी नहीं था। उसे उठते ही गर्म-गर्म चाय मिल जाने से आराम अनुभव होगा। स्टोव पर पानी उबलने के लिए रख दिया और दूध ले आया।

पानी खौल गया था। उसने शेव बना ली और पुरानी पत्रिकाओं के कुछ अंकों में खोजकर भवेश की रचनाएँ सराहना से पढ़ने लगा। उसे भवेश की कविता 'हे तापस गुलाब' बहुत पसन्द थी। कविता को खोजकर पढ़ डाला। भवेश ने गुलाब को सम्बोधन किया था :

'हे गुलाब! तुम्हारा फूल तुम्हारे तप का उद्‌गार है। तुम अपने फूल के रूप, गन्ध और रस से संसार को सुन्दर बना देते हो परन्तु संसार से तुम पाते क्या हो, केवल मल! संसार में जो कुछ उपयोग से नष्ट हो जाता है, जो कुछ मनुष्य-पशु और पक्षी त्याग देते हैं, जो कुछ रोग का कारण बन जाता है, घृणित हो जाता है, असह्य हो जाता है, तुम उस हेय और हानिकारक को सहर्ष स्वीकार कर लेते हो। उस घृणित को स्वीकार करने की वेदना से तुम्हारा शरीर काँटों से भर जाता है; तुम उससे भी खिन्न नहीं होते। इस तप को निबाहकर तुम संसार को सबसे अधिक सुन्दर, सुवासित और कोमल उद्‌गार देते हो।

'मुझे किसी और से नहीं, तुमसे ईर्ष्या है। मैं भी सब शारीरिक क्लेशों और मानसिक यंत्रणाओं के काँटों को ओढ़कर जीवन को प्रेरणा देनेवाले कोमल, सुन्दर और सुवासित उद्‌गार दे सकूँ।'

कर्तार के मन ने स्वीकार किया, यह कलाकार भी क्या गुलाब के पौधे की भाँति नहीं है!

भवेश ने आँखें खुलते ही उबलता पानी और चाय का इन्तजाम देखा, "चाय मिल जाएगी, अहोभाग्य!"

कर्तार चाय बनाने लगा और भवेश से पूछा, "अब तबीयत कैसी है?"

भवेश ने अपने माथे पर हाथ फेरा, "भारीपन तो है, गर्म चाय बहुत अनुकूल रहेगी।" भवेश ने चाय की प्याली समाप्त कर एक सिगरेट लिया और फिर एक प्याली और ली और कोहनी तकिये पर रख, हथेली पर माथा टिका, लेटकर सिगरेट पीने लगा।

कर्तार दफ्तर के मार्ग में ही नाश्ता या आहार कर लेता था। दफ्तर के खुलने का समय हो गया था। उसने भवेश से कहा, "रात तुमने कुछ नहीं खाया, तुम्हारे लिए लेता आया था परन्तु तुम्हें नींद आ गई थी, तुम्हारी नींद खराब करना उचित नहीं समझा।" उसने मेज पर रखे रूमाल में बँधे आहार की ओर संकेत किया और पूछा, "यदि और कुछ चाहो तो ला दूँ!"

भवेश ने रूखी लटों में उँगलियाँ चलाकर उत्तर दिया, "अभी माथा बहुत भारी है, कुछ दर्द भी है, इच्छा होगी तो यह ही ले लूँगा। अभी विश्राम करना चाहता हूँ।"

भवेश से तबीयत ठीक न होने की बात सुनकर कर्तार ने चिन्ता से उसकी कलाई को स्पर्श करके देखा, ज्वर मालूम नहीं हुआ। पूछ लिया, "सिर दर्द है तो दवाई लाकर दे जाऊँ?"

"दवाई लेने जाओगे!" भवेश ने विरक्ति से कहा, "तुम्हें विलम्ब न हो रहा हो तो एक प्याला चाय और पिला दो। डिबिया में सिगरेट है?"

कर्ता की डिबिया में एक ही सिगरेट शेष था, वह दिन-भर में चार-पाँच से अधिक सिगरेट न पीता था। कर्तार ने बाजार से एक डिबिया

सिगरेट और माचिस लाकर पलंग के सिरहाने रख दी। दो प्याले चाय और बना दी और चलते हुए बोला, "तुम बिल्कुल विश्राम करो, धूप में न निकलना। कहो तो मैं छुट्टी लेकर लौट आऊँ?"

भवेश ने उँगलियों में थमे सिगरेट के धुएँ की ओर देखते हुए कह दिया, "क्या करोगे छुट्टी लेकर! मैं यहीं रहूँगा, कहीं नहीं जाऊँगा। परेशानी न हो तो अपना कलम मेज पर छोड़ जाओ।"

कर्तार दफ्तर से छुट्टी पाने पर अपने अभ्यस्त स्थान पर चाय पीने के लिए नहीं रुका। सोचा चाय घर में बनाएगा, भवेश को भी पिलाएगा... जाने उसकी क्या अवस्था होगी। सम्भव है मेरे कलम से कोई अमर रचना लिखी पड़ी हो—उसके कमरे में उसके ही कलम से लिखी गई कोई चीज! मार्ग में उसने भवेश के लिए दो सन्तरे खरीद लिये।

कर्तार लौटा तो कमरे के किवाड़ बन्द थे, परन्तु ताला नहीं लगा था। कर्तार के हाथों के दबाव से किवाड़ खुल गए। जो कुछ देखा, उससे आघात-सा लगा। भवेश प्रात: की तरह दाहिनी कोहनी के सहारे लेटा हुआ था। उसकी आँखें गुलाबी, पलकें बहुत भारी और चेहरे पर तमतमाहट थी। पलंग के साथ कुर्सी पर नई बोतल, रात खरीदी बोतल से दुगनी रक्खी हुई थी। खाली गिलास भी था और पानी की सुराही पलंग के समीप फर्श पर थी। कर्तार ने एक नजर में देख लिया, बोतल ह्विस्की की थी। बोतल से एक-तिहाई ह्विस्की निकल चुकी थी। भवेश की उँगलियों में थमा नया सिगरेट पुष्ट तार छोड़ रहा था। पलंग के नीचे सिगरेट की दो खाली डिबियाँ पड़ी थीं, तीसरी नई खुली हुई डिब्बी कुर्सी पर थी। कुर्सी के ऊपर कुछ आने शेष पड़े हुए थे। कर्तार ने समझ लिया, वह भवेश की आवश्यकता के विचार से दस रुपये का एक नोट छोड़ गया था, उसमें से उतना ही शेष रह गया था। मन को चोट लगी, कुछ बोल न सका। उसे लगा जैसे भवेश अति कर रहा था। सहसा कुछ निश्चय न कर सका। रूमाल में बँधे सन्तरे मेज पर रख दिये। मेज पर लेटर पैड खुला पड़ा था, पैड का खुला पृष्ठ कोरा ही था। पैड पर पेन रखा था। समझ लिया, भवेश ने कविता नहीं लिखी। विरक्ति अनुभव हुई—पीता ही रहा है। कर्तार अपने और भवेश के लिए चाय बनाने की बात भूल गया।

कर्तार ने मेज के समीप पड़ी कुर्सी पलंग के पास खींच ली और कुर्सी पर बैठ गया। भवेश उसकी ओर ध्यान न देकर मौन निश्चल सिगरेट पीता रहा।

कर्तार ने भवेश को सम्बोधन किया, "अब क्या विचार है?"

भवेश ने सिगरेट से एक और कश लिया। आँखें झपककर कर्तार की उपस्थिति को स्वीकार किया और घूमकर, उसकी ओर बहुत स्थिर, गम्भीर स्वर में बोला, "विचार तुम्हें बता चुका हूँ। तुम्हारे आने की प्रतीक्षा कर रहा था।"

भवेश ने बोतल से गिलास में कुछ ह्विस्की और डाल ली। कर्तार की ओर देखकर कहा, "जरा सुराही उठाकर थोड़ा जल दे दो।" उसने जल मिली ह्विस्की से दो घूँट भरे, सिगरेट का कश लिया और कर्तार की ओर देखा, "विचार तुम्हें बता चुका हूँ, उसी के लिए तुमसे वचन लिया है।" भवेश ने अपने बुशशर्ट की जेब से चार तह किया हुआ कर्तार के पैड का कागज निकाला और कर्तार की ओर बढ़ा दिया, "लो, यह पढ़ लो।"

कर्तार ने कागज सीधा करके पढ़ा, "कविता और कला की आत्मा के नाम! मेरे इस अन्तिम कार्य को आत्महत्या कहा जाएगा, समाज का कानून और पुलिस इसे आत्महत्या ही कहेंगे। वास्तव में मैं आत्महत्या नहीं कर रहा हूँ। मेरी हत्या की जा रही है। मेरी हत्या का उत्तरदायित्व समाज में साहित्य, कविता और कला के जीवित रह सकने के लिए असम्भव परिस्थितियों पर है। मैं अपने प्राणों को किसी सनक में नहीं, विवशता से न्योछावर कर रहा हूँ। मैं इस समाज में जीवित नहीं रह सकता क्योंकि इस समाज में सरस्वती, कला और साहित्य त्रस्त और दलित है। उनके लिए स्थान नहीं है। इस समाज में आदर, महत्त्व और सामर्थ्य प्रपंच से रुपये-पैसे बटोर सकने का है, सरस्वती और कला का नहीं। जिस समाज में साहित्य और कला को व्यवसाय और दाँव-पेच की वस्तु और छिछले विनोद की चेरी बनाकर रखा जाए, उस समाज में सरस्वती और कला का आराधक कलाकार ससम्मान जीवित नहीं रह सकता। जो समाज साहित्य और कला का मूल्य नहीं जानता, जो समाज सरस्वती के

पुरोहित को तिरस्कृत करता है, जो समाज कलाकार को जीवन की मामूली आवश्यकताओं के साधनों के लिए गिड़गिड़ाता देखना चाहता है, वह समाज कलाकार के श्रम के फल का अधिकारी नहीं। मैं सरस्वती और कला की उपेक्षा तिरस्कार के विरोध और कला और सरस्वती के प्रति उचित न्याय की माँग के लिए अपने प्राण न्योछावर कर रहा हूँ।

"समाज एक कलाकार के लिए आँसू न बहाकर सरस्वती और कला के अंकुरों के पनप सकने योग्य परिस्थितियाँ बनाने की चेतावनी पाए। मेरे सहृदय मित्र और अन्तिम मेजबान पर मेरे जीव की समाप्ति का कोई उत्तरदायित्व नहीं। मैं उससे पाई सहायता के लिए आभारी हूँ।"

—भवेश

कर्तार पत्र का अन्तिम भाग बहुत कठिनाई से, दाँतों से होंठों को काटकर पढ़ सका। पत्र पढ़कर कर्तार ने कलाकार की निराशा के प्रति वेदना अनुभव की और उसके आत्महत्या के निश्चय से भय भी। उसने घरघराते स्वर में कहा, "क्या व्यर्थ की बातें करते हो, ऐसे हताश नहीं होना चाहिए।"

भवेश ने शेष गिलास तीन घूँटों में समाप्त कर सिगरेट से एक लम्बा कश खींचा। कर्तार की बातें सुनकर भवेश मौन रहा। विचारपूर्ण मुद्रा में होंठों और नाक से धुआँ निकल जाने दिया और फिर स्वर संयत करने के लिए खाँसकर बोला, "यह नशे और निराशा की विमूढ़ता नहीं है। सुनो, मैं ह्विस्की अपने जीवन की अन्तिम घड़ियों में मन और मस्तिष्क को स्थिर, स्वस्थ और अडिग रखने के लिए लाया हूँ। बहुत सोच-विचार कर किया हुआ निश्चय है। यह निश्चय मैंने अपने व्यक्तित्व को परे रखकर, तटस्थ होकर साहित्य के प्रतिनिधि, कलाकार के उत्तरदायित्व से किया है। मैं अपने शरीर को कलाकार की आत्मा के तिरस्कार का माध्यम नहीं बनने दूँगा, यह मेरा अटल निश्चय है। निश्चय पूरा करने के लिए मुझे तुम्हारी सहायता की आवश्यकता है। तुमने वचन दिया है, मेरे इस बलिदान का पुण्य तुमको भी होगा। कला और सरस्वती तुम्हारे प्रति भी आभारी होंगी।"

कर्तार ने विरोध में आशंका से प्रश्न किया, "मैं क्या कर सकता हूँ?"

भवेश ने सुनने का संकेत किया, "सुनो, मेरा निश्चय है आज रात ही कार्य पूर्ण होगा। तुम पर इससे अधिक बोझ नहीं डालूँगा।"

कर्तार भवेश के चेहरे की ओर न देख सका। भवेश की निराशा के दुस्साहस से स्वयं उलझन में फँसने का आतंक अनुभव कर स्थिति सम्हालने के लिए बोला, "बोझ की क्या बात है, सब दिन एक से नहीं रहते, धैर्य रखो!"

भवेश ने तर्जनी उठाकर खिन्न स्वर में कर्तार को टोक दिया, "सुनो, अपनी कायरता छिपाने के लिए वितंडा की ओट मत लो। मेरे पास उचित-अनुचित के तर्क की भूलभुलैया में पड़ने का समय नहीं है। मैं तुमसे अन्तिम समय सहायता चाहता हूँ। तुमने स्वयं वचन दिया है। मैंने तुम्हारा विश्वास किया है। मैंने उस विश्वास के आधार पर ही तुम्हारी प्रतीक्षा की। मैंने तुम्हारा भरोसा न किया होता तो यह पत्र लिख चुकने के बाद कार्य पूरा कर चुका होता। इस पलंग पर बिना पीड़ा और भय अनुभव किये अन्तिम नींद सो गया होता। मैं कलाकार के कोमल स्वभाव के कारण पीड़ा, भय और असुन्दर से घृणा करता हूँ परन्तु मैंने तुम्हें असुविधा से बचाने के लिए पीड़ा और भय भी सह लेने का निश्चय कर लिया है। इस कमरे में इसी पलंग पर मेरे समाप्त हो जाने से तुम पर कुछ असुविधा का संकट आ सकता था। तुम पुलिस की तहकीकात के उत्तर देने की असुविधा में पड़ सकते थे।"

आतंक और विस्मय की जिज्ञासा से कर्तार के होंठ खुल गए। आँखें भवेश की ओर उठ गईं परन्तु मुख से शब्द न निकला।

"जानना चाहते हो कैसे...?" भवेश ने तर्जनी उठाकर उत्तर दिया। नशे के प्रभाव से उसके स्वर की अस्पष्टता और लरज उत्तरोत्तर बढ़ती जा रही थी।

"तुम दफ्तर चले गए थे, तब मेरे लिए अवसर था। यह पत्र लिख चुका था, दस रुपये थे। मुझे मालूम है अफीम और विष कहाँ मिल सकता है। बिना पीड़ा के सबसे सरल उपाय वही था परन्तु मैं पैसे हाथ में होने पर भी वह न लाया। मन को स्वस्थ रखने के लिए ह्विस्की ले आया। बिना अधिक पीड़ा और भय के समाप्त हो जाने का बिल्कुल आधुनिक

उपाय भी कमरे में मौजूद था।" भवेश ने टेबिल लैम्प में लगे बिजली के लम्बे तार की ओर संकेत किया, "उस लैम्प से तार निकालकर दोनों सिरों को कलाई पर कस लेता और पलंग पर लेटकर स्विच ऑन कर देता। एक ही झटके में काम समाप्त हो जाता।"

कतार का शरीर सिहर उठा। जिह्वा की खुश्की निगलने के लिए घूँट भरकर बोला, "भवेश, तुमने बहुत पी ली है। तुम नशे में, निराशा के क्रोध में ऐसी बातें कर रहे हो, होश में आओ! तुम्हारे जैसे जीनियस में साहस भी होना चाहिए, निराश मत हो!"

भवेश ने कर्तार की ओर देखकर मुस्कराने का यत्न किया। उसके हाथ का सिगरेट उँगलियों को आँच देने लगा था, उसने सिगरेट फर्श पर फेंक दिया, "तुम समझते हो, मैं उन्माद में हूँ। बता चुका हूँ, ह्विस्की मैं नशे के लिए नहीं लाया हूँ। मेरा शरीर अब भी स्वस्थ नहीं है। कमजोरी अनुभव न हो इसलिए ह्विस्की ले आया हूँ। मैं थोड़ा और लूँगा।"

भवेश ने बोतल से गिलास में लगभग एक औंस ह्विस्की डालकर कहा, "मुझे शक्ति बनाए रखने के लिए इसे अन्तिम समय तक चलाना है। लाओ सुराही से थोड़ा-सा जल दे दो।"

कर्तार ने मन की खिन्नता दबाकर सुराही से जल दे दिया। जल कुछ अधिक ही पड़ गया। भवेश गिलास की ओर देखकर क्षीण मुस्कराहट से बोला, "ओफ, इतना जल! मेरे अन्तिम क्षणों में खिन्नता दिखाकर कड़वाहट उत्पन्न न करो।" उसने गिलास में कुछ और ह्विस्की डाल ली। उसका स्वर और भी अस्पष्ट हो गया परन्तु वह सहनशीलता की मुस्कान से बोलता गया, "मुझमें साहस की कमी है? क्या साहस के अभाव में मृत्यु को स्वयं स्वीकार करना सम्भव हो सकता है? तुम निरादर और अपमान सहते जाना ही साहस समझते हो? निरादर और अपमान साहस के अभाव में कायर ही स्वीकार करते हैं। साहस का अभाव तुममें है, तुम मेरे साहस से आतंकित हो रहे हो।" भवेश ने फिर मुस्कराने का यत्न किया है, "सहायता के वचन को पूरा करने से कतराना चाहते हो...!"

भवेश ने गिलास से दो घूँट लेकर कहा, "मैं जीवन के अन्तिम क्षण में तुमसे मामूली-सी सहायता चाहता हूँ।"

कर्तार ने अपना आतंक दबाकर विस्मय प्रकट किया, "इसमें मैं क्या सहायता कर सकता हूँ?"

भवेश गिलास कुर्सी पर रख डिबिया से नया सिगरेट लेकर बोला, "भाई, मुझे तुम्हारी सहायता की आवश्यकता है। अन्तिम समय में सहानुभूति से मेरा हाथ पकड़कर मृत्यु के स्थान तक ले चलो। मैं पुल के उत्तर के सिरे से नदी में गिरूँगा। हम ग्यारह बजे सुनसान हो जाने पर यहाँ से चलेंगे। उस समय तुम्हें कोई न देख सकेगा। जानते हो, पुल के उत्तर का किनारा बहुत गन्दा है। वहाँ बिजली का प्रकाश नहीं है। घुप अँधेरा रहता है। वहाँ मुँडेर पर खड़े होकर नीचे देखने से मन डूबने लगता है। सड़े पानी की दुर्गन्ध ऊपर तक आती है। अँधेरा और गन्दगी मुझे असह्य हैं। जीवन के अन्तिम क्षण में वह अनुभव नहीं चाहता। एक बार पहले भी ऐसे विचार से वहाँ गया था परन्तु उस स्थान से विरक्ति अनुभव करके लौट आया था, मृत्यु के समय मन खिन्न नहीं होना चाहिए। उस स्थान पर मुझे मुँडेर के पास पहुँचाकर तुम मेरी आँखों पर रूमाल से पट्टी बाँध देना, आँखें मुँद जाने पर मैं कुछ न देख सकूँगा। तुम मुझे सहारा देकर मुँडेर पर चढ़ा देना और मेरा मुख जल की ओर कर देना आँखें मुँदी रहने पर यदि मैं घबराहट और उतावली में मुँडेर से नदी में कूदने के बजाय पुल पर ही कूद गया तो कलाकार की आत्महत्या दुखान्त नाटक न बनकर एक व्यंग्य बन जाएगा।" भवेश ने अभय प्रकट करने के लिए मुस्कराने का प्रयत्न किया और लड़खड़ाते हाथों से नया सिगरेट सुलगा लिया।

कर्तार भवेश के प्रस्ताव से बहुत घबरा गया था। उसने स्वर दबाकर विरोध किया, "क्या कह रहे हो? मुझे हत्या करने के लिए कह रहे हो? यह कैसे सम्भव हो सकता है!"

"मैं तुमसे सहायता माँग रहा हूँ।"

कर्तार ने उद्विग्नता से पूछा, "तुम होश में हो, यह सहायता की बात कर रहे हो या हत्या की?"

भवेश ने उसकी आँखों में देखा, "मैं तुमसे सहायता माँग रहा हूँ। यह हत्या नहीं, यह मेरी आत्मा और लक्ष्य को हनन से बचाने का एकमात्र सम्भव उपाय है। हत्या मैं किसकी करना चाहता हूँ? मैं केवल इस शरीर को

समाप्त कर देना चाहता हूँ, क्योंकि इस शरीर द्वारा कला और सरस्वती का अपमान और तिरस्कार हो रहा है। मेरा व्यक्तित्व तो मेरी कला में है, उसे कोई मार नहीं सकेगा। इस तिरस्कृत शरीर से मुक्त होकर मेरी कला उचित आदर पा सकेगी। हीन मनोवृत्ति, ईर्ष्यालु लोग मेरी कला का तभी समुचित आदर करेंगे। मेरी कला अमर हो जाएगी। मैं अपने बलिदान से अपनी कविता को अमर बनाने के लिए तुम्हारी सहायता चाहता हूँ, हत्या के लिए नहीं। तुमसे मैं हत्या के लिए नहीं कह रहा हूँ, परिस्थितियों से असहाय बन गए मित्र के प्रति सहायता का कर्तव्य पूरा करने की याचना कर रहा हूँ।"

कर्तार ने सिर हिला दिया, "चुप रहो! तुम बेहोशी में हो, नशे में हो...असम्भव बातें कर रहे हो।" कर्तार विचित्र संकट में फँस गया था। भवेश के प्रति आदर, सहानुभूति और करुणा क्रोध में बदल गए, "यह सब मेरे लिए सम्भव नहीं है, तुम जो चाहो सो करो।" उसने पछतावा अनुभव किया, किस मुसीबत को घर ले आया; नशे में जाने यह क्या उत्पात खड़ा कर दे! उसने साहस और निश्चय बटोर भवेश को कड़े स्वर में सम्बोधन किया, "तुम्हें जो करना है करो, मैं ज्यादा बात नहीं चाहता। मेहरबानी करो और यहाँ से चले जाओ।"

कर्तार की धमकी सुनकर भवेश मुस्कराया और नशे की लरज से अस्पष्ट गोल-गोल स्वर में बोला, "तुम्हें भी देख लिया, कला और प्रतिभा के लिए तुम्हारा आदर देख लिया। अब मैं अधिक दुत्कार और यातना नहीं सहूँगा। तुम लोगों को क्षमा नहीं करूँगा—यदि तुम मेरे साथ चलने और सहायता देने से इनकार करोगे तो यह शरीर इसी कमरे में पलंग पर लाश बनेगा। विष न होने पर वह बिजली का तार तो है! परन्तु मैं नहीं चाहता कि तुम समाज और पुलिस की तहकीकात की जवाबदेही के संकट में पड़ो।" भवेश मुस्करा दिया।

कर्तार भवेश की धमकी से चिढ़ गया, "मैं कहता हूँ तुम यहाँ से चले जाओ!" कर्तार ने स्वर दबाकर चेतावनी दी, "मैं अन्तिम बार कह रहा हूँ स्वयं चले जाओ वरना मुझे जबरदस्ती करनी पड़ेगी।"

भवेश ने उसकी ओर देखा और मुस्कराया, "मुझे धमकी देते हो, अच्छा।" वह गिलास उठाकर समाप्त करने लगा परन्तु उछल पड़ा।

भवेश के हाथ से गिलास फर्श पर गिरकर टूट गया। वह पलंग की पाटी पर झुककर ऊँचे स्वर से वमन करने लगा। कमरे में दुर्गन्ध भर गई।

कर्तार ग्लानि और विवशता में कमरे से चले जाने के लिए जीने की ओर घूमा, उसी समय पड़ोस से पुकार सुनाई दे गई, "कर्तार बाबू क्या बात है? क्या तबीयत खराब है?" पड़ोसी बिशन बाबू का स्वर था, समीप आते उनके कदमों की आहट भी सुनाई दी। कर्तार ठिठक गया, बिशन बाबू सहायता के लिए कमरे में चले आए तो क्या होगा! विकट परिस्थिति से माथे पर पसीना आ गया। वह तुरन्त जीने में हो गया और किवाड़ मूँद लिये।

बिशन बाबू ने अपना दरवाजा खोल लिया था, उन्होंने पूछा, "क्यों, क्या हुआ? कौन है?"

कर्तार ने सँभलकर उत्तर दिया, "ऐसे ही मेरा मित्र मेहमान है। उसकी तबीयत खराब थी, वमन हो गया है।" वह जीना उतरकर आँगन में गया। बिहारीलाल की कोठरी के सामने से दोनों हाथों में राख उठायी और अपने कमरे में जाकर वमन पर डाल दी। कर्तार कमरे में कोलाहल के कारण पड़ोसियों के सामने फजीहत होने की आशंका से विवश था। कमरे में दुर्गन्ध थी। भवेश उसकी अवज्ञा कर अथवा नशे में शिथिल हो, उसकी ओर पीठ कर लेट गया था। कमरे में खड़े या बैठे रहना कर्तार के लिए सम्भव न रहा। वह परिस्थिति से विवश दाँत पीसकर कमरे के किवाड़ उढ़काकर जीने से उतर गया।

कर्तार का मन ग्लानि से खिन्न था। भोजन के लिए ऐसी खिन्न अवस्था में होटल नहीं गया। सोचा, कहाँ जाए? महान कलाकार को श्रद्धा से निमंत्रण देकर घर ले आया, वह मेरा पैसा बरबाद कर, मेरे कमरे में दुर्गन्ध फैलाकर मेरे पलंग पर अधिकार जमाए है और मेरे लिए स्थान नहीं!

कर्तार विद्रूपमय असहाय अवस्था में फँसकर अपनी भावुकता के लिए पछताता रहता था। अपनी ऐसी अवस्था दूसरों को बताकर वह उपहास का ही पात्र बनता। वह परिस्थिति का उपाय सोचने के लिए, बाजार से निकलकर सूने पार्क की ओर चला गया।

पार्क में सड़क के प्रकाश से दूर गुलाब की क्यारियों के समीप बेंच पर जा बैठा। कर्तार अपनी विकट परिस्थिति से उद्धार का उपाय सोचना चाहता था। उसका मन अपनी भावुकता के लिए अनुताप से खिन्न था। मैंने क्या मुसीबत सिर ले ली...ये श्रद्धा के पात्र, महान कलाकार—यही इनकी वास्तविकता है!

पार्क की वायु शीतल थी। चारों ओर फूलों की भीनी महक थी। वहाँ आकर भी कर्तार के मस्तिष्क से, अपने कमरे में भवेश के वमन से भरी दुर्गन्ध का प्रभाव नहीं गया। कर्तार लगातार दुर्गन्ध से खिन्न हो गया, मस्तिष्क से दुर्गन्ध का प्रभाव दूर करने के लिए सोचा—फूलों के और समीप हो जाए। उसने घूमकर क्यारियों की ओर नजर डाली। क्यारियों के समीप खाद का बढ़ा ढेर लगा था। उसने पहचाना, वह दुर्गन्ध उसके कमरे में भरी दुर्गन्ध से भिन्न, सड़े हुए गोबर और दूसरे मैले की दुर्गन्ध थी। दुर्गन्ध भिन्न थी परन्तु अप्रिय और असह्य। कर्तार दुर्गन्ध से बचने के लिए गुलाब की क्यारियों से घिरी बेंच से उठकर खुले लॉन की ओर चल दिया। दुर्गन्ध की विरक्ति से थूक दिया। उसी सुबह पढ़ी भवेश की पुरानी कविता 'हे तापस गुलाब' का भाव याद आ गया। मन कड़वा हो गया, उसने क्रोध की विरक्ति से फिर थूक दिया—खाद समेटने की, जमीन खोदने की सब तरह की कड़ी मेहनत हम लोगों के भाग्य में है, इन कलाकारों का काम है केवल फूलों पर मँडराना, उनके सौरभ और सौन्दर्य के गीत गाना...!

कर्तार को याद आ गया, वह पहले भी कई बार उस पार्क में उसी बेंच पर बैठ जाता था। चारों ओर फूलों से भरी क्यारियों को देखकर अपनी कल्पना और भावुकता को जगाने का यत्न करता था। अपनी भावुक कल्पना को पद्यबद्ध कर देने अथवा किसी चमत्कारिक कल्पना की कहानी का रूप दे सकने के स्वप्न देखता था जिससे लोग फड़ककर वाह-वाह कर उठें। वह अपने प्रयत्न में असफल रहकर भवेश और दूसरे कवियों के पद गुनगुनाने लगता। भावपूर्ण कहानियाँ याद आ जातीं। उस समय भवेश और उसकी रचनाओं की याद, उसके वमन की दुर्गन्ध और दूसरों को अपना सेवक समझने के अहंकार की

याद दिलाने लगी। चाहता था, घर लौटकर उसे लातें मार-मारकर अपने स्थान से निकाल दे। पर कैसे?

उसने घृणा से एक बार और थूक दिया। ये केवल बातों के बाजीगर हैं, भ्रम उत्पन्न करने की कलाबाजी ही इनकी कला है। बातों के अतिरिक्त ये क्या बनाते हैं किसी के लिए! इनकी प्रतिभा और सामर्थ्य केवल मानसिक विलासिता, दिमागी दिल्लगी और काल्पनिक तमाशबीनी जुटाना है और उसके मूल्य में चाहते हैं संसार का सबकुछ और समाज में सबसे अधिक आदर।

कर्तार को अपनी सरलता और भावुकता के लिए पछताते हुए खयाल आया—नशे में धुत अहंकारी मूर्ख से तर्क करने की क्या आवश्यकता! उसकी बात मानकर उसे बाजार तक साथ ले आता और फिर मेरी बला से, वह जो करता, जहाँ जाता...। कह रहा था, घड़ी-दो घड़ी विश्राम करके पुल पर जाएगा। कर्तार ने कलाई पर बँधी घड़ी में समय देखा और लौट पड़ा।

कर्तार अपने कमरे में लौट आया। भवेश उसके पलंग पर गहरी नींद में था। कर्तार ने परेशानी अनुभव की, ऐसी अवस्था में क्या करे! भवेश को अपने पलंग पर रहने देना सह्य न था परन्तु खटका नहीं करना चाहता था।

पलंग के नीचे वमन पर राख पड़ी हुई थी। पिछली रात की तरह फर्श पर गद्दा बिछाकर लेट जाना भी सम्भव नहीं था। सुबह तक भवेश को अपने पलंग पर कैसे रहने देता! कर्तार ने भवेश को धीमे-से पुकारा। नींद न खुलने पर कन्धे से पकड़कर हिलाया। बहुत हिलाए जाने पर भवेश ने लाल-लाल आँखें खोलकर पूछा, "क्या है?"

कर्तार ने चेतावनी दी, "उठो! एक बज रहा है। तुम्हें पुल पर जाना है।"

भवेश ने कर्तार की बात समझने के लिए पलकें झपकीं और झुँझलाहट से उसका हाथ झटक दिया, "हटो परे!" और फिर करवट ले ली। कर्तार ने उसे कन्धा हिलाकर फिर चेतावनी दी, "उठो, नहीं तो दिन निकल आएगा, लोग आने-जाने लगेंगे।"

भवेश ने कर्तार का हाथ अपने कन्धे से झटककर क्रोध से ऊँचे स्वर में फटकार दिया, "हटो परे, पागल हो! इस समय मेरी अवस्था और मूड आत्महत्या के लायक है?"

भवेश मुँह तकिये में दबाकर औंधा हो गया। कर्तार ने विवश, विस्मय से सिर पर हाथ मार लिये। यह क्या...यह भी कोई कला है कविता है... कहानी है!

■

मंगला

जीव-विद्या सीखने और चिकित्सा शास्त्र की खोज करने के लिए कुछ जीवों के शरीर को काट-छाँटकर जाँच-पड़ताल करनी पड़ती है। इस प्रकार की जाँच और खोज से जीवों के शरीर में होनेवाली व्याधियों के बारे में अनेक गुत्थियाँ और उलझनें सुलझ जाती हैं। चिकित्सा का काम भरोसे से किया जा सकता है। लाखों जीवों के प्राण बचाए जा सकते हैं परन्तु जिस जीव का शरीर काट-छाँटकर उलझन सुलझायी जाती है, उस बेचारे को जीव-विद्या या चिकित्साशास्त्र से प्राप्त हुए ज्ञान से कुछ लाभ पहुँच नहीं सकता। उसे दूसरों के लिए बलिदान हो गया समझकर उसके प्रति केवल सहानुभूति और कृतज्ञता ही प्रकट की जा सकती है।

हमारे समाज में मौजूदा विषमता और हमारे सामाजिक न्याय के तराजू में आ गए पासंग को प्रकट करने के लिए मंगला के जीवन की भी छीछालेदर हो गई। मंगला के जीवन में फूटे हुए घावों की जाँच-पड़ताल करके यदि सामाजिक रोग के कारणों का ज्ञान हो सके और सामाजिक न्याय के तराजू में आ गए पासंग को दूर किया जा सके तो अच्छा ही है। मंगला के प्रति तो सहानुभूति प्रकट करने के अतिरिक्त कुछ और किया नहीं जा सकेगा।

जीव-विद्या और चिकित्सा-शास्त्र की खोज के प्रयोजन से शरीर छेदन के लिए स्वस्थ और सुडौल जीवों को ही चुना जाता है। समाज ने भी अपनी अव्यवस्था को ठीक परिमाण और मात्रा में जाँचने के लिए मंगला को ही चुना।

अल्मोड़ा के पहाड़ी प्रदेश में हिन्दू सम्प्रदाय का प्राधान्य है। वहाँ हिन्दू सामाजिक प्रणाली और वर्ण-व्यवस्था पर विधर्मी और विदेशी संस्कृति का प्रभाव बहुत कम पड़ा है। मंगला का जन्म अल्मोड़ा के एक ब्राह्मण परिवार में हुआ था। उसके माता-पिता बचपन में ही मर गए थे परन्तु वह तो जैसे जीवन का वेगवान उच्छ्‌वास लेकर ही पैदा हुई थी; निराला ही स्वास्थ्य और निराला ही रूप उसके शरीर में फूटा था। वन्य वनस्पति के रस की छलछलाहट, पहाड़ी नदी का वेग और चौखम्भा की बर्फानी चोटियों से आती वायु के झोकों की निर्मलता उसके रक्त में थी। यों तो सभी स्त्री-पुरुष एक समय किसी-न-किसी को आकर्षक जान पड़ते हैं और उससे सृष्टि का क्रम चलता रहता है परन्तु कभी-कभी कुछ लोग नमूने के तौर पर भी सुन्दर होते हैं जिनके सौन्दर्य की उपेक्षा नहीं की जा सकती और जिन्हें देखकर पलकें झपक जाना भूल जाती हैं। मंगला ऐसी ही थी और शायद वह जीवन के लिए वैसी ही उत्सुक और समर्थ भी थी जैसे कि ऊँचे पहाड़ की गोद में फूटनेवाला नाला ढलवान पर बहकर नदी में मिल जाने के लिए व्यग्र रहता है।

मसेड़ा गाँव का बंसीधर पांडे अच्छा खाता-पीता ब्राह्मण किसान था। उसका बड़ा लड़का लक्ष्मीदत्त बागेश्वर के स्कूल में पढ़-लिखकर नीचे देश में नौकरी करने लगा था। पढ़-लिखकर भी अपने शरीर को किसानी के कष्टकर कर्म में तोड़ना लक्ष्मीदत्त को पसन्द नहीं था। खेतों में 'हालियों' से हल जुतवा लेने के बाद भी खेती का बहुत-सा कष्टकर काम रह जाता है। खेत की निराई, फसल की कटाई, ढुलाई के अलावा घर के पशुओं के लिए नित्य घास-पत्ता लाना, घर के लिए वन से ईंधन और नीचे खड्ड में सोते से जल लाना लक्ष्मीदत्त के लिए रुचिकर न था। वह शरीर से भी विशेष पुष्ट न था इसलिए पहाड़ी देहात में खेती-बाड़ी का काम बाप और सौतेले छोटे भाई केशवदत्त पर छोड़कर बरेली में एक ठेकेदार के यहाँ मुंशीगिरी करने लगा था।

लक्ष्मीदत्त जीविका चाहे जहाँ जाकर कमाता, घर तो उसका अल्मोड़ा के पहाड़ों में था। वहाँ ही उसकी जात-बिरादरी थी इसलिए ब्याह उसका वहाँ ही होना था। लक्ष्मीदत्त के पिता ने शहर में रहनेवाले अपने बाबू

लड़के के ब्याह के लिए 'मातूरी' गाँव के रुद्रदत्त जोशी की भतीजी मंगला को चुना। अनुभवी प्रौढ़ बंसीधर का विचार था कि पढ़ने-लिखने और शहर में रहने से लड़के का मिजाज शौकीन हो गया है। उसके लिए सुन्दर लड़की ही चाहिए। बहू सुन्दर होने से लड़के को पहाड़ का देहाती जीवन इतना नीरस न जान पड़ेगा।

बंसीधर अपने शौकीन, बाबू लड़के को चाहे जो कुछ समझता हो, दूसरे लोगों को ब्याह के समय ही यह जोड़ी कुछ जँची नहीं थी। बच्चाराम की आदत ही तीखी बातें कहने की है। बंसीधर को आड़ में देख उसने कह ही दिया, "यह भी क्या जोड़? जैसे ऊँची रास की गया के गले मेढ़ा बाँध दिया हो?"

मंगला ससुराल गई। उसकी ससुराल का घर मायके के घर से बड़ा था। यहाँ खाट की जगह पलंग था। बर्तन-भाँड़े अधिक और बड़े-बड़े थे। दूध-दही था परन्तु मंगला का आदर नहीं, उसके लिए दुर-दुर ही थी।

मंगला के पति लक्ष्मीदत्त ने पहले तो बड़ा चाव और लाड़ दिखाया लेकिन तुरन्त ही जैसे उसका मन फट गया। वह मुँह छिपाने लगा। सभी जवान बहुओं की तरह मंगला चाहती थी 'वो' आए और बात करे परन्तु लक्ष्मीदत्त कतरा जाता, जैसे बात करने को उसका जी न चाहता हो, झेंप आ जाती हो या रूठ गया हो। लक्ष्मीदत्त जल्दी ही अपनी नौकरी पर लौट भी गया।

मंगला की सौतेली सास ने तो पहले ही दिन समझ लिया था कि हिस्सा बँटानेवाली बैरन आ गई थी। मंगला अपने घर में सब तरह का काम और खेती-पाती का भी काम करती आई थी। वह ससुराल में भी सब काम करने के लिए तैयार थी। बिना कहे भी वह काम करना चाहती थी परन्तु वह जिस काम को हाथ लगाती, सास टोककर बिगड़ उठती। मंगला कुछ न करती तो सास गाली देती कि हरामी हाथ है।

भाग्य की बात, लड़के का ब्याह करने के चार ही महीने बाद मंगला के ससुर को लकवा हो गया और वह चल बसा। मंगला की सास सिर और छाती पीट-पीटकर बहू को गालियाँ देने लगी, "डायन माँ-बाप को खाकर मेरा घर खाने आई है। आते ही मेरा सुहाग निगल लिया।"

लक्ष्मीदत्त बाप के मरने पर पन्द्रह दिन के लिए घर आया था। मंगला सोचती थी—'वो' आएगा तो कहेगी कि सौतेली सास मुझसे जलती है, मुझे भी देश ले चलो। वहाँ तुम्हारे साथ रहूँगी, तुम्हारी खिदमत करूँगी।

लक्ष्मीदत्त घर आया तो मंगला से ऐसे कतराता रहता जैसे पहाड़ी लोग 'सिसूँड़' (बिच्छू-झाड़ी) से बचकर निकल जाते हैं।

मंगला सोचती, सास ने जाने इसे क्या पढ़ा दिया है। वह सौतेली होकर भी इतनी सगी हो गई। मुझे ब्याह कर लाया है सो मुझसे बात भी नहीं करता। मौका लगे तो पूछूँ मैंने तेरा क्या बिगाड़ा है। कभी माथे पर हाथ रख यह भी सोचती—हाय, लोग तो मुझे कैसे-कैसे देखते थे? यह जाने क्यों मुझे बिच्छू समझ रहा है। मंगला बात करने का मौका जोहती रहती। लक्ष्मीदत्त रात में जाकर गोशाला में सो जाता। वह यत्न में रहता कि बहू से अकेले में सामना न हो। कभी अकेले में मिलना हो ही जाने पर यदि बहू को अपनी ओर प्यासी आँखों से देखते पाता तो उसे पसीना-सा आ जाता, आँखें झुक जातीं। मुँह फिराकर चल देता मानो कुछ जानता ही नहीं। बाप का पिंड कराकर वह जल्दी ही नौकरी पर देश लौट गया।

सास की आँखों पर क्या रुई के फाहे रखे थे! वह सब देखती थी। उसने लक्ष्मीदत्त का मन बहू से फिरा देखा तो चैन की साँस ली। कैकेयी को जितना लोभ अपने पुत्र भरत के लिए दशरथ का राज पाने का था, मंगला की सास को घर की जमीन अपने पुत्र के लिए ही सुरक्षित रखने का लोभ उससे कम न था। सास ने सोचा, यह कुलच्छनी बहू बाँझ ही बनी रहे तो अच्छा। उसने यह भी सोचा कि मैं औरतजात जमीन-जायदाद की बात क्या समझूँ? लड़का केशव अभी छोटा है। उसने अपने छोटे भाई और भौजाई को बुलाकर घर पर रख लिया।

मंगला की सास को विधवा हो जाने पर खयाल हो गया कि वह माँदी हो गई है। मैं माँदी हो गई हूँ, यह चार हाथ ऊँची साँडनी-सी बहू क्या करेगी? रूखड़ है। घर में बेकार बोझ ही तो है।

मंगला का जीवन और कठिन हो गया। सास रसोई-बर्तन, घर और गोरूओं के लिए पानी लाने, गोशाला समेटकर खाद खेत में डालने और खेती का भी काम उसी से लेने लगी। खाने के लिए मंगला को मडुँए

की रोटी देती। सास घर की छाछ चाहे बैलों को पिला देती, चाहे 'हाली' को दे देती परन्तु बहू को न देती। क्यों दे उसे? यों ही बदन से लहू फटा जा रहा है। फनियर नागिन-सी फुँकारती फिरती है। आकर ससुर को खा गई। खसम को सुहाती नहीं। कोई औरत है?...जैसे धतूरे का फूल। दैव ने लुभाने को रूप दिया है, बस लुभाने-भर को है।

लक्ष्मीदत्त बरस-भर घर नहीं आया। वह अपनी कमाई का रुपया घर जरूर भेज देता था परन्तु मनीआर्डर मंगला के नाम नहीं, अपने छोटे सौतेले भाई केशवदत्त के नाम भेजता था। सास मंगला को गाली देकर कहती—यह मुँहजली राँड है ही ऐसी कि इसके डर से मेरा लड़का घर नहीं आ पाता। बेचारे को दैव बनाए रखे। यहाँ आएगा तो यह नागिन उसे भी डस लेगी।

मंगला ने आते-जाते आदमियों के हाथ, तीन कोस दूर 'मसूरी' गाँव में अपने चाचा के यहाँ कई बार सन्देश भेजा—मेरी जिन्दगी जोखिम हो रही है आकर ले जाओ। चाचा ने कई बार सन्देश मिलने पर अपने लड़के के जनेऊ पर मंगला को बुलवा भेजा।

मंगला को पीहर आए दस दिन भी नहीं बीते थे कि उसकी ससुराल से आदमी उसे लौटा ले जाने के लिए आ गया। उसके देवर को लकवा हो गया था और सास ने उसे लौटा लाने के लिए अपने भाई को भेज दिया था।

मंगला लाचार ससुराल लौट आई। सास ने गिड़गिड़ाकर, झोली पसार-पसारकर उससे अपने बेटे के प्राणों की भीख माँगी। सास को विश्वास था कि मंगला डायन है और उसने उसके लड़के पर 'घात' मरणमंत्र डाल दिया है। सास ने मंगला के पाँव छू-छूकर कहा—तू सब खेत, जमीन, घर, गोरू सँभाल ले। मेरे बेटे की जान छोड़ दे। उसने मंगला की बहुत खुशामद की। उसके लिए नया घाघरा, चादरा और अंगा भी बन गया।

मंगला लज्जा और दुख के मारे मरी जा रही थी। वह हरदम मनाती रहती—रामजी मेरे देवर का दुख दूर करो, चाहे मेरी जान ले लो! मेरे देवर को चंगा कर दो। इससे पहले उसने सास से दुख पाकर मन-ही-मन सास को क्या-क्या अभिशाप नहीं दिये थे परन्तु अब वह सास के दुख से दुखी होकर सास के लिए और अपने देवर के लिए शुभ कामना करने लगी।

ओझाओं की मंत्र-शक्ति के बल से या मंगला के दया कर अपना शाप हटा लेने से, जैसे भी हो, मंगला का देवर चंगा हो गया। मंगला की फिर वही पुरानी दशा हो गई। सास, सास के भाई और भौजाई तथा देवर का खाना बनाने, बर्तन-भाँड़े का काम, घर और गोरुओं के लिए घास-पानी की ढुलाई, गोशाला का खाद खेतों में डालना, अनाज कूटना और फिर खेती का भी काम। खाने के लिए अनाज कम और गालियाँ अधिक। देवर की बीमारी के समय जो भले रंगीन कपड़े उसे सिलाकर दिये गए थे वे घिसकर बेरंग होकर फट भी गए परन्तु उन कपड़ों के लिए सास की गालियाँ और ताने बढ़ते ही गए थे।

लक्ष्मीदत्त रुपया घर जरूर भेज देता परन्तु स्वयं कभी न आता। मंगला दिन-भर मेहनत करती। रात में कुछ देर रोती, कुछ देर सोती। रूखा अन्न खाती और दुर-दुर झेलती। उसके कपड़े-लत्ते फट-फटकर गिर जाना चाहते थे परन्तु वह उन्हें गाँठ बाँध-बाँधकर सहेजे थी। उसके अंगों का सुडौलपन, जो अच्छे मजबूत कपड़ों में छिप न सकता, इन चीथड़ों में क्या सँभलता! कुछ नहीं था तो भी उम्र तो थी। प्रकृति ने उसे जो रूप दिया था, उसका मूल्य अभी प्रकृति लौटा कहाँ पाई थी!

अपने घर में ठुकराई और दुत्कारी हुई मंगला के लिए बीसियों आँखों में आदर और चाव था, पर इस आदर और दुलार में एक चुभन और भय था। गृहस्थिनों को आतंकित करनेवाले आदर और दुलार से रक्षा करने के लिए परिवार और पति की आड़ होती है परन्तु मंगला को ठेलकर रक्षा की इस आड़ के बाहर निकाल दिया गया था। वह आदर और दुलार का झोंका अनुभव करती तो भय से सिहर जाती। चाहती कि छिप जाए परन्तु छिपती कहाँ? उससे तो आड़ छीन ली गई थी। वह चाहती थी मायके ही चली जाए। जैसी मेहनत-मजूरी ससुराल में करती है, वैसी ही वहाँ भी कर लेगी। दुत्कार-फटकार से बची रहेगी। मंगला ने चाचा के यहाँ कई सन्देश भेजे परन्तु किसी ने उसकी चिन्ता नहीं की। जिस औरत का आदमी उसकी चिन्ता नहीं करता उसका दरद कौन करेगा? कभी सोचती कि जोगन ही हो जाए। उसने सुना था 'बागेश्वर' में जोगिनें रहती हैं पर बागेश्वर की राह उसे मालूम न थी।

कुमाऊँ-अल्मोड़ा में नीच समझी जानेवाली जातियों की आर्थिक अवस्था प्राय: खराब है। कठिन परिश्रम के सब काम ऊँची जातियों के लिए भी उन्हें ही करने पड़ते हैं। उन्हें 'शिल्पकार' नाम से पुकारा जाता है। हल की मूठ छूने से जिन ब्राह्मणों के जातिच्युत हो जाने की आशंका रहती है उनकी जमीन पर हल जोतने का काम शिल्पकार ही करते हैं। कद-काठी और रूप-रंग भी इनका अपनी आर्थिक अवस्था के अनुसार ही हो सकता है। देखने से ही लोग कह देते हैं कि ऊँची जातियाँ आर्य रक्त से हैं और शिल्पकार लोग भिन्न नस्ल के या आदिवासी हैं। शिल्पकारों की आर्थिक अवस्था दयनीय होने के कारण इनकी स्त्रियाँ ऊँचे वर्ण के लोगों के लिए सुलभ रहती हैं। उच्च वर्ण वर्णाश्रम के नियामक मनु महाराज ने अन्त्यजों (शिल्पकारों) को अस्पृश्य बताया है परन्तु शिल्पकार जाति की स्त्रियों के सम्बन्ध में उच्च वर्ण के लोगों की कामना और वासना मनु के आदर्शों का पालन नहीं कर सकती।

शिल्पकारों में कभी-कभी रूप-रंग देखने में आ जाता है जो ऊँची जाति के ब्राह्मण ठाकुर को भी लजा दे। विस्मय प्रकट करने पर उत्तर मिलता है कि द्विज लोग कामिनी और कंचन की कद्र कीचड़ में पड़े रहने पर भी करने से नहीं चूकते इसलिए कहीं-कहीं शिल्पकारों में रक्त के सम्मिश्रण से ऊँची जात की पूरी रूपरेखा दिखाई दे जाती है। बंसीधर पांडे का 'हाली' शेरुआ ऐसा ही शिल्पकार था।

मंगला को ससुराल के घर में अगर किसी से दुत्कार-फटकार नहीं थी और यदि कोई कभी उससे आदर और सहानुभूति का बोल बोल देता था तो हाली शेरुआ ही। शेरुआ मंगला की आँखों में आँसू लटके देखता तो उसके चेहरे पर सहानुभूति झलक आती। कभी मंगला मन का बोझ हल्का करने के लिए अपना दुख उससे कह ही डालती तो वह ढाढ़स बँधाता—बराणज्यू (मालकिन) धीरज धरने से ही होता है। कभी वह लक्ष्मीदत्त को चिट्ठी लिखवाने की बात समझाता, कभी मायके में चाचा को सन्देश भेजने की राय देता। मंगला जानती थी इन सब बातों से कुछ होने का नहीं। वह गहरी साँस ले चुप रह जाती। मंगला ने कई बार शेरुआ से पूछा, "शेरुआ, बागेसर कितनी दूर है?...कौन राह जाती है?"

"क्या करोगी मालकिन?... बागेसर का क्या होगा? बराणी (घरवाली) का अपने घर रहना ही ठीक होता है।" शेरुआ ने समझाया।

"यह घर है?" मंगला ने उत्तर में पूछा, "घर कौन छोड़ता है? घर ही होता तो क्या बात थी! घर से तो इन लोगों ने निकाल ही रक्खा है। मैं घर से चिपकी हूँ। चली जाऊँगी तो इन लोगों को भी चैन होगा। मेरे भी दिन राम का नाम लेते कट ही जाएँगे। यहाँ ही क्या है!"

"नहीं, ऐसे मन छोटा मत करो बराणज्यू! मालिक आएँगे। तुम्हारे दिन फिर जाएँगे। देश-विदेश गए आदमी को घर लौटने में सौ झंझट हो सकते हैं। धीरज धरो!" शेरुआ सहानुभूति से समझाता।

मंगला जोगन बनने की बात सोचती रहती परन्तु साहस न कर पाती। दिन कटते जा रहे थे। कई महीने और कट गए। बरसात बीती ही थी। जंगलों में ईंधन प्रायः गीला था। एक दिन सास ने मंगला को ईंधन बटोर लाने भेजा। उसे लौटने में देर होती देख सास थोड़ा-सा धान ले खुद ही कूटने लगी थी कि मंगला लौटी। सास ने बिलम्ब से आने के अपराध में धान कूटने का मूसल ही मंगला की कमर पर दे मारा।

मंगला मूसल की चोट से बैठकर रो रही थी कि सास ने एक लात और उसकी पीठ पर मारकर कहा, "क्यों रो रही है जनमनेवालों को? और किसको खाएगी? घर में बूँद पानी नहीं है। मर, जाकर एक गागर ला नहीं तो हड्डियाँ तोड़ती हूँ! बड़ी फूलजादी है। मूसल पीठ में छुआ भी नहीं और रो-रोकर गाँववालों को सुना रही है।"

मंगला गागर उठाकर पानी लेने खेतों में से उतर नीचे बावड़ी पर गई। ऊँची जात की बावड़ी से बहा हुआ जल नीचे गढ़े में इकट्ठा होता रहता था। वहाँ से शिल्पकार लोग पानी भर लेते थे। शेरुआ भी अपना घड़ा लेकर पानी लेने आया हुआ था। उसे देख मंगला ने रोकर और हाथ जोड़कर कहा, "भाई शेरुआ, आज तू मुझे 'बागेसर' की राह बता दे। नहीं तो मैं दाँतुल गले में मारकर मर जाऊँगी। तुझे ब्राह्मणी की हत्या का पाप लगेगा।"

शेरुआ ने संवेदना से मंगला के रोने का कारण पूछा। मंगला ने अपनी कमर पर हाथ रखकर कहा, "ऐसी मार तो नहीं खाई जाती। या तो आज रात चली जाऊँगी या गले में रस्सी देकर मर जाऊँगी।"

शेरुआ ने मंगला को बताया, "बाएँ हाथ की जो पगडंडी उतरती है, उससे कोस-भर जाकर 'नतेड़ा' गाँव है। फिर कोस-भर पर 'जोबर' है। वहाँ से सड़क मिलती है। पाँच कोस होगा बागेसर वहाँ से, पर बराणज्यू तुम भटक जाओगी। रात को जंगल में कहाँ भटकोगी? कोई आदमी ही मिल जाए? सभी आदमी तो भले नहीं होते।"

"तू सड़क तक पहुँचा देना।"

"अच्छा।"

'एक पहर रात गए यहाँ बावड़ी पर रहना, मैं आऊँगी। देख, मेरी मदद करेगा तो यह कड़े तुझे दे दूँगी।" अपने हाथ के चाँदी के कड़े दिखाकर मंगला ने कहा।

शेरुआ ने हामी भर ली।

मंगला उस रात चौके-बर्तन का काम समाप्त करके सोने के लिए गोशाला की पौड़ पर गई तो जाकर सदा की तरह थकावट से लेट गई। घुटनों पर ठोड़ी रखे बैठी सोचती रही। कुछ देर बाद उठी और बिना आहट किये बावड़ी की पगडंडी पर उतर गई।

बावड़ी के पास शेरुआ एक मैली-सी पंखी (लोई) ओढ़े और हाथ में छोटी-सी लाठी लिये झाड़ी की ओट में बैठा था। मंगला को देखकर वह सामने आ गया। मंगला उसके पास आकर चुप खड़ी हो गई।

शेरुआ ने बहुत धीमे स्वर में मंगला से कहा, "बराणज्यू लौट जा!"

"ना" मंगला ने इनकार में सिर हिला दिया।

शेरुआ आगे-आगे चला और मंगला पीछे-पीछे। कुछ दूर जाकर शेरुआ बोला, "गाँव को बचाकर चक्कर से चलें? कोई पूछेगा तो क्या जवाब देंगे! समझीं?" मंगला ने हामी भर ली।

मंगला शेरुआ के पीछे-पीछे रात-भर चलती रही। वे लोग सड़क पर नहीं, पगडंडियों की ही राह चले जा रहे थे। पौ फटने लगी तो शेरुआ ने मंगला को समझाया, "दिन की रोशनी में काहे को चलें। कोई पूछेगा तो सवाल-जवाब करना पड़ेगा। यहाँ पास ही मेरे चचेरे भाई भोगिया लुहार का घर है, थकी भी है तू। दिन में कुछ बना-

खाकर सो रहना। अलग से बर्तन और अनाज दे देंगे। रात को फिर आगे चले चलेंगे।"

मंगला मान गई और ऐसे ही हुआ। शेरुआ ने अपने भाई से कहकर मंगला को बर्तन और चावल-दाल दिला दिया। भोगिया के घर के पास ही नीचे पानी था। मंगला नीचे उतरकर अपने हाथ से पानी ले आई। उसने अपने लिए बनाकर खाया और किवाड़ बन्द किये। कुछ देर पड़ी सोचती रही और फिर सो गई।

मंगला की नींद खुली तो उसने किवाड़ों की फाँकों से झाँककर देखा, धूप सिमट चुकी थी, सूरज डूबने को हो रहा था। सोचा, जरा अँधेरा हो जाए तो शेरुआ आए और फिर आगे चलें, जोगियों के अखाड़े में पहुँच जाएँ। उसका मन अभी से जोगिनों का-सा हो रहा था। वह संकट से मुक्ति की साँस ले रही थी।

शेरुआ अँधेरा होने पर आया। वह एक लत्ते में आटा बाँधे था। बोला, "भूखी क्यों चलेगी? पकाकर खा ले। रात पड़ लेने दे। अब दूर ही कितना है। यहाँ से तो बागसेर तीन ही कोस है।"

शेरुआ ने बहुत हित से बात कही थी। मंगला ने मान ली। मंगला ने रोटी सेंकी और खाकर वह चलने के लिए तैयार हो गई। शेरुआ फिर आया तो एक पहर बीत चुकी थी। वह मंगला के पास बैठकर बोला—

"सुन बराणी, जोगन बन जाएगी तो क्या जात बच जाएगी?"

"कहाँ जात बच जाएगी", उदासी से मंगला ने उत्तर दिया, "जोगी, जोगन की जात क्या? जान बच जाए, जात का क्या है; नहीं बचती तो जाए!"

"तो फिर हम-तुम बस जाएँ?...मेरे साथ कराव कर ले न! नियमित विवाह के बिना घरवाली बन जाना।" शेरुआ ने मंगला के समीप सरककर कहा।

मंगला सहसा कुछ कह नहीं सकी। वह अपने आँचल में सिमटकर परे हट गई। शेरुआ ढिठाई से मंगला के बहुत समीप हो गया और लम्बे-लम्बे गरम-गरम साँस लेने लगा।

मंगला ने उत्तर दिया, "ना शेरुआ, ऐसा कहीं होता है! जोगन ही बनूँगी। वही भाग्य में है।"

"मान जा!" शेरुआ ने मंगला की ओर झुककर हाथ उसकी पीठ पर रख दिया।

मंगला ने "ना ना" कहा और शेरुआ का हाथ बार-बार परे हटाया परन्तु वह लड़ाई न कर सकी। उसकी आँखें मुँद गईं और हाथ शिथिल हो गए। वह अपने ब्राह्मण आदमी से क्या चाहती थी?...'आदमी' की बाट जोहती रही। और शेरुआ 'आदमी' ही तो था!...कितना अच्छा!... वह उसका 'आदमी' बन रहा था।

रात का एक पहर क्या तीन पहर बीत चुके थे। अँधेरी कोठरी में मंगला जमीन पर शेरुआ की बाँह पर सिर रखे पड़ी थी। उसने शेरुआ से पूछा, "तो कहाँ बसेंगे?"

"कितना पहाड़ी देश पड़ा है, कितना मैदान का देश पड़ा है! जहाँ हाथ-पाँव हिलाएँगे।"

दो दिन शेरुआ और मंगला भोगिया के यहाँ ही रह गए। उन्हें सूरज निकलने-डूबने का भी पता न चला। भोगिया भाई को शरण देने के लिए तैयार था परन्तु दो-दो जीवों को पेट-भर खिलाते रहना उसके बस की बात न थी। उसकी अपनी घरवाली और लड़की और स्वयं भी पड़ोस के गाँव में खेतों में मजदूरी करते थे तो पेट भरता था। उसने शेरुआ और मंगला से भी कहा, "पेट भरने को तुम भी कुछ हाथ-पाँव हिलाओ!"

शेरुआ खेतों पर जाने के लिए तैयार हो गया। मंगला भी तैयार हुई।

भोगिया ने मंगला को समझाया, "यह सोने की फुल्ली नाक का आभूषण और चाँदी की इतनी भारी हँसली और कड़े किसने कब शिल्पकारों के यहाँ देखे हैं? ये गहने लोगों की आँखों में गड़ेंगे। ला इन्हें दे दे, सँभालकर रख दूँ।"

मंगला ने गहने उतार दिये। असली गहना तो अब उसके मन में था। मंगला भोगिया की बहू की तरह अपने चीथड़ा लहँगे को सँभाल और चदरे का फेंटा कमर में कसकर फसल काटने के लिए खेतों में गई और शिल्पकारों की तरह काम करती रही। दो-तीन दिन यह चला।

शेरुआ ने मंगला से सलाह की, "ऐसे नहीं चलेगा। भोगिया के यहाँ कितने दिन निबहेगी? हम लोग बागेसर के सख्त मैदान के देश में चले

चलें। घर पर मेरी थोड़ी चाँदी (रुपया) दबी रक्खी है। मैं जाकर ले आऊँ। तू भोगिया के साथ कल 'बागेसर' पहुँच जा।"

दूसरे दिन मंगला भोगिया के साथ बागेसर चली गई। बागेसर के बाजार में मुसाफिर जिन दुकानों से सौदा-पत्ता खरीदते हैं उन्हीं दुकानों पर टिक भी जाते हैं। शिल्पकार ऊँची जाति की दुकानों में नहीं ठहर सकते। वे या तो किसी शिल्पकार के घर ठहरें या तीन-चार मुसलमान दुकानदारों में से किसी के यहाँ। भोगिया बागेसर आता था तो लोहा और दूसरा सौदा-सुल्फ नजीर पंसारी के यहाँ से खरीदता था और उसी के यहाँ रात भी काट लेता। शेरुआ को उसने नजीर के यहाँ आ जाने को कह दिया था।

भोगिया मंगला को लेकर संध्या-समय बागेसर में नजीर के यहाँ पहुँचा। आते ही उसने कहा, "मेरी भौजी साथ है। हम ठहरेंगे। जगह चाहिए। मेरा भैया भी आता होगा।"

नजीर मियाँ ने जगह दे दी।

शेरुआ आधी रात बीते तक भी नहीं आया। मंगला का मन घबरा रहा था। दूसरे दिन सुबह भी शेरुआ न आया। दोपहर के समय शेरुआ तो क्या आता, भोगिया भी गायब हो गया।

शेरुआ संध्या तक भी न आया तो नजीर मियाँ ने मंगला से पूछा, "बहू, तेरा आदमी नहीं आया। तेरा देवर कह गया था, सौदे के लिए दाम कम पड़ रहे हैं। घर से दाम लेकर शाम तक लौटूँगा। वह अभी आया नहीं।"

नजीर की बात सुनकर मंगला के मन में खटका हुआ। उसने पूछा, "मेरा जेवर उसके पास था?"

"मुझे तो और कुछ नहीं कह गया" नजीर ने उत्तर दिया, "अभी लौटा नहीं, वह सबेरे तक आ ही जाएगा। तेरे खाने-वाने का क्या होगा।"

मंगला चुप रह गई!

नजीर मियाँ ने सोचा, बेचारी बहू भूखी काहे को रहे। पड़ोस में जाकर हिन्दुओं से कहा, "शिल्पकार अपनी भौजी को छोड़कर सौदे के लिए रुपया लेने घर गया था, लौटा नहीं। अभी तक बेचारी राह देखती रही। उसने कुछ आटा-चावल माँगा नहीं। तुम लोगों के यहाँ बना कुछ फालतू हो तो दे दो। बेचारी भूखी काहे को रहे।"

नजीर के पड़ोस में सुनार का घर था। उसने बहू के लिए दो रोटी-तरकारी पहुँचा दी। मंगला ने जो मिला खा लिया और सोचती रही, मेरे साथ जाने क्या होने को है।"

अगले दिन भी जब दोपहर तक न भोगिया और न शेरुआ ही लौटा तो वह निराश हो भाग्य का खेल देखने की प्रतीक्षा में बैठ गई।

नजीर मियाँ ने मंगला को सुनाकर आश्चर्य प्रकट किया, "तेरे आदमी क्यों नहीं आए? क्या बात होगी? खैर, तू सौदा ले ले और बनाकर खा; भूखी क्यों बैठी रहेगी?"

उस दिन भी भोगिया और शेरुआ साँझ तक नहीं आए तो नजीर ने चिन्तित स्वर में कहा, "बहू, तेरे आदमी किसी झगड़े में तो नहीं फँस गए? सुनते हैं, मसेड़ा से शिल्पकारों ने कोई ब्राह्मणी भगाई है और लापता है। उसकी ढूँढ़ हो रही है। तेरा आदमी और देवर उसी झगड़े में तो नहीं फँस गए?"

मंगला रो उठी, "बाबा, मैं ही हूँ!"

नजीर मियाँ के पाँव तले की धरती निकल गई, "तो क्या मुझे मरवाओगी?...अच्छा धोखा किया तुम लोगों ने!...भाई तुम लोगों को जहाँ जाना था अपने चले जाते। वे लोग तो तुझे-मुझे छोड़ अपनी जान बचाकर भाग गए और जान पड़ता है तेरा जेवर भी ले गए। पुलिस मुझे भी पकड़ेगी और तेरी भी मिट्टी खराब करेगी।"

"बाबा, अब तुम जानो जैसे हो बचाओ।" रोकर मंगला ने उत्तर दिया।

"मैं क्या जानूँ बहू।" नजीर ने विवशता प्रकट की, "हिन्दुओं की बस्ती है। कांग्रेसी राज है। लोग सुनेंगे कि मेरे घर में हिन्दू औरत है तो मेरी तो बोटी नहीं बचेगी। तू कहीं चली जा। किसी हिन्दू के घर जाकर ठहर। जहाँ कहे मैं पहुँचा दूँ!"

मंगला रोती रही, "बाबा, मैं किसी को जानती नहीं। तुम चाहे जो करो। निकाल दोगे तो जाकर राह में बैठ जाऊँगी।"

नजीर मियाँ माथा ठोककर रह गए। मंगला को फूट-फूटकर रोती देख उन्होंने कहा, "बहू, अब रोती क्यों है? शायद वे लोग आ ही जाएँ। मेरे लिए तू बेटी की जगह है। यहाँ तुझे डर लगता है तो चल भीतर जनाने

में बैठ जा। खाना तू अपना अलग से दो पत्थर रखकर बना लेना।" वे मंगला को दुकान के पिछवाड़े अपने घर में बैठा आए।

शेरुआ भोगिया के यहाँ से मसेड़ा लौटा था कि अपनी दबी हुई चाँदी निकालकर बागेसर पहुँच जाए। वह रात पड़े अपने घर पहुँचा तो उसे मालूम हुआ कि गाँव के ब्राह्मण और ठाकुर मंगला के भाग जाने से बहुत बिगड़ रहे थे और ब्राह्मणी को भगानेवाले का सिर फोड़ देने के लिए शेरुआ को भी ढूँढ़ रहे थे। बागेसर में पटवारी के यहाँ भी लोगों ने रपट लिखा दी है।

शेरुआ ने समाचार सुना तो उसके औसान खता हो गए। उसने झटपट अपनी चाँदी निकाली और रात के अँधेरे में ही बिना आहट किये जंगल-जंगल की राह रानीखेत की तरफ निकल गया।

बागेसर में खबर पहुँची कि मसेड़ा से बंसीधर पांडे की बहू को शिल्पकार भगा ले गए हैं और साथ ही सनसनी फैल गई कि नजीर मियाँ के यहाँ कोई हिन्दू औरत भी बन्द है। लोगों ने जाकर कांग्रेसी आदमी पूरन साह के यहाँ दुहाई दी—यह क्या जुल्म हो रहा है? नजीर के यहाँ अभी तलासी होनी चाहिए।

नजीर मियाँ की दुकान और मकान भीड़ से घिर गए। पटवारी को लेकर पूरन साह भी आ गए। भीड़ से घिरे नजीर मियाँ हाथ जोड़े गिड़-गिड़ाकर कह रहे थे—"भाइयो, मैं क्या जानूँ। भोगिया शिल्पकार अपनी भौजी बता गया है। कहता था मेरा भैया भी आ रहा है। वह हमेशा से दुकान पर सौदा लेता है और टिकता है। इसको भी मैंने टिका लिया। कहता था, सौदे के लिए दाम कम पड़ गए हैं। अपनी भौजी को छोड़ घर दाम लेने के लिए गया है सो लौटा नहीं। मैंने तो बहू को हाथ जोड़कर कहा कि अपने आदमियों के आने तक किसी हिन्दू भाई के घर बैठो। वह घबड़ाहट में रोती जा रही थी। मैंने सोचा, अकेली डर रही है इसलिए जनाने में बैठा दिया।"

लोगों ने क्रोध में कहा—यह मुसल्ले कभी बाज नहीं आ सकते! हिन्दू औरत को मुसलमान के जनाने में ले जाने का क्या मतलब? औरत

दुकान पर सोती तो हम मानते कि मुसाफिर है। घर में बन्द करने का मतलब ही भगाना है।

मंगला को नजीर मियाँ के घर से निकाला गया। पुलिस ने नजीर को हिरासत में ले लिया।

बागेसर में थाना नहीं, हवालात नहीं। पुलिस के अधिकार पटवारी के हाथ में ही हैं। पुलिस अफसर की हैसियत से पटवारी का दर्जा सब-इन्सपेक्टर का होता है। पटवारी ने मंगला को कस्बे के प्रधानों की सहायता और सहयोग से हिरासत में ले लिया। तहकीकात के दौरान में पूरन साह के मकान पर रखी जाने का हुक्म दे दिया।

मंगला को नई जगह ले जाया जाने से आशंका हो रही थी। उसने मिन्नत की कि उसे नजीर मियाँ के घर उनकी बुढ़िया बीवी और लड़की के पास ही रहने दिया जाए परन्तु हिन्दू औरत को मुसलमान के घर कैसे रहने दिया जा सकता था? स्थानीय हिन्दू जनता को सन्तुष्ट करने के लिए हिन्दू औरत को अपने घर रखनेवाले मुसलमान नजीर मियाँ और उनके जवान लड़के को भी गिरफ्तार करना आवश्यक था।

मंगला से पूछने पर उसने अपनी उम्र बताई थी बीस-इक्कीस बरस। मंगला के इस उत्तर से एक कानूनी कठिनाई होती थी। बीस बरस की औरत के भगाए जाने पर दफा 498 के अनुसार जब तक पति अदालत में दरखास्त न दे पुलिस मामले को हाथ में नहीं ले सकती थी और मंगला को नजीर के घर से जबरन नहीं हटाया जा सकता था। मामले का चालान दफा 363 और 366 में किया जा सकने के लिए मंगला की उम्र लिखी गई सत्रह बरस।

भोगिया इधर-उधर भागता-छिपता हुआ चौथे दिन गिरफ्तार हो गया।

चारों गिरफ्तार व्यक्तियों—मंगल, नजीर, उनके लड़के बशीर और भोगिया को अदालत में मामला पेश किया जाने के लिए अल्मोड़ा लाया गया। भोगिया, बशीर और नजीर मियाँ जेल की हवालात में बन्द हो गए।

मंगला को मजिस्ट्रेट साहब के हुक्म से सरकारी खर्च पर विधवाश्रम में रख दिया गया। प्रयोजन था शेरुआ, भोगिया, बशीर और नजीर के विरुद्ध मुकद्दमे में पुलिस की ओर से गवाही में पेश होने के लिए मंगला मौजूद रहे।

पहाड़ में स्त्रियों को बहकाकर भगाए जाने के मामले बहुत अधिक हो रहे थे। ऐसे अपराधों की जाँच-पड़ताल और रोकथाम के लिए अलहदा अफसर नियत कर दिये गए थे। मजिस्ट्रेट साहब के अल्मोड़ा आने की प्रतीक्षा में मंगला को विधवाश्रम में रखा गया था। उसके साथ जो व्यवहार हो रहा था उसे वह दंड समझकर सह रही थी। उसने समझा कि पति के घर से भागने के अपराध में उस पर सरकारी कब्जा हो गया है। सरकारी आदमियों के सामने उसे किसी प्रकार की आपत्ति करने का अधिकार नहीं है।

मजिस्ट्रेट साहब जाड़े के मौसम में अल्मोड़े में सर्दी की कठिनाई के कारण वहाँ आना कम पसन्द करते थे इसलिए तीन मास तक मजिस्ट्रेट के दौरे की प्रतीक्षा करने के बाद मंगला को पटवारी साहब की निगरानी में और दूसरे अभियुक्तों को पुलिस की हिरासत में मुकद्दमे के लिए हल्द्वानी भेज दिया गया।

दो-एक दिन पटवारी साहब मंगला के लिए उचित स्थान की खोज में उसे होटलों और सिनेमा के चक्कर लगवाते रहे और फिर उसे 'सरकारी स्त्री रक्षा भवन' में जमा करा दिया गया। पुलिस शेरुआ को गिरफ्तार करने के लिए और मामले की तहकीकात के लिए अदालत से मोहलत-पर-मोहलत लेती चली जा रही थी और मंगला परेशान हो रही थी।

गर्मी का मौसम आ गया और जज साहब अल्मोड़ा चले आए। हल्द्वानी में तहकीकात पूरी नहीं हो हो सकी थी और न मामले का फैसला हो सका था। पुलिस मंगला को फिर अल्मोड़ा लौटा ले आई। मुकद्दमे की गवाही में पेश करने के लिए उसे फिर विधवाश्रम में जमा कर दिया गया।

मंगला का रंग अब भी गोरा था पर गुलाबीपन की जगह मुर्दनी छा गई थी। शरीर हड्डियों का ढाँचा भर रह गया था। उसे दिक् की और दूसरी जाने कौन-कौन शिकायतें हो गई थीं परन्तु सरकार को गवाही के लिए उसकी जरूरत थी! उसे भाग जाने कैसे दिया जाता? मंगला को सँभालकर रखने की जिम्मेदारी लेने के लिए कोई तैयार न था। उसकी बीमारी से विधवाश्रम भी ऊब गया था। सरकार के हुक्म से मंगला को

हस्पताल में रखा गया कि उसे अदालत में अपराधियों के विरुद्ध गवाही के लिए सरकार की ओर से पेश किया जा सके।

मरणासन्न रोगिणी मंगला हस्पताल के लिए भी मुसीबत थी। उसकी खाट एक ओर डाल दी गई। क्षय के रोगी के लायक खुराक उसके टिकट पर लिखी गई थी परन्तु मंगला को ऐसी खुराक माँगने का क्या अधिकार था? लोगों की दृष्टि में न उसके जीते रहने की आवश्यकता थी, न उसे जीते रहने के साधनों पर अधिकार ही था। उसके लिए दी जानेवाली दवाई भी यों ही पड़ी रहने लगी।

मेहतर गुलाब को जाने मंगला पर क्यों दया आ गई। मंगला को दवाई पिला देने लगा और उसने अपनी बुढ़िया माँ मिसरी को जो जनाना वार्ड में मेहतरानी थी, मंगला का खयाल करने के लिए कह दिया था। हस्पताल में मेहतर से ज्यादा सहायता और कौन कर सकता है? मिसरी दूध और शोरबा लाकर मंगला को पिला देती थी। आरम्भ में तो मंगला को मेहतरानी के हाथ से खाते-पीते झिझक हुई परन्तु उसने सोचा, मेरे लिए अब जात का क्या सवाल! वह खाने-पीने लगी और पनपने भी लगी।

अदालत में जब मंगला की जरूरत होती, उसे हस्पताल से डांडी पर लाया जाता था। अभी वह पूरे तौर पर चंगी न हो पाई थी कि अदालत ने मामले का निर्णय कर दिया। शेरुआ अब भी गिरफ्तार नहीं हो पाया था और नजीर मियाँ हवालात में ही इन्तकाल कर गए थे। पुलिस की बहुत इच्छा होने पर भी सफाई के वकीलों ने यह साबित न होने दिया कि मंगला की उम्र 17 वर्ष की थी। भोगिया और बशीर पहले ही जमानत पर छूट चुके थे। अदालत ने रिहा किया केवल अपनी गवाह मंगला को। उसे हुक्म हुआ कि अब तुम जा सकती हो। सरकार ने हस्पताल में तुम्हारे रहने का इन्तजाम कर दिया है।

मंगला इतने लम्बे समय तक पुलिस और वकीलों के सब तरह के सवालों का जवाब देने के लिए विवश होकर इतने लम्बे समय में कुछ ढीठ हो चुकी थी, "हाय तो मैं अब कहाँ जाऊँ?" उसने अदालत से पूछा।

"जहाँ तुम्हें जगह मिले, जो कोई तुम्हें रख ले।" अदालत का जवाब था।

"तो मुझे नजीर मियाँ के यहाँ से ही जबरदस्ती क्यों लाए थे?"

अदालत के पास कोई जवाब न था।

मंगला को कहीं शरण पा जाने के लिए कोई जगह न थी। उसे कौन अपने यहाँ रखता? हस्पताल से उसे बाहर कर दिया गया।

मंगला और कोई राह न देख गुलाब मेहतर के घर चली गई। मिसरी और गुलाब ने उसे हाथों-हाथ लिया। मंगला गुलाब के घर रह गई। कुछ दिन बाद अल्मोड़ा के लोगों ने देखा कि मंगला गुलाब मेहतर की सिलाकर दी हुई रेशमी सलवार-कमीज पहन और रंगीन चुनरी ओढ़कर अल्मोड़ा के बाजार और सड़कों पर निधड़क घूम रही थी।

अल्मोड़ा के कुलीन ब्राह्मण समाज के सीने में कसमसाहट हुई। एक मेहतर के घर ब्राह्मणी के जा बैठने के अपमान से ब्राह्मणों के सिर में चक्कर-सा आ गया। यह वे कैसे सह सकते थे? सदा के लिए ब्राह्मणों की नाक कट जाती! अल्मोड़ा में शोर मच गया। धर्मपरायण उत्साही ब्राह्मण समाज ने कहा—ब्राह्मणों का अपमान करनेवाले मेहतर का घर फूँक डालो। नगारची टोले में मेहतर गुलाब का मकान बड़ी भारी भीड़ ने घेर लिया।

गुलाब अपने दरवाजे पर खड़ा भय से काँप रहा था और हाथ जोड़कर गिड़गिड़ा रहा था—"आप लोग अन्नदाता हैं। मेरी क्या मजाल कि कुछ ऐतराज करूँ? आप लोग इसे हुक्म दीजिए, चली जाए यहाँ से। मैं अगर रोकूँ तो मेरी सजा मौत!"

मंगला गुलाब के घर से निकलने के लिए तैयार न थी।

परिस्थिति गम्भीर हो जाने के कारण मजिस्ट्रेट पुलिस का दस्ता लेकर घटना-स्थल पर पहुँचे। भीड़ को शान्त करने और स्थिति को काबू करने के लिए मजिस्ट्रेट ने मंगला को पुलिस से पकड़वाकर गुलाब के घर से निकलवाया।

मंगला चीखकर रो पड़ी, "मैं यहाँ ही रहूँगी।"

"तुम यहाँ नहीं रह सकतीं!" मजिस्ट्रेट साहब ने हुक्म दिया।

"तो फिर कहाँ जाऊँ?" मंगला ने पूछा।

"हम नहीं जानते!" मजिस्ट्रेट ने उत्तर दिया और शायद फिर अपने उत्तर पर स्वयं लज्जित होकर मजिस्ट्रेट ने मंगला को मेहतर के घर से

निकालने की माँग करनेवाली जनता को सम्बोधन कर पूछा, "आप लोगों में से कोई इसे अपने यहाँ रखेगा?"

भीड़ में से किसी ने हामी न भरी और भीड़ छँटने लगी।

मंगला ने माथा पीट लिया कि सरकार उसे फाँसी पर क्यों नहीं लटका देती। रहने की जगह नहीं देती और जहाँ वह रह सकती है, वहाँ उसे रहने नहीं दिया जाता।

मजिस्ट्रेट अपनी आँखों में आए आँसू पी गए और सब-इन्सपेक्टर को हुक्म दे दिया, "फिलहाल इसे विधवाश्रम पहुँचा दिया जाए।" और स्वयं चल दिये।

मंगला ने चिल्लाकर विरोध किया, "मैं विधवाश्रम में नहीं रहूँगी, कभी नहीं रहूँगी।"

मजिस्ट्रेट साहब ने घूमकर नहीं देखा। देखते तो उत्तर क्या देते इसलिए उन्होंने सुना नहीं। पुलिस जबरदस्ती मंगला को विधवाश्रम ले गई और वहाँ उसे जमा कर दिया।

दूसरे दिन सुबह ही विधवाश्रम से थाने में रिपोर्ट पहुँची कि मंगला भाग गई और साथ एक और विधवा को भी ले गई।

पुलिस ने मोटर पर पीछा किया और 'कोसी नदी पार कर सकने से पहले ही मंगला दूसरी विधवा के साथ भागती हुई पकड़ ली गई।

मंगला विधवाश्रम से भागने के अपराध में गिरफ्तार होकर अदालत में मजिस्ट्रेट साहब के सामने पेश हुई।

मजिस्ट्रेट साहब ने सरकारी वकील से राय ली, "कानून की किस दफा के मातहत इसे विधवाश्रम से भागने के लिए सजा दी जा सकती है?"

"हुजूर, ऐसी तो कोई दफा नहीं।"

"किस दफा के मातहत इसे विधवाश्रम में जबरदस्ती रखा जा सकता है?"

"हुजूर, ऐसी तो कोई दफा नहीं।"

दूसरी विधवा की ओर देख मजिस्ट्रेट साहब ने कहा, "यह औरत सत्रह वर्ष से कम उम्र की मालूम होती है।"

"जी हुजूर।" सरकारी वकील ने समर्थन किया।

"इसे विधवाश्रम लौटाया जा सकता है। इसे अभी वहाँ रखा जा सकता है।" अदालत के निर्णय के लिए मजिस्ट्रेट साहब ने मंगला को सम्बोधन किया, "तुम जहाँ चाहो जा सकती हो।"

"गुलाब मेहतर के यहाँ जाऊँगी।" मंगला ने निडर हो अदालत को सुनाया।

अदालत को इससे कोई मतलब नहीं था इसलिए अदालत चुप रही।

मंगला कानून से जीत गई परन्तु समाज द्वारा नहीं। कुछ ही दिन बाद ऊँची जात की धमकी से डरे हुए अल्मोड़ा के मेहतरों की पंचायत हुई। गुलाब को बीच में खड़ा कर सवाल किया गया—

"हम लोग गैर-जात की बेटी घर में डालेंगे तो हमारी बेटियों के लिए कहाँ जगह होगी? गुलाब को जात से बेजात किया जाए?"

गुलाब ने सिर झुकाकर मुआफी माँगी, "पंचों का हुक्म सिर माथे। मैं आज ही उसे घर से निकाल देता हूँ।"

मंगला फिर निकाल दी गई।

■

सन्तान की मशीन

मुन्नी को आशा थी, रविवार दोपहर बाद चाचा आएँगे। बड़े मिश्राजी, भाई की अनुमति के बिना मुन्नी को आई.ए.एस. की परीक्षा की तैयारी के लिए 'हाँ' नहीं कर सकते थे। मुन्नी के अनुरोध से तप्पी मुन्नी की बड़ी बहन विद्या और मुन्नी के जीजा भुवन को बुलाने चला गया था। विद्या और भुवन दोनों ही मुन्नी को प्रोत्साहन दे रहे थे।

विद्या विवाह से पहले मैट्रिक तक ही पढ़ी थी। भुवन विश्वविद्यालय में मानव-विज्ञान का अध्यापक है। इतनी कम शिक्षित पत्नी की संगति से क्या सन्तोष पाता? उसने विद्या को प्राइवेट बी.ए. करा दिया है। तीन वर्ष पूर्व

वह विशेष अध्ययन के लिए निमंत्रण पाकर अमरीका गया तो विद्या को भी साथ ले गया था। देश-विशेष के अनुभवों के प्रभाव से विद्या अब मर्दों के बीच बैठकर आमने-सामने बात कर लेती है। पति का समर्थन है, डरे क्यों?

तप्पी बहन और जीजा के साथ पहुँचा तो देखा कि मिश्रा साहब का बड़ा लड़का प्रदीप पहले ही आ गया था। तप्पी जरा सनका, मुंशी कालीप्रसाद और उनका सुपुत्र देवीप्रसाद भी प्रदीप से बात करते-करते बैठक में आकर बैठ गए थे। छोटे मिश्राजी का आना किसी कारण नहीं हो सका था।

भुवन ने ससुर—बड़े मिश्राजी के सामने झुककर चरण छूने का संकेत किया। विद्या और भुवन ने मुंशीजी को भी गली के चाचा के नाते नमस्कार किया।

बड़े मिश्राजी ने दामाद को आशीर्वाद देकर, बेटी के सिर पर हाथ रखकर पूछा, "कहो बिद्दो, सब कुशल है न? सुरेन्द्र बेटे को नहीं लाईं?"

विद्या ने कुशल बताकर, उसी साँस में पूछ लिया, "बप्पा, मुन्नी को आई. ए.एस. क्यों नहीं करने देते?"

बड़े मिश्राजी उत्तर सोच ही रहे थे कि मुंशीजी विद्या को आशीर्वाद देकर बोल पड़े, "बिटिया, तुम तो समझदार हो। अरे बिटिया ने एम.ए. कर लिया है तो उसके लिए माकूल लड़का ढूँढ़ना आसान काम नहीं। आई.ए.एस. कर लेगी तो... ।"

मुन्नी, बहन और जीजा को देखकर बैठक में चली आई थी। मुंशीजी ने उसके लिहाज में बात पूरी नहीं की।

भुवन ने मुंशीजी की बात सुनकर मुँह फेर लिया; परन्तु विद्या बोली, "वाह चाचाजी, अनपढ़ लड़की का ब्याह अच्छे घराने में होना तो मुश्किल, लड़की अधिक पढ़-लिख जाए तो उसके लिए वर मिलना मुश्किल।"

भुवन ने मुँह बनाकर अंग्रेजी में कह दिया, "स्त्री की शाश्वत हीनता का विचार और विश्वास?"

मुंशीजी की भवें उठ गईं, "हैं?"

देवीप्रसाद ने तुरन्त अंग्रेजी में उत्तर दिया, "प्रकृति में नारी का स्थान ही यह है।"

भुवन ने गर्दन टेढ़ी करके पूछ लिया, "प्रकृति में नारी का स्थान नर की सेवा करना है?"

देवीप्रसाद प्रोफेसर से दबा नहीं। अंग्रेजी में बोला, "प्रकृति में नारी का कर्म और धर्म मातृत्व है।"

भुवन ने विद्रूप में हामी भरी, "हाँ शायद! यह बताइए, नर के नियंत्रण में रहकर, नर की आवश्यकता अनुसार माँ बनते जाना, प्रकृति में ऐसा कहाँ होता है? प्रकृति में माँ बनना, नारी की इच्छा पर निर्भर करता है। क्या आपके समाज में नारी स्वतंत्रता से, अपनी इच्छा से माँ बन सकती है? क्या आप जानवरों की तरह प्राकृतिक अवस्था में रहते हैं?" बड़े मिश्राजी तेज बोलनेवाले दामाद से घबराते हैं। उन्होंने गहरे श्वास से 'हरि ओम्! हरि ओम्!!' भगवान को स्मरण कर शान्ति का संकेत किया।

देवीप्रसाद ने मिश्राजी के संकेत की ओर ध्यान न देकर अपने डॉक्टरी ज्ञान का परिचय दिया, "प्रकृति के भी कुछ नियम हैं। नर और नारी के शरीरों की रचना ही भिन्न है। वे भिन्न कर्मों के योग्य बनाए गए हैं।"

भुवन ने देवीप्रसाद को तीखी नजर से देखकर पूछा, "क्या नारी के शरीर की रचना पुरुष के सन्तोष और सेवा के लिए हुई है? उसके अपने अस्तित्व और व्यक्तित्व का कुछ महत्त्व नहीं!"

पति से शह पाकर विद्या भी बोल उठी, "प्राकृतिक नियम नर-नारी का सहयोग है। प्रकृति नारी को नर के उपयोग और सेवा के लिए नहीं बनाती। मातृसत्तात्मक समाजों में क्या होता है? दूसरे देशों और समाजों में स्त्रियाँ क्या नहीं कर रही हैं? रूसी डॉक्टरों में अस्सी प्रतिशत संख्या स्त्रियों की है। स्त्रियाँ इंजीनियर हैं, डायरेक्टर हैं, केमिस्ट हैं। सीलोन में स्त्री प्रधानमंत्री है। यूनिवर्सिटी का इस वर्ष का रिजल्ट भी देख लीजिए! स्त्री की शारीरिक कोमलता के विचार से, शारीरिक बल के कठोर काम स्त्री से अधिक नहीं कराने चाहिए। आपके देश में स्त्रियाँ ईंटें ढोने के लिए तो मजबूर होती हैं परन्तु समझी जाती हैं पुरुषों से निर्बल!"

विद्या देवीप्रसाद से चार बरस बड़ी है। यूनिवर्सिटी के अध्यापक की पत्नी है पर देवीप्रसाद स्त्री के सामने कैसे निरुत्तर रह जाता? तमककर

बोला, "मान लिया, स्त्रियाँ पुरुष से अधिक योग्य हो सकती हैं परन्तु समाज की दृष्टि से देखिए, नेचर में स्त्री का पहला फंक्शन माँ का है। स्त्रियाँ अफसरी करेंगी तो माँ क्या पुरुष बनेंगे?"

मुंशीजी अपने सुपुत्र के तर्क की सराहना में 'हो, हो' करके हँस पड़े, "अरे हाँ, एक फिल्म देखी थी। क्या नाम था, उसमें रेल की ड्राइवर स्त्री, स्टेशन मास्टर स्त्री, गार्ड भी स्त्री थी। एक स्त्री अपने मर्द को गाड़ी के मर्दाने डिब्बे में बैठाने आई तो गार्ड से बोली—बहन, जरा खयाल रखना। मेरा मर्द डिब्बे में अकेला है। क्या नाम, स्त्रियाँ सुबह उठकर दफ्तर जाने की तैयारी करेंगी और मर्द उनके लिए खाना पकाया करेंगे, वाह वाह!"

मुन्नी जल-भुन गई। उसके मुँह से निकल गया, "जो जिस लायक होगा, करेगा!"

मिश्राजी बहस का ऐसा रुख देखकर अपनी इज्जत के विचार से उठकर भीतर चले गए।

मुंशीजी ने मुन्नी की गुस्ताखी का उत्तर दे दिया, "घर में बच्चों को दूध भी मर्द पिलाया करेंगे?"

विद्या तमक उठी, "आप अपने घर की स्त्रियों के गले में रस्सी डालकर दूध के लिए बाँधे रखिए! हम भी देखेंगे, कितने दिन बाँध सकेंगे!" देवीप्रसाद, पिता और परिवार पर कसे गए छींटे का मार्जन करने के लिए बोला, "बात तो मातृत्व के प्रसंग की है। समाज में माता के स्थान की है। क्या पुरुष माँ का फंक्शन पूरा कर सकता है?" उसने विद्या और मुन्नी को सुनाकर तप्पी की ओर देखा।

भुवन ससुर के बैठक से चले जाने पर सिगरेट सुलगाने लगा था। जलती हुई माचिस को मशाल की तरह दिखाकर उसने पूछ लिया, "मैट्रियार्कल (मातृ-शासित) समाज में माँ का कर्म कौन पूरा करता था?"

"तब ऐसी ही अक्ल के लोग बच्चों को दूध पिलाते होंगे!" विद्या ने यह कहकर मुँह फेर लिया।

तप्पी दीवार का सहारा छोड़ आगे बढ़कर बोला, "एक जमाना था, लोग कहा करते थे, स्त्री का काम परिवार की सेवा ही है। परिवार का

कल्याण इसी में है कि स्त्री पति और पति के सम्बन्धियों की सेवा करे। अब समाज के कल्याण की चिन्ता में स्त्री के मातृत्व के कर्म की दुहाई दीजिए। समाज की चिन्ता मर्दों को ही है, स्त्रियों को नहीं है? क्या स्त्रियों को अपनी सन्तान की चिन्ता नहीं होगी?"

देवीप्रसाद ने व्यंग किया, "अपना बच्चा गोद में लेकर क्या मरीज देखने जाया करेंगी?"

विद्या ने चुनौती में पूछा, "रूस में सौ में अस्सी स्त्रियाँ डॉक्टर हैं, वह क्या करती हैं?"

"ओ हो!" मुंशीजी हाथ फैलाकर बोले, "बच्चे जनकर नर्सरी में डाल देती होंगी और वह मशीनों से पलते होंगे।"

"जी हाँ", मुन्नी ने तप्पी की ओर झुककर दबे स्वर में कह दिया, "मशीन में पले हुए बच्चे ही अन्तरिक्ष विजय कर रहे हैं।"

त्रिवेदीजी गली के बाहर जा रहे थे। बहस में स्त्रियों को बढ़-चढ़ बोलते सुना तो भीतर आ गए। त्रिवेदीजी मशीन की चर्चा सुनकर भड़क उठते हैं। उन्होंने मुन्नी की बात सुन ली थी। त्रिवेदीजी मोटे चश्मे में से आँखें झपककर बोल पड़े, "क्या हो रहा है? जब देखो मशीन, मशीन! मशीनों ने तो हमारे जीवन को रूखा, निर्दय और कटु बना दिया है। गांधीजी इसलिए तो कहते थे, मशीन को छोड़ो, चर्खे का अवलम्बन लो।"

"चाचाजी, शरीर भी तो मशीन है।" मुन्नी ने आँचल होंठों पर रखकर धीरे से कह दिया।

"ऐं," त्रिवेदीजी ने मुन्नी की ओर कान जरा झुकाया और फिर अपनी बात कहते गए, "मशीन से आप अन्तरिक्ष विजय कर सकते हैं, परन्तु हृदय और आत्मा विजय नहीं कर सकते। जीवन को मशीनों में डाल देंगे तो माता का वात्सल्य नहीं रहेगा, नारी का स्नेह से आत्म-समर्पण नहीं रहेगा। नारी लक्ष्मी नहीं रहेगी, मोटर बन जाएगी और पुरुष डायनेमो बन जाएगा। सबकुछ हॉर्स पावर बन जाएगा। जीवन में माधुर्य रहेगा ही नहीं। आप लोहे के पशु 'रोबोट' बन जाएँगे। मनुष्य बनना है तो पुराने आदर्शों और नीति को ही अपनाना होगा।"

"कौन-से आदर्शों को, किस नीति को?" तप्पी ने त्रिवेदीजी को टोकने के लिए जरा जोर से पूछ लिया।

"ऐं," त्रिवेदीजी ने विघ्न अनुभव कर साँस लिया और उत्तर दे दिया, "अपने भारतीय आध्यात्मिक आदर्शों को! दूसरे कौन-से आदर्श हैं!"

"क्या अध्यात्म कहता है कि स्त्री सदा माता बनती रहे, पुरुष की सेवा करती रहे और समाज का स्वतंत्र व्यक्ति न बने?" भुवन ने पूछ लिया।

"यही तो स्वाभाविक है," मुंशीजी ने त्रिवेदीजी को प्रोत्साहन दिया।

"धन कमाने और बढ़ाने के लिए ही तो मशीनें बनाई जाती हैं, धन के लोभ में ही स्त्रियों से भी नौकरी करवाना चाहते हैं। स्त्री को घर की लक्ष्मी नहीं रहने देना चाहते बल्कि कमाई की मशीन बना देना चाहते हैं।"

"बहुत अच्छा आदर्श है!" विद्या ने भवें उठाकर विरोध किया, "लक्ष्मी का तो अर्थ ही सम्पत्ति है। कन्या बाप की सम्पत्ति हुई, कन्यादान कर दिया तो गरीब स्त्री ससुराल की लक्ष्मी (सम्पत्ति) हो गई।"

भुवन ने और कलम लगाई—"हाँ, और लक्ष्मी चंचला होती है इसलिए उसे गले में रस्सी और आँखों पर पट्टी बाँधकर रखना चाहिए!"

प्रदीप ने अवसर देख टोक दिया, "मिस्टर, यह अमरीका-यूरोप का असर बोल रहा है! भारतीय नारी चंचला नहीं होती वह बाँधकर नहीं रखी जाती। उसका आदर्श सतीत्व रहा है। किस और देश में नारी सती हुई है, कहिए!"

भुवन हँस दिया, "स्त्री का सती हो जाना या पति के साथ मार दिया जाना क्या बहुत बड़ा आदर्श था? तुमने मानवशास्त्र पढ़ा होता तो बताना नहीं पड़ता कि ऐसे बर्बर आदर्श भारतीयों की अपेक्षा पुराने मिस्र, अफ्रीका और फिजी द्वीपों में कहीं अधिक थे।"

मुन्नी बोल पड़ी, "मानवशास्त्र क्या, शरत बाबू ने अपनी पुस्तक 'नारी का मूल्य' में लिखा है कि अफ्रीका की डाहोमी जाति और फीजी के आदिमवासियों में पति के साथ पचास, सौ-सौ स्त्रियाँ बहुत आग्रह से सती हो जाती थीं या आत्महत्या कर लेती थीं। ब्राह्मणों, ठाकुरों या बनियों के सिवा किस भारतीय बिरादरी में स्त्रियों को सती किया जाता

था? भारत केवल ब्राह्मणों, ठाकुरों और बनियों का नहीं है। भारत की अस्सी प्रतिशत जनता—जिन्हें आप शेड्यूल कास्ट या परिगणित जातियाँ कहते हैं, उनमें सदा से विधवा विवाह होते चले आए हैं। सम्भ्रान्त कुल की विधवा विवाह कर लेती तो दूसरे वंश की सम्पत्ति बन जाती।"

मुन्नी कहती गई, "पुरुष की मृत्यु के बाद स्त्री दूसरे पुरुष से सन्तान न पैदा कर ले और वे वंश की जायदाद न बँटाने लगें, सती प्रथा का यही आर्थिक कारण था। यह चिन्ता केवल भारत की समृद्ध बिरादरियों में ही थी। प्रश्न वंश की सम्पत्ति, गौरव और उत्तराधिकार का था।"

तप्पी ने चुनौती दी, "यदि आप सती प्रथा को गौरव की वस्तु समझते हैं तो उसके पुनरुद्धार के लिए आन्दोलन क्यों नहीं चलाते? यदि आज सती प्रथा कानूनन जारी कर दी जाए तो आप ही चीख उठेंगे।"

मुन्नी ने याद दिलाया, "शरत बाबू ने लिखा है—जिस समय लॉर्ड बेंटिक ने सती प्रथा का निषेध कर दिया था, तब भारत के धर्मरक्षक पंडितों ने अपने धर्म में सरकार के इस हस्तक्षेप के विरुद्ध इंग्लैंड की प्रिवी कौंसिल में अपील की थी।"

तप्पी बोल पड़ा, "ठीक है, भारतीय आदर्शों की रक्षा के लिए गोवध बन्द हो गया है, अब सती प्रथा आरम्भ करवा दीजिए! बूढ़ी गौओं के वध-निषेध का परिणाम तो आपने देख लिया। घी-दूध मिलना दुर्लभ हो गया। सती प्रथा कानूनन लागू कर देने का परिणाम होगा कि स्त्रियाँ बीमारी में पति की बिगड़ती हालत देख प्राण-रक्षा के लिए भाग जाया करेंगी।"

मुन्नी ने दीवार की ओर देख कह दिया, "क्यों नहीं भागेंगी? जिन्दा जलने के लिए कौन तैयार होगी!"

भुवन ने कहा, "यदि सती प्रथा के लिए आन्दोलन करने का साहस नहीं है तो परिस्थितियों के अनुसार स्त्री को स्वतंत्रता और समता दीजिए!"

"क्या कहते हैं, क्या कहते हैं आप!" त्रिवेदीजी ने जोर से आपत्ति की, "इतने उत्सर्ग के आदर्शों का मजाक बना रहे हैं?"

तप्पी अपनी जगह से आगे बढ़ गया, "आदर्श क्या था? जिन्हें आप प्रातः स्मरणीय पंच-कन्या कहते हैं, क्या नाम थे उनके?" उसने मुन्नी की ओर देखा।

"मन्दोदरी, अहिल्या, कुन्ती, तारा, द्रौपदी।" मुन्नी ने जल्दी से बता दिया।

"बताइए, इनमें से किसके आदर्श पर अपने परिवार की कन्याओं को अनुकरण का आदेश देंगे!"

विद्या और मुन्नी शर्मा गईं। भुवन बहुत जोर से ठहाका लगाकर हँस पड़ा।

प्रदीप ने आपत्ति की—"आप अपने पूर्वजों का उपहास करते हैं, यह नहीं सोचते कि उस समय परिस्थितियाँ दूसरी थीं।

"हम तो परिस्थितियों की बात सोचते हैं, आप ही नहीं सोचते! नई परिस्थितियों में पुरानी प्रथाओं को आदर्श कैसे माना जा सकता है?"

त्रिवेदीजी नाराज हो गए थे, बोले, "तो बन जाइए मशीन, स्त्रियों को भी मशीन बना दीजिए। बच्चों को भी मशीन से पालिए। उनके मुख ट्यूब लगाकर दूध भर दिया कीजिए।"

तप्पी ने कहा—"आपको बच्चे पालने के लिए मशीन जरूर चाहिए इसलिए आप स्त्रियों को बच्चे पालने की मशीन बनाए रखना चाहते हैं। इनके आदर्श तो पड़ोसी कन्हैयालाल हैं।"

विद्या बोल पड़ी, "सोलह बरस में ग्यारह बच्चे। सवा सौ रुपल्ली महीना पाते हैं, उसमें मकान का किराया, हर सवा-डेढ़ साल में डिलीवरी का खर्चा, मैट्रिक में फेल हो जानेवाले सुपुत्रों को पास कराने के लिए ट्यूशनें और खर्च! बच्चे तो जल और वायु से ही पल जाते होंगे?"

भुवन गम्भीर हो गया, "जब स्त्री का काम केवल बच्चे पैदा करना और उन्हें पालना ही समझा जाए तो उसे इसी प्रकार जनसंख्या बढ़ानी चाहिए। एक ओर आपका यह आदर्श है, दूसरी ओर सरकार बेकारी और भूख रोकने के लिए परिवार नियोजन—सन्तति-निरोध की शिक्षा दे रही है। यदि शिक्षित स्त्री जीवन में एक या दो से अधिक सन्तान नहीं चाहती तो अपना जीवन चौके-चूल्हे, भांडे-बर्तन में कैसे खपा दे! क्या वह देश को समृद्ध बनाने में योग न दे?"

"देश को तो समृद्ध बनाएँ परन्तु बच्चों की उपेक्षा करें! बच्चे के लिए माँ से बड़ा शिक्षक कौन हो सकता है? बच्चा माँ का वात्सल्य और

कोमल भावनाएँ कहाँ पा सकता है? जो बात माँ के थप्पड़ और माँ के दुलार में हो सकती है, वह उसे और कहाँ मिलेगी?" त्रिवेदीजी ने पूछा।

"ऐसी बात है तो बच्चे के रोग-कष्ट के इलाज के लिए भी डॉक्टर को न बुलाकर बच्चे का इलाज माँ के वात्सल्य से ही कर लेना चाहिए। बच्चे को शिक्षा के लिए स्कूल न भेजकर सबकुछ गोद में ही सिखाना चाहिए, तभी भारत की सन्तानें प्रकांड वैज्ञानिक और वीर योद्धा बनेंगी।" भुवन ने कहा।

देवीप्रसाद ने विरोध किया, "चिकित्सा और वैज्ञानिक शिक्षा की बात दूसरी है। वह स्पेशलाइज्ड (विशेष ज्ञान की) ट्रेनिंग होती है।"

"डॉक्टर साहब!" तप्पी ने विद्रूप से सम्बोधन किया, "एक जमाने में बच्चे-बूढ़ों के सब इलाज दाइयों के टोने-टोटके से हो जाते थे। अब आप कॉलेज में इलाज करना सीख रहे हैं। बच्चों का शैशव से ही उचित मार्ग पर विकास करने, उनकी प्रकृतिदत्त सम्भावनाओं को विकसित करने के लिए भी स्पेशलाइज्ड मनोवैज्ञानिक ट्रेनिंग की आवश्यकता होती है।"

मुंशीजी बिगड़ उठे, "तो तोड़ दो परिवार को! ब्याह की जरूरत क्या है? सबको समाजवादी बना दो!"

तप्पी चुप नहीं हुआ, "ब्याह तो समाजवादी भी करते हैं। जबरदस्ती समाजवादी किसी को नहीं बना दिया जा सकता। अक्ल का ठेका भी समाजवादियों ने नहीं ले लिया है। बच्चों को अच्छी शिक्षा मिलेगी तो परिवार टूट नहीं जाएँगे! परिवार का रूप और क्षेत्र भी सदा एक-से नहीं रहे। परिवार तो परिस्थितियों के अनुसार बनते रहे हैं और बनेंगे!"

■

दूसरी नाक

लड़के पर जवानी आती देख जब्बार के बाप ने पड़ोस के गाँव में एक लड़की तजवीज कर ली थी लेकिन जब्बार ने हस्बा की लड़की शब्बू

को चश्मे से पानी का घड़ा सिर पर टिकाए लौटते देखा तो उसकी सुध-बुध जाती रही।

जैसे पुरानी कहानी है कि कोई शहजादा नदी में बहता सोने का बाल देखकर, सुनहले केशवाली सुन्दरी की लगन में पागल हो, उपवास कर महल की अटारी में लेट गया था; बहुत कुछ वैसा ही हाल जब्बार का भी हुआ। मुँह से तो कुछ कह न सका पर शरीर में शिथिलता आ गई, शिथिल चेहरे का रंग उड़ गया, कुछ खोया-खोया-सा रहने लगा।

माँ-बाप ने आपस में जब्बार की हालत देखकर सलाह की। मुँह-दर-मुँह नहीं पर लड़के को सुना दिया कि उसका ब्याह जल्दी ही हो जाएगा।

लड़की भी बच्चा नहीं बिलकुल जवान है। शमसुल की बड़ी बेटी जहुन्ना आस-पास के चार गाँवों में एक ही लड़की है। पानी का बड़ा मटका सिर पर उठाकर चलती है तो जैसे धरती हिल जाए। घर-भर का काम सँभालती है इसी उमर में। घर में आ जाएगी तो जब्बार की माँ को भी चैन मिलेगा; बेचारी बूढ़ी हो गई है।

माँ-बाप की बात सुनकर जब्बार को कुछ तसल्ली न हुई। वह अक्सर चुपचाप पड़ा लम्बी-लम्बी आहें भरता रहता।

एक रोज माँ ने आँखों में आँसू भर, अपनी कसम धराकर जब्बार के दुख का कारण पूछा। जब्बार ने एक बात कह दी। जहुन्ना की बात सुनने से भी इनकार कर दिया। वह बोला, "या तो हस्बा की बेटी शब्बू; नहीं तो कोई नहीं।"

माँ-बाप ने बेटे को बहुत समझाया। उसे सुनाकर आपस में जहुन्ना की तारीफ और शब्बू की निन्दा करने लगते।...जो लोग ऐसी बेशर्मी से ब्याह करते हैं, उनकी कितनी निन्दा होती है, यह सब वे लड़के को काकोक्ति अलंकार और रूपक द्वारा समझाकर हार गए। धुन का पक्का जब्बार न माना तो न माना।

बूढ़ा गफ्फार बेटे की जिद से हार गया। वह हस्बा के यहाँ बात करने गया। वह घर लौट गया तो उसकी आँखें क्रोध से लाल और चेहरा ग्लानि से विरूप हो रहा था। बन्दूक कोने में टिका कन्धे की चादर जमीन पर फेंक वह जमीन पर ही बैठ गया।

जब्बार की माँ ऊँटों को बेरी की पत्तियाँ खिला रही थी, तुरन्त बूढ़े के समीप दौड़ी आई। बूढ़ा क्रोध में फट पड़ा, "ऐसे नालायक बेटे...।" जब्बार दूर से ही उत्सुक कान लगाए था।

माँ ने आतंक और जिज्ञासा से नाक पर हाथ रख, बेटे की बलाएँ अपने सिर ले पूछा, "हाय हाय, हुआ क्या?"

गफ्फार चिल्लाया, "होना क्या था? ऐसे बेशरम, बेगैरत लड़के से और होगा क्या? मेरी इज्जत खाक में मिल गई और घर मिट्टी में मिल जाएगा।"

माँ ने फिर बेटे की बलाएँ लेकर पूछा, "हाय, हुआ क्या? ऐसा क्यों कहते हो?"

गफ्फार बोला, "अगर इस नालायक के ऐसे ही मिजाज थे तो कलात के खान के यहाँ क्यों पैदा नहीं हुआ? जानती है, हस्बा ने क्या कहा? बात तक सीधे मुँह से नहीं की। मुँह फेरकर बोली, 'शब्बू की बात तुम क्या सोचते हो? मेरी लड़की को अढ़ाई सौ रुपये की गठरी बाँधकर लानेवाला ब्याहेगा'।"

अढ़ाई सौ रुपये की बात सुनकर जब्बार की माँ की आँखों के आगे अँधेरा छा गया।

गफ्फार खिन्नता से बोला, "तू बूढ़ी हो गई, तू ही बता, तूने कभी ऐसा तूफान सुना है अपनी उमर में?...अढ़ाई सौ रुपये! कोई चीज ही नहीं होते? शमसुल से मैंने जहुन्ना के लिए बात की थी तो उसने लड़की के अस्सी माँगे थे, आखिर साठ पर तैयार हो गई। उसकी लड़की भी चार लड़कियों के बराबर है और यह बदजात हस्बा माँगती है, अढ़ाई सौ। अरे तू बूढ़ी हो गई, तू ही बता, चेहरे का रंग जरा ढका हो तो क्या, उघड़ा हो तो क्या? औरत, औरत सब एक। तुझे औरत के काम से मतलब कि रंग से? अभी छह महीने नहीं हुए, इसके लिए बन्दूक खरीदी थी तो वह ऊँट बेचा था। अढ़ाई सौ रुपये उमर में कमा तो पाएगा नहीं और शान यह है। अच्छा तू ही बता, इतनी बूढ़ी हुई, अढ़ाई सौ रुपये कभी औरत के दाम सुने हैं?...अढ़ाई सौ रुपये में तो फिरंगी की तोप खरीदी जाती है।"

जब्बार ने पिता की बात सुनी और आह को सीने में दबाकर करवट बदल ली।

इकलौते बेटे का दिन-रात बिसूरना माँ-बाप से देखा न गया था। बूढ़े ने कहा, "मेरा क्या है, पका फल हूँ, कब टपक पड़ूँ। जो कुछ है इसी के लिए है। रोटी का सहारा दो ऊँट हैं। ये भी जाएँगे तो फिर खुद ही फिरंगियों की सड़क पर रोड़ी कूटने की मजदूरी करेगा। लोग यही कहेंगे कि गफ्फार का बेटा मजदूरी करने लगा, सो इसकी किस्मत! मैं क्या सदा बैठा रहूँगा?"

आखिर दोनों ऊँट बन्नू के बाजार में बिक गए और शब्बू जब्बार की बहू बन उसके घर आ गई।

शब्बू को इस बात का कम गर्व नहीं था कि उसकी कीमत गिनकर अढ़ाई सौ रुपये चुकाई गई थी। पानी भरने जाती तो आधा ही घड़ा लेकर लौटती, वह भी लचकती, बलखाती। पड़ोसिन मीरन ने समझाया, "बहुत नखरा ठीक नहीं होता। मर्दों को काम प्यारा होता है। किसी रोज ऐसी मार पड़ेगी कि कमर सदा को लचक जाएगी।"

शब्बू ने कान तक फैली आँखें मटकाकर हाथ का अँगूठा दिखाया, "ओहो, मेरी माँ ने बारह बीसे और दस रुपये गिनकर लिये हैं। यह लोग मेरी कमर टेढ़ी करने के लिए ही तो लाए हैं! कोई मुझे हाथ तो लगाए! तेरे मर्द ने तीन बीसे में तुझे लिया है।...लँगड़ी-लूली हो जाएगी तो एक और सही।"

गजब की शोख और शौकीन थी शब्बू! वह काले मखमल की वास्कट पहनती, जिसकी सिलाइयों पर सीप के तीन बटन टँके थे। केशों में मक्खन लगाती और बाहर जाने से पहले पानी का हाथ लगाकर पट्टियाँ सँवार लेती। महीने में दो-दो बार सिर धोती।

जब्बार की माँ बहू के चरित्तर देखती और परेशान हो नाक पर हाथ रख पड़ोसिनों से कहती, "देखो तो, अढ़ाई सौ रुपये देकर बहू लाए पर मुझे क्या आराम मिला? इसे तो अपने नखरों से ही छुट्टी नहीं।"

बूढ़े गफ्फार ने बेटे को समझाया, "तेरी जवानी की उमर है। इसी समय कुछ कमाई नहीं करेगा तो कैसे निबाह होगा। यों घर बैठा रहना क्या

तुझे सुहाता है? रोजी का जरिया मेरे ऊँट थे, सो तेरे ब्याह में खप गए। अब तू कुछ नहीं करेगा तो क्या मैं परदेस में जाकर मजदूरी करूँगा।"

जब्बार को मन मारकर कमाई के लिए बन्नू जाना पड़ा लेकिन मन उसका पीछे गाँव में ही रहा। जब्बार को बन्नू गए पूरा सप्ताह नहीं हुआ था कि वह शब्बू की याद से बेकल हो आधी रात में उठ अपने गाँव को चल दिया।

जब्बार को अँधेरे में सोलह मील चलकर ऊषा की धुँधली लालिमा में पहाड़ी पर अपने गाँव की छतें दिखाई दीं। उसके कदम ठिठक गए। जान पड़ा, उसे छिपकर आते देख गाँव क्रोध में तमतमा उठा था। अपने गाँव की क्रुद्ध मूर्ति और पड़ोसियों की लाँछना के विचार ने उसके पैरों में बेड़ियाँ डाल दीं। वह एक चट्टान पर बैठ अपने घर के दरवाजे की ओर देखने लगा। उसने सोचा, शब्बू पानी भरने निकलेगी तो उसे देख लेगा। बावड़ी पर चलकर बैठूँ, शब्बू पानी भरने आएगी तो उससे दो बातें करके लौट जाऊँगा।

शब्बू पानी के लिए आई तो दो सहेलियों के साथ। जब्बार बावड़ी से तीस कदम पर एक ढोंके की ओट में बैठा, धड़कते हुए दिल से देखता रहा। एक शब्द भी बोल न सका। बोलता कैसे, दोनों पड़ोसिनें गाँव में बदनामी फैला देतीं।

जब्बार दिल पर पत्थर रखे विवशता में पत्नी को देखता रहा। शब्बू सहेलियों से चुहल करती, मटकती लौट गई। जब्बार आहें भरता बन्नू लौट गया।

जब्बार के विरह की आग में ईर्ष्या का घी पड़ गया। उसने सोचा, देखो मैं यहाँ परदेस में अकेला मर रहा हूँ और वह मौज करती है। उसे मेरा जरा भी गम नहीं। औरत की जात में वफा नहीं होती।

जब्बार आठ-दस दिन बाद फिर रातोंरात पैदल दौड़कर, शब्बू को एक पलक देख सकने और एक चुम्बन पा सकने की आशा में गाँव की बावली पर आकर बैठ गया। शब्बू उस सुबह भी अकेली नहीं पड़ोस की तीन सहेलियों के साथ अठखेलियाँ करती आई। जब्बार उनकी बात को कान लगाकर सुन रहा था।

मीरन ने शब्बू की ठोढ़ी छूकर कहा, "हाय रे तेरा नख़रा! तभी तो गाँव के छैले तुझ पर जान दे रहे हैं, कसम तेरे सिर की!"

शब्बू के चेहरे पर गर्व का सरूर छा गया। शब्बू पानी लेकर सहेलियों के साथ लौट गई। जब्बार की छाती पर मानो सौ मन का पत्थर आ गिरा, पर बेबस था।

जब्बार के मन में सन्देह का अंकुर उठ गया। सन्देह मनुष्य के हृदय में आकाश बेल की तरह बढ़ता है। उसके लिए जड़ या बुनियाद की भी जरूरत नहीं होती। सन्देह कल्पना के आकाश में ही पनपता है। सन्देह को निश्चय का रूप लेते भी देर नहीं लगती।

गाँव में ऐसे कई लौंडे-लुगाड़े थे जिन्हें फितूर के सिवा दूसरा काम न था। रहमान और अब्बास से हर बात की आशा की जा सकती थी और फिर यदि कुछ दाल में काला नहीं था तो मीरन ऐसा क्यों कह रही थी?...शब्बू की यह चटक-मटक किसके लिए है? देखो, उसे मेरा गम जरा भी नहीं और मैं मरा जा रहा हूँ। जब्बार लहू के घूँट भरकर रह जाता।

जब्बार ने सोचा, रुपया कमाने के लिए ही तो वह घर से दूर पड़ा है। आठ-आठ, दस-दस आने की मजदूरी से रुपया नहीं कमाया जा सकेगा। वह घर लौटने की तड़प में बावला हो गया। एक दिन मौका देख उसने एक हाथ मार ही दिया। किस्मत अच्छी थी। वह पकड़ा भी नहीं गया। डेढ़ सौ रुपया कमाकर डेढ़ महीने में घर लौट आया। जब्बार के बाप को हौसला हो गया, बेटा भूखा नहीं मरेगा।

जैसे कपड़े पर पड़ा नील का दाग नहीं जाता वैसे ही जिस मन में सन्देह एक बार प्रवेश कर जाता है, तो छोड़ता नहीं। जब्बार ने शब्बू से पूछा, "क्यों, जब मैं बन्नू में था तो खूब मजे उड़ते थे?"

शब्बू भी निरी मजदूरिन न थी। उसने चमककर पूछा, "कैसे मजे? किससे मजे उड़ते थे?"

जब्बार ने कहा, "क्यों, गाँव में क्या कम लोग हैं; रहमान है, अब्बास है। खूब बनाव-सिंगार से पानी लेने जाना होता था ना; क्यों?"

शब्बू फुँकारकर बोली, "मैंने कभी किसी मरे की तरफ आँख उठाकर देखा हो तो मैं मर जाऊँ, नहीं तो मुझ पर झूठा इल्जाम लगानेवाले मर जाएँ!"

जब्बार ने तड़पकर पूछा, "तू बन-ठनकर अपना हुस्न दिखाने नहीं जाती थी?"

शब्बू ने उत्तर दिया, "मैं क्यों जाऊँगी दिखाने को?...लोग मरे घूरते फिरें तो मेरा क्या कसूर?"

जब्बार ने चुटियाकर पूछा, "तो तू ऐसा बन-ठनकर निकलती क्यों है?"

शब्बू का सिर अपने सौन्दर्य के अभिमान में ऊँचा हो गया, "मैं क्या करती हूँ?...क्या मुँह काला कर लूँ? मैं जैसी हूँ, वैसी हूँ।"

जब्बार बहुत सतर्कता से शब्बू पर निगाह रखने लगा। वह शब्बू से सौ कदम दूर भी आदमी देख लेता तो जब्बार को सन्देह हो जाता कि आदमी शब्बू से आँखें लड़ा रहा था। ईर्ष्या और चिन्ता में उसका खाना-पीना हराम हो गया। किसी मुसाफिर को गाँव से गुजरते देखकर भी उसे यह शंका होती कि सम्भव है शब्बू के रूप की ख्याति सुनकर ही वह आदमी बहाने से इधर आया था। उसे सारा गाँव शब्बू के पीछे पागल दिखाई पड़ने लगा।

एक रात जब्बार ने शब्बू से पूछा, "आज तू खेत से लौट रही थी तब राह में मुस्करा क्यों रही थी?"

शब्बू ने उत्तर में पूछा, "मैं कहाँ मुस्करा रही थी?"

जब्बार ने पूछा, "और वे आदमी खड़े क्यों देख रहे थे?"

शब्बू ने अपने रूप की महिमा के संकेत से पुलकित होकर उपेक्षा से उत्तर दिया, "मैं क्या जानूँ?"

जब्बार ने होंठ काटकर धमकाया, "बहुत घमंड होगा हुस्न का?... नाक काट लूँगा!"

शब्बू को पति की खीझ पर हँसी आ गई, बोली, "बारह बीसे और दस रुपये की नाक है!" और मुस्करा दी।

शब्बू सो गई परन्तु जब्बार की आँखों में नींद कहाँ। उसने पुकारा, "सुन तो!"

उत्तर नदारद।

जब्बार का मन जल गया, "देखो तो इसका घमंड!...मैं बेचैन पड़ा हूँ और यह मजे में सो रही है। यह सब हुस्न का घमंड है। इसी हुस्न

के पीछे गाँव के बदमाश पागल हैं। मेरी क्या आबरू है; जिसकी औरत को सब घूरें। अगर यह हुस्न न होता तो क्या मेरी आबरू यों मिट्टी में मिलती।...ऐसे हुस्न से क्या फायदा?"

जब्बार ने समस्या पर गम्भीरता से विचार किया...आबरू और चैन कहाँ मिल सकता है?

रात के सन्नाटे में जो विचार उठते हैं, बहुत उग्र होते हैं। रात में दिन की तरह विचारों को उलझानेवाली सैकड़ों उलझनें नहीं रहतीं इसीलिए भक्त रात में समाधि लगाते हैं, कातिल कत्ल रात में करते हैं और चोर चोरी रात में करते हैं, विरही भी रात में ही पागल हो उठते हैं।

जब्बार अँधेरे में आँख खोले शब्बू के रूप के कारण होनेवाले सब अनर्थ पर विचार कर रहा था। वह अनर्थ उसे असह्य जान पड़ा जिसे सहते जाना असम्भव था।

जब्बार ने सिरहाने से पैना छुरा उठा लिया। अँधेरे में टटोलकर शब्बू की नाक पकड़ ली। उसने पत्नी की नाक एक ही झटके में काटकर फेंक दी।

शब्बू चीख उठी। जब्बार की माँ उठकर दौड़ी। रोशनी जलाई गई। पड़ोसी भी दौड़े आए। जब्बार का बाप गुस्से में बेटे और बहू को गालियाँ दे रहा था और दूसरे लोग इलाज बता रहे थे।

एक पड़ोसिन बुढ़िया ने चिल्लाकर कहा, "अरे कोई जल्दी से भेड़-बकरी का ताजा, गरम-गरम, जिन्दा गोश्त का टुकड़ा काटकर घाव पर रख दो नहीं तो लड़की मर जाएगी!"

जब्बार की माँ ने घबराकर कहा, "इस वक्त भेड़-बकरी कहाँ मिलेगी?"

"तो तुम जानो", बुढ़िया ने कहा।

जब्बार खड़ा सुन रहा था। उसने शब्बू की नाक इसलिए काटी थी कि केवल उसी की होकर रहे। दूसरों की आँख पत्नी पर पड़ना उसे सह्य न था। वह शब्बू को केवल अपने ही लिए रखना चाहता था। दूसरे की नजर पत्नी पर पड़ने से उसके दिल पर घाव लगता था। पत्नी मर जाने की सम्भावना सुन उसका दिल दहल गया।

जिन्दा गरम गोश्त नहीं मिलेगा तो...?

जब्बार ने वही पैना छुरा उठाया और अपनी जाँच से जिन्दा गरम गोश्त का टुकड़ा काटकर शब्बू की नाक पर धर दिया। जब्बार के माँ और बाप बिलकुल पागल और दूसरे लोग हैरान रह गए।

शब्बू चेहरे पर घाव के दर्द के मारे खाट पर पड़ी कराहती रहती और जब्बार जाँघ के घाव पर पट्टी बाँधे, खाट की पटिया पर बैठा शब्बू के चेहरे पर से मक्खियाँ हाँका करता। शब्बू का जख्म के कारण चेहरा सूज गया था। जल का घूँट तक निगलना उसके लिए दूभर हो गया, तिस पर बुखार!

जब्बार ने पत्नी की अवस्था बिगड़ती देखकर उसका इलाज बन्नू के फिरंगी डॉक्टरवाले हस्पताल में कराने का निश्चय किया। वह स्वयं भी कठिनाई से चल पाता था। एक रात जब सब लोग सो रहे थे, उसने शब्बू को कन्धे पर उठा लिया और लाठी के सहारे बन्नू के लिए चल पड़ा।

शब्बू को कन्धे पर उठाए जब्बार कुछ दूर चलता और हाँफ जाता और दम लेकर फिर चल देता। कपड़ा भिगोकर पानी की बूँदें शब्बू के मुँह में टपकाता जाता। वह तीन दिन शब्बू को उठाए चलकर बन्नू के हस्पताल में पहुँचा। शब्बू का जख्म बीस रोज में भर पाया और उसकी तबीयत ठिकाने आई।

नाक कट जाने पर हवा होंठों की अपेक्षा नाक के छेद से अधिक निकल जाती है और स्वर बिलकुल नक्की हो जाता है। शब्बू नक्की स्वर में मिनमिनाकर बोली, "डॉक्टर मेम साहब कहती हैं, विलायत से रबड़ की नाक मँगा देंगी।"

जब्बार ने घबराकर उत्तर दिया, "बस रहने दे, हमें नाक नहीं चाहिए। मुझे तू बिना नाक के ही भली लगती है। तुझे क्या नाक औरों को दिखानी है?"

शब्बू उदास हो गई। उसने उपवास कर लिया।

जब्बार के सामने भयंकर समस्या आ पड़ी। उसने सोचा, बुरा हो इस मेम डॉक्टर का। मैंने औरत की एक नाक काटी, वह दूसरी बनाने को तैयार है।

शब्बू पूरे दो दिन उपवास से रही तो जब्बार ने रबड़ की नाक की कीमत चालीस रुपये डॉक्टर के यहाँ जमा करवा दी परन्तु पत्नी से वायदा ले लिया कि शब्बू नाक लगाएगी जरूर लेकिन गैर मर्द उसे घूरेगा तो झट नाक उतारकर जेब में डाल लेगी।

■

जाब्ते की कार्रवाई

मास्टर शर्मा नैतिक ढंग के आदमी हैं, जिसे अंग्रेजी में 'कानशियेन्शस टाइप 'कहते हैं। उन्होंने पुलिस और सार्वजनिक कार्य विभाग (पी.डब्ल्यू. डी.) में अनेक सम्बन्धी होते हुए भी उन अवसरप्रद और कमाऊ महकमों को छोड़कर मास्टरी का ही पेशा स्वीकार कर लिया।

शर्मा आमदनी कम होने पर भी सन्तुष्ट थे। अपने काम को उत्तर-दायित्व से और बहुत हद तक अपना ही काम समझकर पूरा करते थे। इंटरमीडियेट कॉलेज के विद्यार्थी उन्हें अपना शासक अनुभव न कर सहायक समझते थे और उनका आदर करते थे। प्रिंसिपल साहब भी शर्मा की उत्तरदायी और मेहनती प्रकृति की प्रशंसा करते रहते पर इतनी नहीं कि शर्मा को अभिमान हो जाए और यथा-अवसर उससे स्वयं लाभ भी उठाते। जिम्मेवारी का काम शर्मा को सौंपकर वे निश्चिन्त हो सकते थे।

स्कूल-कॉलिजों में विद्यार्थियों के लिए एन.सी.सी. (सैनिक-शिक्षा) का कार्यक्रम जारी किया गया तो शर्माजी के लिए एक और काम बढ़ गया। वे अपने स्कूल के सैनिक शिक्षक भी बना दिये गए। जब तब उन्हें सैनिक शिक्षा दे सकने यानी अफसरी करने की शिक्षा पाने के लिए अपने स्कूल से छुट्टी के दिनों को सैनिक कैम्पों में बिताना पड़ता। इसके साथ ही अपने स्कूल में लड़कों को दी जानेवाली वर्दियों की देखभाल और हिसाब-किताब का बोझ भी सँभालना पड़ता।

गर्मियों की छुट्टियों के लिए स्कूल शनिवार से बन्द होनेवाले थे। छुट्टी से पहले वर्दियों को गिनकर गोदाम में बन्द कर देना जरूरी था। वर्दियाँ गोदाम में बन्द करने से पहले शर्माजी ने उन्हें धुलवाने के लिए स्कूल के धोबी रमजान को दिलवा दिया था।

रमजान वर्दियाँ समय पर लौटाकर न लाया तो शर्माजी को चिन्ता हुई। छुट्टियाँ शनिवार से आरम्भ होने का आदेश था। शर्माजी का घर देहात में था। पत्र द्वारा बहन का विवाह अगले सप्ताह निश्चित किये जाने के लिए अनुमति दे चुके थे।

शर्माजी ने स्कूल के चपरासी को रमजान धोबी के घर भेजकर पता लिया। चपरासी खबर लाया कि धोबियों के मुहल्ले में चेचक फैली हुई है। रमजान के बच्चे और वह स्वयं भी चेचक में पड़ा है। वर्दियाँ धुली-धुलाई धोबी के घर पर पड़ी हैं परन्तु दे कौन जाए?

यह समाचार पाकर शर्मा को दूसरी चिन्ता ने आ घेरा। चेचक के कीटाणुओं से दूषित यह वर्दियाँ स्कूल खुलने पर लड़कों को कैसे दी जाएँगी? धोबी के यहाँ से ले आने पर इन वर्दियों को दवाई के पानी में उबलवाकर, दोबारा धुलवाकर रोग की छूत से मुक्त करना आवश्यक होगा। इस काम में तो हफ्ता-दस दिन लग जा सकते हैं। इतने दिन वे ठहर कैसे सकते थे?

शर्माजी ने सोचा, सब स्थिति प्रिंसिपल साहब के सामने रख देना ठीक होगा। प्रिंसिपल साहब छुट्टियों में भी स्कूल के समीप ही सरकारी बँगले में रहते हैं। उनके कहीं बाहर जाने की भी बात न थी। जाएँगे भी तो यह काम स्कूल के क्लर्क या चपरासियों को सौंप सकते हैं। आखिर जिम्मेवारी तो उन्हीं की है। कपड़ों को कीटाणु-मुक्त (डिसइन्फेक्ट) कराने में और धुलवाने में जो व्यय होगा, उसकी मंजूरी भी तो प्रिंसिपल साहब ही दे सकते हैं।

शनिवार सुबह ही शर्माजी प्रिंसिपल के बँगले पर पहुँचे। सम्पूर्ण स्थिति समझाकर अपनी विवशता प्रकट की कि अगले ही हफ्ते गाँव में उनकी बहन का विवाह निश्चित है इसलिए उनका पीछे टिके रहना सम्भव नहीं।

प्रिंसिपल साहब अनुशासन की दृढ़ता के लिए प्रसिद्ध हैं। शर्माजी

का लम्बा बयान सुन माथे पर त्योरियाँ चढ़ाकर मेज पर हाथ पटका और प्रश्न किया, "धोबी कपड़े नहीं ला सकता तो क्या स्कूल के चपरासियों से नहीं मँगाए जा सकते?"

फिर मेज पर निश्चयात्मक घूँसा जमाकर उन्होंने हुक्म दिया, "मैं आज दोपहर तक गोदाम की चाबी चाहता हूँ। कपड़ों को ठीक से धुलवाने की जिम्मेवारी सैनिक शिक्षक की है, प्रिंसिपल की नहीं। इस विषय में हम कुछ सुनना नहीं चाहते। हम आज शाम पाँच बजे की गाड़ी से मसूरी जा रहे हैं। स्कूल का सब सामान गोदाम में पहुँचाकर हमें चाबियाँ तीन बजे तक मिल जानी चाहिए और रजिस्टर में सब अन्दराजों पर हमारे दस्तखत हो जाने चाहिए।"

शर्मा स्तब्ध रहकर प्रिंसिपल साहब की ओर देखते रह गए। उन्हें चुप खड़े देखकर प्रिंसिपल साहब के माथे पर त्योरियाँ गहरी हो गईं। उन्होंने प्रश्न किया, "आपने हमारी बात नहीं सुनी?"

"जनाब, मैंने सुन लिया है।" जिम्मेवारी के बोझ से शर्मा की जिह्वा थुथला गई, "प...परन्तु..."

"सुन लिया है तो परन्तु क्या?" प्रिंसिपल साहब मानो शर्मा की मूढ़ता पर झुँझला उठे।

"परन्तु वर्दियाँ डिसइन्फेक्ट होनी चाहिए!" शर्मा ने साहस किया।

"हूँ," प्रिंसिपल साहब ने शर्मा की ओर घूरकर देखा, "डिसइन्फेक्ट होनी चाहिए?...हम क्या कह रहे हैं? आज तीन बजे से पहले वर्दियाँ डिसइन्फेक्ट हो सकती हैं? वर्दियों के डिसइन्फेक्ट होने का खर्च किस मद में जाएगा, यह आप बता सकते हैं?...इसके लिए पहले कोई मंजूरी है? इन्सपेक्टर के दफ्तर से यह मंजूरी आज आ सकती है? मंजूरी आने तक वर्दियाँ कहाँ रखी जाएँगी?...जाब्ते से छुट्टी के दिनों में वर्दियाँ कहाँ रखी जानी चाहिए?...क्या उन्हें गोदाम के बाहर छोड़ा जा सकता है?" प्रिंसिपल साहब शर्मा की ओर घूरते रहे।

"परन्तु ..!" शर्मा ने फिर साहस किया।

"आप बहुत परन्तु-वरन्तु करते हैं। हम हुक्म दे चुके हैं।" प्रिंसिपल साहब शर्मा को खड़े छोड़ भीतर चले गए।

शर्मा प्रिंसिपल के दफ्तर से लौटे तो उनकी समस्या हल हो चुकी थी। प्रिंसिपल साहब का हुक्म साफ था परन्तु वर्दियों को रमजान धोबी के घर से मँगाकर उसी अवस्था में गोदाम में बन्द कर देने और कॉलेज खुलने पर विद्यार्थियों में बाँट देने के परिणाम की कल्पना कर उनका सिर चकरा रहा था। उन्होंने अपने मन को समझाया कि मैं अपना कर्तव्य पूरा कर चुका। मेरा फर्ज था प्रिंसिपल साहब के सामने स्थिति रख देना, मैंने वह कर दिया। मन में ऐसी सब दलीलें सोच लेने पर भी मन न माना, पर वह कर भी क्या सकते थे!

स्कूल का चपरासी रमजान धोबी के घर से वर्दियाँ ले आया। वर्दियाँ गिनकर गोदाम में रख दी गईं और चाबियाँ प्रिंसिपल साहब के सुपुर्द कर दी गईं। शर्मा को वर्दियों के इन्चार्ज की हैसियत से रजिस्टर में लिखना पड़ा—'पूरी वर्दियाँ सही हालत में मेरे सामने गोदाम में बन्द कर दी गई हैं।' और इस विवरण पर दस्तखत भी करने पड़े। उनके दस्तखत के नीचे दूसरी स्याही से प्रिंसिपल साहब के भी दस्तखत हो गए।

छुट्टियों के ढाई महीने में शर्माजी को कई बार वर्दियाँ यों ही बन्द कर देने के परिणाम में भयंकर रोग के फैलने की आशंका का ध्यान आया। तब वे मन को समझाकर रह गए कि छुट्टियाँ समाप्त होने पर कुछ-न-कुछ हो जाएगा।

जुलाई के दूसरे सप्ताह में कॉलिज खुल गया। सत्र के आरम्भ में ही प्रान्त की सब शिक्षा-संस्थाओं के सैनिक शिक्षा पानेवाले विद्यार्थियों को एक संयुक्त कैम्प में भेजने का आदेश आया था। शर्माजी को सैनिक शिक्षा के इन्चार्ज की हैसियत से प्रिंसिपल साहब का निर्देश मिला कि कॉलिज के विद्यार्थियों को भी कैम्प में सम्मिलित होना होगा।

प्रिंसिपल साहब ने गोदाम की चाबी शर्माजी को सौंप हाकिमाना अन्दाज में आदेश दिया, "शिक्षा मंत्री कैम्प का निरीक्षण करेंगे। हमारे विद्यार्थियों की तैयारी और वर्दियों के बारे में किसी प्रकार की शिकायत का अवसर नहीं होना चाहिए।"

शर्माजी ने चाबियाँ हाथ में लेकर झिझकते हुए कहा, "परन्तु...।"

"परन्तु क्या?" प्रिंसिपल साहब ने शर्माजी की ओर आँखें उठाकर पूछा।

"वर्दियाँ डिसइन्फेक्ट नहीं की गई हैं।"

"क्या मतलब है? लड़के कैम्प में न जाएँ?"

"हुजूर, लड़कों को वर्दियाँ देने की जिम्मेवारी मैं नहीं लेना चाहता। वे डिसइन्फेक्ट नहीं की गई हैं।" शर्मा ने साहस किया।

प्रिंसिपल साहब ने विस्मय से आँखें फैलाकर शर्मा की ओर देखा। उनके होंठ गम्भीरता से दब गए।

उन्होंने मेज पर पड़ी घंटी को दबाया। चपरासी के आने पर उन्होंने हुक्म दिया, "क्लर्क बाबू को बोलो गोदाम का रजिस्टर लाएँ।"

प्रिंसिपल साहब ने शर्माजी के सामने खुला रजिस्टर रख कलम की पूँछ शर्माजी के लिखे नोट की ओर संकेत कर दिया, "सब वर्दियाँ गिनकर ठीक हालत में मेरे सामने बन्द की गईं।" और फिर शर्माजी के दस्तखतों की ओर संकेत कर प्रश्न किया, "यह किसके दस्तखत हैं?"

शर्मा ने प्रिंसिपल साहब का अभिप्राय समझकर भी साहस किया, "हुजूर...मैंने वास्तविक अवस्था आपके सामने रख दी थी।"

प्रिंसिपल साहब झुँझला उठे, "मैं पूछता हूँ रजिस्टर में क्या लिखा है?"

प्रिंसिपल ने रजिस्टर धमाके से बन्द कर दिया, बोले, "रजिस्टर में जो लिखा है, वही मैं जानता हूँ। मेरे पास कल्पनाओं के लिए समय नहीं है।" और हुक्म दिया, "विद्यार्थी आज शाम कैम्प के लिए रवाना होंगे। उन्हें वर्दियाँ तत्काल मिलनी चाहिए। अगर यह नहीं होता तो आप लिखकर मुझे अपनी सफाई दीजिए कि रजिस्टर पर गलत नोट कैसे और क्यों लिखा गया?"

शर्माजी ने फिर साहस किया, "परन्तु...।"

"फिर परन्तु...।" प्रिंसिपल साहब झुँझला उठे, "हम जबानी बातचीत नहीं चाहते। आपका लिखा मौजूद है। अब जो कहना है, वह भी लिखकर दीजिए। हमारा हुक्म आपने सुन लिया!"

विद्यार्थियों को वर्दियाँ देते हुए शर्माजी के हाथ काँप रहे थे और कलेजा डूब रहा था परन्तु लाचार थे। अपने मन को समझा देना चाहते थे कि उन्होंने स्थिति प्रिंसिपल साहब के सामने रखकर अपना कर्तव्य पूरा कर दिया है। परन्तु सन्तोष न हुआ।

कॉलेज के विद्यार्थियों को कैम्प पर गए एक सप्ताह ही बीता था, समाचार आया कि कैम्प में चेचक फूट निकली है और उनके कॉलेज के दो विद्यार्थियों की मृत्यु हो गई है।

कुछ दिन बाद शिक्षा विभाग के प्रान्तीय कार्यालय से इस बारे में जाँच-पड़ताल हुई। पूछा गया कि कैम्प में ऐसी बीमारी फैलने के क्या कारण हो सकते हैं। कॉलेज इस विषय पर क्या प्रकाश डाल सकता है?

प्रिंसिपल साहब ने फिर शर्माजी को तलब किया और शिक्षा विभाग के प्रान्तीय दफ्तर से आया पत्र उनके सामने रखकर प्रश्न किया, "इस बारे में आपका क्या जवाब है?"

शर्मा प्रिंसिपल साहब की ओर देखते रह गए।

"क्या आपने सुना नहीं?" कड़े स्वर में प्रिंसिपल साहब ने प्रश्न किया।

"मैंने तो इस विषय में सब स्थिति उसी समय आपके सामने रख दी थी।" शर्माजी ने उत्तर दिया।

दोनों कोहनियाँ मेज पर जमाकर और हाथों के पंजों को मजबूती से आपस में फँसाकर प्रिंसिपल साहब ने शर्मा की आँखों में देखकर प्रश्न किया, "स्थिति हमारे सामने रख दी थी!...इन वर्दियों की सफाई के लिए जिम्मेवार कौन था?...वर्दियाँ गोदाम में बन्द करते समय आपने गोदाम के रजिस्टर में क्या नोट लिखा था?"

शर्माजी कुर्सी से उठ खड़े हुए। उनके चेहरे पर विचित्र मुद्रा दिखाई दी, जैसे कि कुत्तों के भय से भागती बिल्ली का भाव रास्ता न पाने पर हो जाता है।

शर्माजी ने जरा ऊँचे स्वर में उत्तर दिया, "वह नोट मुझसे लिखाया गया था। विद्यार्थियों को वर्दियाँ बाँटी जाने से पहले भी मैंने चेतावनी दे दी थी। अब इस बारे में मुझे जो सफाई देनी है, लिखकर पेश कर दूँगा।"

"हमें मालूम तो हो आप क्या लिखकर देंगे?" प्रिंसिपल साहब का स्वर नरम हुआ, "आपका उत्तर हमारी ही मार्फत जाएगा। हमें उस नोट पर भी राय लिखनी होगी।"

शर्मा संकट का सामना करने की दृढ़ता से बोले, "हुजूर पूरी घटना आपको मालूम है। मैं और क्या लिख सकता हूँ!"

"आप बैठिए," प्रिंसिपल साहब ने शर्मा को बैठने का संकेत किया, "अपनी जिम्मेवारी को समझिए और बात में जाब्ते का खयाल रखिए। सरकारी काम कहा-सुनी और अफवाहों के आधार पर नहीं होते, लिखे हुए हुक्मों और नियमों के अनुसार चलते हैं। आपको अनुभव नहीं है, अपना नुकसान न कर बैठिएगा।...आपने अभी काम शुरू किया है। पूरा भविष्य आपके सामने है। आप परिश्रमी और सदाशय नवयुवक हैं परन्तु सबसे आवश्यक चीज है, अनुभव! जाब्ते की जानकारी!...समझ रहे हैं आप?" प्रिंसिपल साहब प्रश्नात्मक दृष्टि से शर्मा की आँखों में देखते रहे।

प्रिंसिपल साहब शर्मा को स्वीकृति में सिर झुकाते देख बोले, "संस्था के प्रधान व्यक्ति काम को अपने हाथ से नहीं करते। उनका काम मातहतों के काम की निगरानी होता है। इस घटना के ब्योरे से मेरा क्या सम्बन्ध? मेरा काम है, यह देखना कि आपने अपना कर्तव्य ठीक से निबाहा है और यह कि आप उत्तर देने में किसी गलती से झंझट में न पड़ जाएँ। उत्तर ऐसा होना चाहिए जो हमारे रिकॉर्ड से सही प्रमाणित हो।...समझते हैं आप? यानी उत्तर जाब्ते के अनुसार होना चाहिए। हमारा रिकॉर्ड और रजिस्टर कहता है कि आपने सब काम जाब्ते से किया है।...बीमारियाँ आकस्मिक घटना के रूप में भी होती हैं। हमारे रिकॉर्ड में उसका कोई कारण मौजूद नहीं है।"

प्रिंसिपल साहब को शर्माजी के चेहरे पर नैतिक उत्पीड़न के चिह्न दिखाई दे रहे थे। संवेदना में अपने शरीर को कुर्सी पर ढीला छोड़कर वे और भी कोमल स्वर में बोले, "आपने एमएस.सी. किस वर्ष पास किया था?"

"सन् 1940 में।"

"आप तो फर्स्ट डिविजनर हैं।...शायद रिसर्च भी तो किया है आपने?"

"जी हाँ।"

"तो फिर बोर्ड के कॉलिज में अपना भविष्य क्यों खराब कर रहे हैं? आप यूनिवर्सिटी में स्थान के लिए कोशिश क्यों नहीं करते? इस समय डिग्री कॉलिज के विज्ञान विभाग में जगह है। मैं प्रो. कामगार को लिख

सकता हूँ। आप इसके लिए आवेदन-पत्र क्यों नहीं देते? मैं इस बात का प्रमाण-पत्र दे सकता हूँ कि आपका शिक्षण और प्रबन्ध दोनों ही कामों का रिकॉर्ड बहुत अच्छा है। आप आवेदन-पत्र लिखिए। आपके काम का रिकॉर्ड बेदाग है लेकिन आप इस घटना का उत्तर जाब्ते के खिलाफ लिखकर अपना रिकॉर्ड और भविष्य खराब करना चाहें तो दूसरी बात है। समझ गए आप?"

शर्मा के चेहरे से उत्तेजना का भाव दूर हो गया। प्रिंसिपल साहब को विश्वास हो गया कि शर्मा उनकी बात समझ गए हैं। उनका खयाल गलत भी न था।

शर्मा की नैतिक भावना इस घटना से भयंकर चोट खा गई थी। वे बेईमानी के लिए विवश कर देनेवाली पराधीनता से निकल, यूनिवर्सिटी की स्वतंत्र नौकरी के लिए छटपटा रहे थे परन्तु उसके लिए भी जाब्ते से ही व्यवहार करना आवश्यक था।

■

आदमी का बच्चा

दोपहर तक डौली कॉन्वेंट (अंग्रेजी स्कूल) में रहती है। इसके बाद उसका समय प्राय: आया 'बिन्दी' के साथ कटता है। मामा दोपहर में लंच के लिए साहब की प्रतीक्षा करती है। साहब जल्दी में रहते हैं। ठीक एक बजकर सात मिनट पर आए, गुसलखाने में हाथ-मुँह धोया, इतने में मेज पर खाना आ जाता है। आधे घंटे में खाना समाप्त कर, सिगार सुलगा साहब कार में मिल लौट जाते हैं। लंच के समय डौली खाने के कमरे में नहीं आती, अलग खाती है।

संध्या साढ़े पाँच बजे साहब मिल से लौटते हैं तो बेफिक्र रहते हैं। उस समय वे डौली को अवश्य याद करते हैं। पाँच-सात मिनट उससे बात करते हैं और फिर मामा से बातचीत करते हुए देर तक चाय पर

बैठे रहते हैं। मामा दोपहर या तीसरे पहर कहीं बाहर जाती हैं तो ठीक पाँच बजे लौटकर साहब के लिए कार मिल में भेज देती हैं। डौली को बुला साहब के मुआयने के लिए तैयार कर लेती हैं। हाथ-मुँह धुलवाकर डौली की सुनहलापन लिये, काली कत्थई अलकों में वे अपने सामने कंघी कराती हैं। स्कूल की वर्दी की काली-सफेद फ्राक उतारकर, दोपहर में जो मामूली फ्राक पहना दी जाती है उसे बदल नई बढ़िया फ्राक उसे पहनाई जाती है। बालों में रिबन बाँधा जाता है। सैंडल के पालिश तक पर मामा की नजर जाती है।

बग्गा साहब मिल में चीफ इंजीनियर हैं। विलायत पास हैं। बारह सौ रुपया महीना पाते हैं। जीवन से सन्तुष्ट हैं परन्तु अपने उत्तरदायित्व से भी बेपरवाह नहीं। बस एक ही लड़की है डौली। डौली पाँचवें वर्ष में है। उसके बाद कोई सन्तान नहीं हुई। एक ही सन्तान के प्रति अपना कर्तव्य पूरा कर सकने से साहब और मामा को पर्याप्त सन्तोष है। बग्गा साहब की नजरों में सन्तान के प्रति उत्तरदायित्व का आदर्श ऊँचा है। वे डौली को बेटी या बेटा सबकुछ समझकर सन्तोष किये हैं। यूनिवर्सिटी की शिक्षा तो वह पाएगी ही। इसके बाद शिक्षा-क्रम पूरा करने के लिए उसका विलायत जाना भी आवश्यक और निश्चित है। सन्तान के प्रति शिक्षा के उत्तरदायित्व का यह आदर्श कितनी सन्तानों के प्रति पूरा किया जा सकता है? साहब कहते हैं—यों कीड़े-मकौड़े की तरह पैदा करके क्या फायदा? मामा—मिसेज बग्गा भी हामी भरती हैं—और क्या?

"डौली!...डौली!...डौली!..." मामा तीन दफे पुकार चुकी थीं। चौथी दफे उन्होंने आया को पुकारा। कोई उत्तर न पा वे खिसियाकर स्वयं बरामदे में निकल आईं। अभी उन्हें स्वयं भी कपड़े बदलने थे। देखा—बँगले के पिछवाड़े से; जहाँ धोबी और माली के क्वार्टर हैं, आया डौली को पकड़े लिये ला रही है। मामा ने देखा और धक्क-से रह गईं। वे समझ गईं—डौली अवश्य माली के घर गई होगी। दो-तीन दिन पहले मालिन के बच्चा हुआ था। उसे गोद में लेने के लिए डौली कितनी ही बार जिद कर चुकी थी। डौली के माली की कोठरी में जाने से मामा भयभीत थीं। धोबी के लड़के को पिछले ही सप्ताह खसरा निकला था।

लड़की उधर जाती तो उन बेहूदे बच्चों के साथ शहतूत के पेड़ के नीचे धूल में से उठा-उठाकर शहतूत खाती। उन्हें भय था, उन बच्चों के साथ डौली की आदतें बिगड़ जाने का। आया इन सब अपराधों का उत्तरदायित्व अपने ऊपर अनुभव कर भयभीत थी। मेम साहब के सम्मुख उनकी बेटी की उच्छृंखलता से अपनी बेबसी दिखाने के लिए वह डौली से एक कदम आगे, उसकी बाँह थामे यों लिये आ रही थी जैसे स्वच्छन्दता से पत्ती चरने के लिए आतुर बकरी को जबरन कान पकड़ घर की ओर लाया जाता है।

मामा के कुछ कह सकने से पहले ही आया ने ऊँचे स्वर में सफाई देना शुरू किया, "हम जरा सैंडिल पर पालिस करें के तईं भीतर गएन। हमसे बोलीं कि हम गुसलखाने जाएँगे। इतने में हम बाहर निकलकर देखें तो माली के घर पहुँची हैं। हमको तो कुछ गिनती ही नहीं। हम समझाएँ तो उलटे हमको मारती हैं...।"

इस पेशबन्दी के बावजूद आया को डाँट पड़ी।

"दिस इज वेरी सिली!" मामा ने डौली को अंग्रेजी में फटकारा। अंग्रेजी के सभी शब्दों का अर्थ न समझकर भी डौली अपना अपराध और उसके प्रति मामा की उद्विग्नता समझ गई।

तुरन्त साबुन से हाथ-मुँह धुलाकर डौली के कपड़े बदले गए। चार बजकर बीस मिनट हो चुके थे इसलिए आया जल्दी-जल्दी डौली को मोजे और सैंडल पहना रही थी और मामा स्वयं उसके सिर में कंघी कर उसकी लटों के पेचों को फीते से बाँध रही थी। स्नेह से बेटी की अलकों को सहलाते हुए उन्हें अचानक गर्दन पर कुछ दिखलाई दिया—जूँ! बज्रपात हो गया। निश्चय ही जूँ माली और धोबी के बच्चों की संगत का परिणाम थी। आया पर एक और डाँट पड़ी और नोटिस दे दी गई कि यदि फिर डौली आवारा, गन्दे बच्चों के साथ खेलती पाई गई तो बस बर्खास्त कर दी जाएगी।

बेटी की यह दुर्दशा देख माँ का हृदय पिघल उठा। अंग्रेजी छोड़ वे द्रवित स्वर में अपनी ही बोली में बेटी को दुलार से समझाने लगीं—"डौली तो प्यारी बेटी है, बड़ी ही सुन्दर, बड़ी ही लाड़ली बेटी। हम इसको

सुन्दर-सुन्दर कपड़े पहनाते हैं। डौली, तू तो अंग्रेजों के बच्चों के साथ स्कूल जाती है न बस में बैठकर! ऐसे गन्दे बच्चों के साथ नहीं खेलते न!"

मचलकर फर्श पर पाँव पटक डौली ने कहा, "मामा, हमको माली का बच्चा ले दो, हम उसे प्यार करेंगे।"

"छी...छी...!" मामा ने समझाया, "वह तो कितना गन्दा बच्चा है! ऐसे गन्दे बच्चों के साथ खेलने से छी-छी वाले हो जाते हैं। इनके साथ खेलने से जुएँ पड़ जाती हैं। वे कितने गन्दे हैं, काले-काले धत्त! हमारी डौली कहीं काली है? आया, डौली को खेलने के लिए मैनेजर साहब के यहाँ ले जाया करो। वहाँ यह रमन और ज्योति के साथ खेल आया करेगी। इसे शाम को कम्पनी बाग ले जाना।"

डौली ने माँ के गले में बाँहें डाल विश्वास दिलाया कि अब वह कभी गन्दे और छोटे लोगों के काले बच्चों के साथ नहीं खेलेगी। उस दिन चाय पीते-पीते बग्गा साहब और मिसेज बग्गा में चर्चा होती रही कि बच्चे न जाने क्यों छोटे बच्चों से खेलना पसन्द करते हैं।...एक बच्चे को ही ठीक से पाल सकना मुश्किल है। जाने कैसे लोग इतने बच्चों को पालते हैं।...देखो तो माली को! कमबख्त के तीन बच्चे पहले हैं, एक और हो गया।

बग्गा साहब के यहाँ एक कुतिया विचित्र नस्ल की थी। कागजी बादाम का-सा रंग, गर्दन और पूँछ पर रेशम के-से मुलायम और लम्बे बाल, सीना चौड़ा। बाँहों की कोहनियाँ बाहर को निकली हुईं! पेट बिल्कुल पीठ से सटा हुआ। मुँह जैसे किसी चोट से पीछे को बैठ गया हो। आँखें गोल-गोल जैसे ऊपर से रख दी गई हों। नये आनेवालों की दृष्टि उसकी ओर आकर्षित हुए बिना न रहती। यही कुतिया की उपयोगिता और विशेषता थी। ढाई सौ रुपया इसी शौक का मूल्य था।

कुतिया ने पिल्ले दिये। डौली के लिए यह महान उत्सव था। वह कुतिया के पिल्लों के पास से हटना ही न चाहती थी। उन चूहे-जैसी मुँदी हुई आँखोंवाले पिल्लों को माँगनेवालों की कमी न थी परन्तु किसे दें और किसे इनकार करें? यदि इस नस्ल को यों बाँटने लगें तो फिर

उसकी कद्र ही क्या रह जाए? कुतिया का मोल ढाई सौ रुपया उसके दूध के लिए तो होता नहीं!

साहब का कायदा था, कुतिया पिल्ले देती तो उन्हें मेहतर से कह गरम पानी में गोता दे मरवा देते। इस दफे भी वे यही करना चाहते थे परन्तु डौली के कारण परेशान थे। आखिर उसके स्कूल गए रहने पर बैरे ने मेहतर से काम करवा डाला।

स्कूल से लौट डोली ने पिल्लों की खोज शुरू की। आया ने कहा, "पिल्ले मैनेजर साहब के यहाँ रमन को दिखाने के लिए भेजे हैं, शाम को आ जाएँगे।"

मामा ने कहा, "बेबी, पिल्ले सो रहे हैं। जब उठेंगे तो तुम उनसे खेल लेना।"

डौली पिल्लों को खोजती ही फिरी। आखिर मेहतर से उसे मालूम हो गया कि वे गरम पानी में डुबोकर मार डाले गए हैं।

डौली रो-रोकर बेहाल हो रही थी। आया उसे पुचकारने के लिए गाड़ी में कम्पनी बाग ले गई। डोली बार-बार पूछ रही थी, "आया, पिल्लों को गरम पानी में डुबोकर क्यों मार दिया?"

आया ने समझाया, "डैनी (कुतिया) इतने बच्चों को दूध कैसे पिलाती? वे भूख से चेऊँ-चेऊँ कर रहे थे इसीलिए उन्हें मरवा दिया।" दो दिन तक डैनी के पिल्लों का मातम डैनी और डौली ने मनाया फिर और लोगों की तरह वे भी उन्हें भूल गईं।

माली के नये बच्चे के रोने की 'कें-कें' आवाज आधी रात में, दोपहर में, सुबह-शाम किसी भी समय आने लगती। मिसेज बग्गा को यह बहुत बुरा लगता। झल्लाकर वे कह बैठतीं, "जाने इस बच्चे के गले का छेद कितना बड़ा है।"

बच्चे की कें-कें उन्हें और भी बुरी लगती जब डौली पूछने लगती "मामा, माली का बच्चा क्यों रो रहा है?"

बिन्दी समीप ही बैठी बोल उठी, "रोएगा नहीं तो क्या, माँ के दूध ही नहीं उतरता।"

मामा और बिन्दी को ध्यान नहीं था कि डौली उनकी बात सुन रही

है। डौली बोल उठी, "मामा, माली के बच्चे को मेहतर से गरम पानी में डुबवा दो तो फिर नहीं रोएगा।"

बिन्दी ने हँसकर धोती का आँचल होंठों पर रख लिया। मामा चौंक उठीं। डौली अपनी भोली, सरल आँखों में समर्थन की आशा लिये उनकी ओर देख रही थी।

"दिस इज वेरी सिली डौली...कभी आदमी के बच्चे के लिए ऐसा कहा जाता है!" मामा ने गम्भीरता से समझाया। परिस्थिति देख आया डौली को बाहर घुमाने ले गई।

तीसरे दिन संध्या समय डौली मैनेजर साहब के यहाँ से रमन और ज्योति के साथ खेलकर लौट रही थी। बँगले के दरवाजे पर माली अपने नये बच्चे को कोरे कपड़े में लपेटे दोनों हाथों पर लिये बाहर जाता दिखाई दिया। उसके पीछे मालिन रोती चली आ रही थी।

आया ने मरे बच्चे की परछाईं पड़ने के डर से उसे एक ओर कर लिया। डौली ने पूछा, "यह क्या है? आया, माली क्या ले जा रहा है?"

"माली का छोटा बच्चा मर गया है" धीमे-से आया ने उत्तर दिया और डौली को बाँह से थाम बँगले के भीतर ले चली।

डौली ने अपनी भोली, नीली आँखें आया के मुख पर गड़ाकर पूछा, "आया, माली के बच्चे को क्या गरम पानी में डुबो दिया?"

"छि: डौली, ऐसी बातें नहीं कहते!" आया ने धमकाया, "आदमी के बच्चे को ऐसे थोड़े ही मारते हैं!"

डौली का विस्मय शान्त न हुआ। दूर जाते माली की ओर देखने के लिए घूमकर उसने फिर पूछा, "तो आदमी का बच्चा कैसे मरता है?" लड़की का ध्यान उस ओर से हटाने के लिए उसे बँगले के भीतर खींचते हुए आया ने उत्तर दिया, "वह मर गया, भूख से मर गया है। चलो मामा बुला रही हैं।"

डौली चुप न हुई, उसने फिर पूछा, "आया, हम भी भूख से मर जाएँगे?"

"चुप रहो डोली!" आया झुँझला उठी, "ऐसी बात करोगी तो मामा से कह देंगे!"

लड़की के चेहरे की सरलता से उसकी आया का हृदय पिघल उठा। उसकी घुँघराली लटों को हाथ से सहलाते हुए आया कहने लगी, "बैरी की आँख में राई-नोन! हाय मेरी मिस साहब, तुम ऐसे आदमी थोड़े ही हो!...भूख से मरते हैं कमीने आदमियों के बच्चे!"

कहते-कहते आया का गला रुँध गया। उसे अपना लल्लू याद आ गया...दो बरस पहले...! तभी से तो वह साहब के यहाँ नौकरी कर रही थी।

■